墨　迹

珂　菲　著

浙江工商大学 出版社
ZHEJIANG GONGSHANG UNIVERSITY PRESS
·杭州·

图书在版编目(CIP)数据

墨迹 / 珂菲著. — 杭州 : 浙江工商大学出版社,
2023.12
ISBN 978-7-5178-5805-8

Ⅰ. ①墨… Ⅱ. ①珂… Ⅲ. ①散文集－中国－当代
Ⅳ. ①I267

中国国家版本馆CIP数据核字(2023)第222013号

墨　迹

MO　JI

珂菲　著

责任编辑	沈明珠
责任校对	胡辰怡
封面设计	蔡思婕
责任印制	包建辉
出版发行	浙江工商大学出版社
	(杭州市教工路198号　邮政编码310012)
	(E-mail:zjgsupress@163.com)
	(网址:http://www.zjgsupress.com)
	电话:0571-88904980,88831806(传真)
排　版	杭州朝曦图文设计有限公司
印　刷	杭州高腾印务有限公司
开　本	880mm×1230mm　1/32
印　张	11.5
字　数	228千
版印次	2023年12月第1版　2023年12月第1次印刷
书　号	ISBN 978-7-5178-5805-8
定　价	52.00元

自　序

　　我小时候蛮喜欢看小人书的，四大名著、神话传说之类的，黑白色，图一大张，文字两三行，难字偶有注音。从玩伴那里借来后，便不再想着归还。一本小人书直至翻到缺页少码，依旧爱不释手，不肯丢弃。想想，这大概就是文学梦的缘起吧。

　　我和很多上学娃一样，走过小学五年升入初中又考上普通高中，高二文理分班，成为文科班中的一员。1992年前后，校园里兴起了言情小说阅读风潮，尤其是掀起了一股"琼瑶热""岑凯伦热"。《窗外》《庭院深深》《水云间》等言情小说在学生中被争相传阅，很多人甚至到废寝忘食的地步。一段时间下来，我们的成绩大幅下降，于是班主任暗中调查，在我们就寝后从文科班教室的抽屉里搜刮出了一大摞已经被翻烂的言情小说。盛怒之下，班主任便将此事上报给了学校领导，为此，学校几次三番在集会时"声讨"这些文字的诸多劣性，称它们已经深深毒害了青少年健康上进的心灵。这一大盆凉水当头浇下，浇灭了我们对男欢女爱朦胧的痴迷与深恋。

和绝大多数高中学生一样，我们也被要求写周记。回校那晚，课代表便收齐周记交给语文老师。高一新学期伊始，任教语文的蔡老师刚大学毕业，她常常迈着小碎步从走廊过来。"笃笃笃"，皮鞋声越来越近，到我们教室门口略停，然后便见蔡老师推开教室门，跨步上平台，用温柔的眼神环视全班，开始她的讲课。有一次，她列了张名单，表扬了一段时间里周记写得特别认真的学生，上面有我的名字。还有一次，本来只要求写一篇周记，我写了长长的两篇。蔡老师给我的评语是——你是一个对自己要求严格的学生，文学之梦始于手下！从蔡老师屡次的鼓励与表扬中，那粒文学的种子就深埋进了我那并不肥沃的心田里了。

进入大学，我读的是中文系，从古代文学到外国文学，从诗歌到散文到小说，从理论课到写作课，都有涉猎。本着培养一个合格的师范生的初衷，大学对这批未来的教育栋梁进行了大量的素养、学识上的铺垫。光阴会一寸一寸地把最美好的部分加在努力的人身上。在偌大的图书馆里，我真是像儿时老师说的那样，在知识的海洋里孜孜不倦地吸取着各种养分。想想，如今之所以可以写出传神的人物，得益于那段美妙的时光里，最恬静、最充实、最昂扬不懈的学习状态。

　　进入大学后的两个月，我的第一篇短文《花开的声音》发表在团委主办的校刊上。看着自己稚嫩的文字第一次那样工整地安放在校刊的小小角落里，愉悦感瞬间充溢了身心。在这种情感的作用下，我一次次在厚抄本上写下琐碎清淡的文字，来表达自己当下的喜怒哀乐。这样的习惯，竟一发而不可收，短短的一年里，摘抄本与积累本上密密麻麻的片段、体会，都见证了那时候的兴奋与执着。我如今之所以能一直恪守着这份最纯真的欢喜，便是源于文学梦萌芽时期的精心浇灌吧。

　　工作后，我在三尺讲台上诲人不倦，忙碌之余，我也会通过各种途径来书写自己的生活、工作状态。一篇篇朴实的乡土散文，破土而出。2012年，我第一次将稿子发给诸暨市文联主办的杂志《浣纱》时，编辑老师对那篇《爹的绍剧》给予了很高的评价。从那一刻开始，"诸暨作家"这个诱惑力十足的称谓，便使得我对写作这个有趣味、有意义的爱好有了更炽热的追求。

　　莫负春光读闲书，且待君来写雨声。

　　生活无非就是一日三餐，一年四季。不过如今愈加觉察到真正的好生活不仅限于此。巴金有言："我们不是单靠吃米活着。"很多时候，我们需要依靠精神食粮站立与焕发生机。若能在平凡的人生中找到诸多美好和欣喜，那多么让人精神昂扬。哪怕只是听到花开的声音，清早与一棵树对望，甚至只是在心里诉说衷肠。我始终相信，你走过的路与你读过的书，会潜藏在你的容貌中，你的气质中，你的谈吐中，你的一言一行、一颦一笑中。

十分感恩生命里这些无端得来的缘分，我才会在行走中，感悟世界之大，生命之卑，光阴之贵……

以上大概便是我想写一本书的全部理由吧，有了这本书，我或许才符合一个小小作家的身份。也或许，写作就像一个梦，让我在现实的纷扰中可以笑得灿烂与迷人。

《墨迹》的编写过程中，要感谢很多人一路的支持与鼓励。

感谢诸暨市文联、浣纱读书会，感谢宫作家、雷默作家的热情鼓励，感谢很多文学前辈的一路指引。最要感谢的是我的同乡大作家——海飞老师。我与海飞老师第一次见面是很多年前在诸暨博物馆的讲堂里，那天我无意中说起有出本集子的想法，想不到海飞老师听后十分热情地说，如果需要帮忙，他会全力相助。在几次文字的接触中，海飞老师总用最温暖的言语鼓励我在文学之路上笔直前行。我也十分感谢文学忘年交袁友才先生，当我的文字被质疑与诟病时，他总是一句话甩过来："怕什么，大胆写。"感谢我的文学小闺密小墨，在我遭遇写作瓶颈期的时候，总能给我无限的关心和信任。何其有幸，在流光溢彩的年华里，在烟水茫茫的尘世间，我们通过文字互相慰藉。又何其有幸，在写作这条崎岖小路上，遇见很多志同道合的朋友。最后感谢编辑沈明珠老师，不厌其烦地校稿、与我沟通，为本书的出版付出了很多！正是因为有了你们，才有拙作的出版。再次深深躬身致谢！

目 录

壹 乡土

贰 人情

叁　碎片

肆　途说

跋　/　356

壹／乡土

君自故乡来,应知故乡事。

来日绮窗前,寒梅着花未?

墨城坞

　　一千来户的寿姓大村落，扎根在这个山坞角落里，散乱地，错落有致地，紧贴在一起。背后的啸天龙、扎架山等大山连绵着，如一双硕大的手臂，拥抱着她。日升日落，岁月轮回，墨城坞在地球的一隅，这样安静地存在。

　　因着这寿姓，墨城坞这个质朴的乡村，也沾染上了些许文化的韵味。这得益于一个人：寿镜吾先生。或许，人们对寿老先生并不熟知，但是说及中国的大文豪鲁迅先生，便无人不晓了。寿老先生正是鲁迅先生的老师。墨城坞隔壁的寿家台门，主人就是寿镜吾先生。

　　据说，寿老先生有三个儿子，其中次子寿鹏飞不但是鲁迅先生的好友，且在慈禧太后七十寿诞之时参加全国优贡会考，得"甲辰科朝考一等第一名"，获朝元匾。据说，当时御赐的朝元匾共有三块，分别藏于寿鹏飞先生的祖籍地诸暨江藻墨城坞、诸暨同山唐仁村及绍兴寿镜吾老先生的台门里（留在诸暨的那块目前被一名家收藏，而留在绍兴的已下落不明）。墨城坞的前辈们说及这块朝元匾时，无不神情自豪。他们说，朝元匾初次进墨城坞的时候，乡人族人鸣锣开道，八个壮汉头扎红巾,在鞭炮声与唢呐声中,一路轩昂、威风凛凛地将匾额抬到高畈祠堂的大门口。然后寿氏长老们身着长袍,齐刷刷面对匾额下跪行叩拜礼。之后,朝元匾便悬挂在高畈祠堂的正厅中央。那块匾额,足有两张并拢的八仙桌那样大,四周黄金围镶,中间两个赤金大字:"朝元。"爹曾听他的太爷爷说起,匾额高悬后的数月里,祠堂晚不点烛却明亮……近百年悄然而逝,高畈祠堂历尽沧桑变迁,早已改貌换颜,而今是规模不小的村级完全小学——墨城小学了。

听爹说,这块黄金匾额还曾抬进村里的杨神殿。那时恰逢高畈祠堂修葺,于是村人择了吉日将匾额转移到杨神殿。杨神殿是供奉神位的地方,与硕大空旷、规模恢宏的高畈祠堂相比,占地不多,有点局促,还略显寒碜。然而神殿高梁雕花镂凤,也甚为隽秀。当时的杨神殿,配着这块金光闪闪的匾额,也曾激励过寿氏的子孙。

随着岁月的流逝,杨神殿所在的屋宇院落更像一位垂暮的老人,颓败坍圮,逐渐被村人遗忘。只有年末,人们才会想起它。经过百余年的辗转,它已成为"墨城年糕加工厂"。我曾经在一个冬日的午后推开杨神殿笨重的双木门,"吱呀"的一声闷响,有经年堆积在门框上的灰尘飘落。里面昏暗、冷幽,堆满了村人废弃不用的农具、家什、柴草、断木。屋瓦木梁断裂,顶殿的大立柱畸形风化而腐朽。殿堂中央墙壁上那对在旭日中凌空齐飞的仙鹤,已然不见。墙壁和地面有雨水渗漏的痕迹。阳光从屋檐的空隙中透进来,照见散落一地的农人家什。时间的沙漏没有沉淀下那些无法磨灭的过往。三千繁华,弹指刹那;百年过后,不过一捧黄沙。人与物,殊途同归。想起一句话:"风景,那只是附赠品。"比如寿鹏飞先生那衣锦还乡的风光,比如那黄金围镶的朝元匾……

但寿氏先祖的发奋精神似乎并没有因为朝元匾的不见而消失殆尽。生活中的场景,亘古以来,如此相似。墨城坞的村人们,依旧勤勉与辛劳着。"花开彼岸本无岸,魂落忘川犹在川。醉里不知烟波浩,梦里依稀灯火寒。"这样的诗句,是村民生活的写照,也慰藉着很久很久以后的我。

某个清晨,我站在故乡的山坡上,放眼望去·苍茫的大山、辽阔的乡野、高耸的楼房、鲜亮的村路,还有繁华场景下那破落的杨神殿。杨神殿在我俯瞰的视角里,蜷缩成一个黑点,在乡村中间,极其不相称地匍匐在地,似乎在沉重地叹息,又似乎已安然入睡,又似乎,早已与尘世隔绝。

阳光下,我身后的影子渐渐伸长、模糊,就像老相机留下的黑白回忆。

耳畔传来墨城小学孩子们的琅琅书声。那声音,似乎是寿老先生教诲墨城子民的谆谆之音……回不去的,是岁月。而心中最柔软的景色,那些风光,那些辉煌,那块朝元匾给墨城人带来的荣耀,最后,终究成为口口相传的历史。

传说

墨城坞，一开始并不叫"墨城坞"，而是叫作"墨沉湖"。这里其实有段有趣的历史传闻。

两宋时，墨城坞一带的村民，日出而作日落而息，世世代代，勤耕农田。某几年里，墨城坞一带饱经酷夏之苦，河塘干涸，禾苗枯萎，可谓民不聊生。老百姓祈雨润田，日日盼时时盼，望穿"天"水，渴求老天开眼。可是整个炎夏没有盼得一滴甘霖，粮食绝收。地方官上奏朝廷，宋高宗赵构听闻百姓哀叹，也如坐针毡。正在心急火燎之时，宋高宗听闻宰相做了个神梦："诸暨九江山有位神女，天子往祈当得雨。"宋高宗一听，急忙备好龙驹宝马，与诸谋将一起，直奔诸暨九江山麓。

一路上，马不停蹄，直奔到麻车阁地段进入洞桥头这个小村落的时候，宋高宗看见路边的小水沟水渍潮润，路面微湿。宋高宗激动万分，吩咐随身侍从沿沟寻溪源。小沟曲曲弯弯，伸向山涧。涧边荆棘覆盖，荒草丛生。宋高宗弃马步行，在崎岖的山涧边走走停停，遥见丛林深处有间小茅屋披草而卧。宋高宗内心纳闷，加紧步伐向上走去。却见茅屋门前，一村姑临门转轮，纺棉捻纱，神情自若，旁若无人。纺纱木轮子"咿哪嘟噎喳”作响，涧响、鸟鸣、虫叫，再加上村姑灵动劳作的身影，一时令宋高宗惊诧而呆定。他站在村姑身后，目睹村姑恬淡平和的姿势，一下子忘了自己前来的目的。“姑娘家有水喝吗？”宋高宗终于因口渴而打破一片寂静。

村姑转身，纺纱木轮声停。她起身擦了擦衣襟，掸去身上沾染的棉花末子，便径直走进屋内。不一会儿，村姑捧着一碗水，来到宋高宗跟前。宋高宗终于看清村姑真容：端庄素静，温文尔雅，眉目清秀，面色桃红。宋高宗出神冥想：这山里头有金凤凰，可是作为天子的我竟然浑然不知……

“客官请喝水。”村姑的声音如仙乐入耳，令人心花怒放。宋高宗接过水碗，却不禁纳闷。

“客官为何不喝？”村姑发问。

“这……这……”宋高宗手指水碗又指指口干舌燥的旁人。

村姑神会，于是面带微笑，左手微扬，轻轻一挥，从发间拔下一支精致银针，接过水碗，往当中一划，随即一碗水似泾渭而分明，一道显痕横于水碗中。宋高宗目瞪口呆。

“姑娘莫非是仙女下凡？”他双手恭敬而垂，躬身道，“请仙姑救救世间受难苍生，施仙术降甘霖普救吾朝子民！”

说完，虔诚下跪，众人呼声四起，纷纷叩头。仙姑慈心已起，腾云驾雾，只听空中传来“请回去……”的回声，宋高宗大喜，忙起身带领侍卫向杨高坞而去。刚出杨高坞桥，回头见山坞里黑云密布，团团汇聚，宋高宗急忙配马上鞍，策马离开，自此这桥也唤作“配马桥”。

宋高宗边催马直行，边观察天上气象。只见大雨滂沱而下,雨尾随马后。马疾速驰行,雨便疾速如注,而马缓缓前行,雨也跟着慢条斯理。这样宋高宗跑了百余里,大雨便也跟着宋高宗的马下了百余里。然而,这场雨的颜色却是墨乌的,从杨高坞起方圆百里的农田、山溪,都被这场墨雨染得乌黑一片,溪水、墨雨汇集于坞边的木陈湖。后人便唤木陈湖为"墨沉湖",后又作"墨城湖(坞)"。

至于为什么宋高宗求得的是一场墨雨,也缘系那位作法的仙姑。

原来那仙姑确实是神仙下凡,她是玉皇大帝最小的外孙女。当时,她听闻宋高宗诚心求雨,便急忙来到玉帝殿前,她连唤玉帝数声外公,玉帝却沉浸于案牍之中。仙姑见玉帝不理她,一时性急,便走到玉帝案边,将案上砚台打翻。顿时飞墨四泻,落入凡间,刚好下在杨高坞一带,于是将这一带染得墨黑一片……

然而,这场墨雨却拯救了当时深陷困境的百姓。雨泽大地,庄稼也喜获丰收。百姓听闻是宋高宗求雨、仙姑施法,于是便在如今的江藻墨城坞洞桥头(麻车阁一带),当时仙姑赐水的茅房边建了一座庙,称"孙姑庙"(玉帝外孙女之意),后又改为"圣姑庙"。因这一带香火鼎盛,于是改为"圣姑殿",此殿自20世纪50年代以来,香火旺盛。

而墨城坞一带的村民,因袭这样的传闻,逢节过年,常常去圣姑殿祈福祝祷。

张望

  暑假空暇，一人驾车归故乡。顺便游览了我跳出农门前劳作过的那片叫连七湖的田野。

  和我的心一样，我的眼睛也在小心捕捉着生命中最初的那种亲切——来自故乡的浸润。

  鱼塘遍布，作物疯长，弥望尽是葱茏、青翠。阳光炽热下的连七湖像一条跳跃的白鲢，活泼、自在。一切的一切，都在涌动、绽放，已知的、未知的，成熟的、含苞的，倾其所有，向归乡探望的故乡人展示着它按捺不住的激动的心。

  老农在庄稼地里悄然而耕，时而拭汗，时而退步，模样虔诚。我嗅出了隽永的味道，这世间，就像老农的模样一样，愈久愈鲜明，永远不会从我的记忆里消退。老农回过头，朝我淡淡一笑，这招呼简单而真诚。我摸了他栽种的葡萄，以及待收的玉米、番薯。作物温暖而亲和，有阳光的痕迹。果香盈鼻，我禁不住一阵傻笑。

  外坞，就是安家埠背后的一片田野。那是我的故乡人民日出而耕、日落还作的食源地。那里稻谷金黄，土地广阔，河渠成队，这些景象常常萦绕在我的脑海里。而今，田地整饬、水流清澈、作物归整,我都能一一唤出作物的名字。"长情莫问情归处,千里相思共一田。""风动乡野千万里,谷香飘动九天云。"

我的车停驻在田间小道旁。我干净的鞋触及这片土地,沾上了泥巴。我蹲下身,用干净的手掬起一把土,放在鼻前,闭上眼,轻嗅着这种别样的气味:它不像香水那样浓郁而沁心,也不似茶茗般幽幽而绵长,它单调、持久、沉重、直接,不含蓄婉约,不转弯抹角。我看着它,透过它,又一眼看见了爹冗长而繁忙的农家岁月:他的背对着朗朗青天,他的身子弯曲,他手握着挺直的锄头柄,他的汗直渗进了广阔无垠的大片外坞田里。汗水闪着光,与外坞的田地,一起孕育着那些叫粮食的孩子。

"爹——爹——"我的声音穿过广阔而寂寥的田野,直穿进爹的耳朵。爹在那里翻着土地。稻,麦,草籽,油菜,稻,作物不断轮回,田地不断被抚平,又成畦,翻卷,直至平坦。田地在爹的手里,不断变化出一年四季的主食。那样一个年代,土地,是爹的全部心血。爹年轻的时光和大多年轻的父亲一样,生生地耗在了这片寂寥的外坞田里。

7月的风吹过来,很闷热。我起身,走入一条沟壑。旁边几座农人的小棚子,却招摇得很。它们都被整齐地刷上了漂亮的油漆,图案呈现出或叶或水或鸟或鱼等模样,房角上有统一的LOGO。这些小棚子镶嵌在浩瀚的坞田中,我蓦地想起内蒙古的大草原上星星点点的蒙古包,灵动、俏皮,还能给人带来一点遐想。

绿荫常带斜阳色,故人偏喜乡野枝。有妇人正在汲取缓缓流过的渠道水,柳枝柔身荡漾,与山那边轻袅的炊烟共舞。外坞稻田济济,渠流寂寂,风乍起,整片田野都在颔首。我已离开很久,而故乡一直躺在温润的墨城坞,那里土地繁盛,人民勤劳。"生活像极一面镜子,我们总徒劳地想从它的背面去寻找昔日里那些渴望的光阴,却总是虚空。生活也像极一列翻山越岭的火车,出口在隧道尽头,而那尽头,却有一个温暖的名字:故乡。"书里的语言顿时变得迫近起来,它告诫我们,无论走到哪里,都该记住自己是谁。因为一切以往的春天都不复存在,就像远离故乡很久的你。一片夏日里的庄稼,沟壑潺潺而动的水,那农家门口互相依偎晾晒的衣物,都被时间隔离在另一个角落。而田畔,一朵孤傲的花,正在展露岁月的伤口。

怀念,总是针对离开的人。在一个变幻的世界里,行人匆匆。岁月,才是我们生命里最大的小偷。暮了时光,暗了晨星,我们不断跋涉,偶惊慌失措,或郁郁寡欢,在这一道刹不住的时光的车辙里,感受与怀念,回忆与眷恋。她——故乡,始终是一种弥足珍贵的东西。

车启动的时候,老农疾步过来,递给我一包食物。他一身粗制布衣,健康矍铄,精神抖擞,笑容可掬。我接过沾着阳光的这包食物,在他面前虔诚得像一个信徒。

而他与它们,却是生活的一部分,也是故乡的一部分。

车驶离故乡,人间的某些东西正在与我擦肩而过。那些十几年前的照片里发黄的记忆,坐在牛车上的小姑娘的语笑嫣然,以及泥塘里和小伙伴打闹的情景,在经过乡野间的小路时,一起变得清晰……故乡的河,故乡的山,还有那片广阔的故乡田。

故乡,正在远去;而思念,会愈加醇厚。

当阳光照在窗棂上,我思念你;当朦胧的月色洒在床沿,我亦会思念你。故乡。

情结

　　老家在我的记忆里一直是安静而颓败的,仿佛一位垂暮的老人,或是一抹殷红的晚霞,沧桑得让人感到深沉而悲凉。

　　我的小车,这是第二次开进那个庞大、水泥路面却很窄的村落——墨城坞。

　　这个有着一千多人口的大村落,却在某时某年,再也不见往昔铺天盖地劳作的农人、满晒场的稻谷、满田地的禾苗。儿时那种葱葱茏茏、生生不息的忙碌抑或是耕牛四窜、猪羊遍地的情形,而今只有在小说或电视镜头中才能看到。村子里,少见同龄的青年人或壮年人,四周走动的大多是年纪不一的老人或孩童。车子在晒场上落定,围拢了很多乡人,看见娘从车里出来,才热情地问娘:"你回来了? 怎么今天有空回来?"

　　我从驾驶室出来的时候,乡人们才认出我:"阿飞,阿飞!"这称呼亲切得让我以为自己还是孩子。也只有在儿时的故乡,乡人们才会这样亲切而随和地唤我的小名。阿飞,这个朴实通俗的呼唤,再一次将我温柔浸润。我才知道,原来,某些东西,只能属于特定的地方、特定的人们,比如我的小名——阿飞。

乡人们嘘寒问暖,问及我刚出生的孩子,我笑笑说:"七个月了!"从他们惊讶的眼神与羡慕的表情中,我体会到,此时他们嘴中朴实无华的祝福,纯真得不掺一滴水。

东家送来青菜咸菜,西家送来土豆番薯。很多年不见或大半年不见的乡人,发边沾雪,手上长满老茧。岁月剥蚀了他们的容颜,与你握着的粗糙的双手却很温暖。从他们的眼神中,我知道,我是从他们眼睛中长大的,然后一步步走远,到远处求学、工作。最后,他们对我的回忆也简单地只留下一个名字——阿飞。

娘开始忙碌。十四年前造的三间三楼,那个年代气派的房子,如今还凛然地矗立在原来的地方。它的姿势很美,窗棂下的小溪却干涸、枯败,早已名存实亡。许多水管纵横其间,不见儿时嬉戏的风姿,让人徒增些许感伤。我的童年也便如这溪水一般,早已不在。

大狗,母鸡,猫,以它们的方式迎接我们。

或犬吠,或惊蹿,或从容而食。

侄儿欢喜地说:"我回老家了! 回到老家了!"开心地将三岁时的玩具统统摆到尘气铺满的沙发上,不亦乐乎。

打开我的房间,一切如旧。娘回城前总会将房间打扫一新,将什物统装入柜,所以它们纤尘未沾。只是,我住在这十四年来一直崭新如斯的房间里的日子,屈指可数。来回得花去几十分钟,这是顶好的借口。

想起故宅,想起祖母。觉得她始终和老宅在那里,长存。

于是悄悄地去了一趟。

下午三四点的阳光,有点衰败,不披风衣的肩膀有些许冷意。

故宅原名六间堂,真正居住在这六间堂的人家,如今只剩两家。说两家,其实统共是三个老人:一对夫妻,一个寡妇。我爹辈分大,我分别叫这三个老人嫂嫂、阿哥、姆妈。他们的年纪其实都在七十以上。

爹在我十岁、弟六岁时便从故宅移居出去,另造新屋。老宅给了祖母居住,大小两间,二楼二底,加一个天井,然后大厅族人共用。

我看到的老宅,是残壁断垣:一间墙土脱落,木头腐烂;一间半墙倾圮,木柱擎顶,摇摇欲坠。木门上锁了,锁上锈迹斑驳,宣示着某种迹象。推开破落的窗,农村常见的独眼灶头、小方木桌、圈椅、竹椅都在,散落一地的似乎是黄色的经纸。菜柜门开着,积满了灰尘。我似乎望见老祖母的身影,她正端坐在小方木桌边,全身心地念着经,照例梳着光滑整齐的头发,穿着村里常见的斜襟的衣衫,精神矍铄,抬头望见我,唤我:"小囡,你来了?"然后,祖母起身,向我走来……

我仿佛还看见她坐在圈椅上,絮絮叨叨地说着这个事那个事,琐碎得让人心疼。她从灶头间的篮子里摸出饼干啊甜果之类的给我,说:"小囡,来,给你们留着的……"

我伫立在老宅破旧的窗前,一直望着,直到眼眶里盛满了泪。我知道,我的祖母,你其实也在角落里瞧着我,你知道我回来看你,你知道我今天来看你。我晓得,你知道的!

"阿飞!"老人的一声呼唤。

祖母,是你吗?

回到城里的时候。婆婆给我炖了汤,笑笑在我的怀里欢跃。而我身上的乡土气息,却一直围绕着,荡漾着,没有离去。而我,不能自拔。

清晨

连七湖是江藻的旧称，那里是我的故乡。

幼时，故乡的所在地唤作连湖乡，而这名字，源于几百亩水田、鱼塘、河池相连，远望似湖。我的记忆里，总浮现着儿时的一幅画面，我亲昵地题作"连七湖的清晨"。

时间，可以苍老一张面孔，淡化一些回忆，改变一抹风景，唯独这幅画面总滋润着多年以后我的心境。我总相信，我若坚守，它定然不会从我的生命中丢失。

爹的独轮车，一大清早载着睡眼惺忪的我，从炊烟四起的乡村出发，一直沿着连七湖蜿蜒连绵的机耕路，向辽阔无际的农田进发。独轮车寂寥的车辙声，爹并不粗重的气息，轮辗上挂着的硕大的装满干菜汤的水壶泛出的清香，一路上让我有点心醉。而儿时每年的同一季节，我总和爹混插在农人们赶赴农田的队伍中，心气平和而目光坚定。

蛙声四起，杂有蛤蟆、蝈蝈、蚱蜢、青虫等穿行、跳跃、拨叶的声音。那是一个怎样的清晨：周遭的一切景物、动物，都以静音的方式流动着，在光阴里，在刹那间，悄无声息地发生着。放眼望去，夏日7月的连七湖面，烟雾弥漫，有鸟的影子。爹说是水鸬鹚。湖面抖动着阵阵的涟漪,有爬行的痕迹。爹说是觅食的水蛇。湖畔,齐大人腰的稻田里,忽地一阵风吹过,我的神情骤变。爹安慰着,说只是风折稻谷——它们都成熟了,等待着收割……

晨光微亮,红色渐染东方半边天。

农人奋力挥动着割稻的镰刀,姿势优美,动作迅疾。爹在外坞一片满是金黄的稻田畈里,蜷缩的影子与其他农民一起,星星点点,缀满旷野,他们站成了一尊尊移动的雕像。他的身上披着清晨的霞光,他的轮廓异常鲜明;他脖子上的汗布一甩一甩地配合着他劳作前行的脚步;他豆大的汗粒反射着清晨的阳光,晶莹剔透,匀称地洒落在他走过的地方——一颗一颗,我想它们都渗透进了土地,幻化为更美的东西,比如粮食,比如品质。

爹挥汗如雨的时候,是我最清闲的时候。我认真地瞅着爹从一百米长的田畈的这头将昂首挺立的稻株放倒,整齐地摆成一个个"×",缓慢且匀速地移向田畈的那头。爹魁梧的身子埋进了整片稻田里。我着急地唤一声:"爹——"爹的头从横亘的金黄中钻出来,应着:"哎,啥事?"我傻傻地冲爹笑。爹于是放下镰刀,深一脚浅一脚地向我走来。走到跟前,他摊开手,把他手心一只可爱的绿色东西放到我的手心。是蚱蜢:小的,通身淡绿,两只后腿耸立着,眼球突出。它在我的手上静卧着,突然纵身一跃,跳离我的手,蹦到稻谷丛中寻不见了。

于是我开始和爹一起收稻。爹踩着轰鸣的打稻机,左右脚轮换;双手接过我捧起的稻束,在"吱吱"的人力机器的粉碎中,稻粒"噼啦啦"地漏下,滚到了打稻机后面的木质舱里。父女俩的身影在一百米长的稻田里有序穿梭。打稻机的后面,脱完稻粒后的秸秆、爹装起的一麻袋一麻袋的谷粒、打稻机整齐的木辙印,铺洒在一家五口人分配到的五亩田畈当中,宛如小学音乐课本上跳动的音符,生动活泼,动人心弦。

晨曦散去,阳光热烈。爹倒转过独轮车,将它直立在稻田里。独轮车背对着东方的阳光,爹又在背面的车身上悬上两口麻袋,车顶覆上稻秸秆。在这样的"凉亭"里,父女俩休息养力。爹点燃一根烟,直接坐在田埂上,他脸上的汗珠直线滚落。爹的大脚沾满了泥巴,裤腿上还有星星点点的碎叶、小虫……而爹的衣背,劳动后涌渗出的汗水已经完全占据了本干燥的地方,爹笑呵呵地拍拍我的脑袋,说:"这有什么要紧?"

这样的清晨,无数次地出现在多年以后早已离开连七湖的我的睡梦里。生命里始终有难忘的东西,就像连七湖的早晨一样。

"寥落关河暮,霜风树叶低。远天垂地外,寒日下峰西。有志烟霞切,无家岁月迷。清宵话白阁,已负十年栖。"只有心知道,岁月并不宽宏,它夺走了我记忆里的连七湖,转眼落根结束,不见花影缭乱。那样父女俩紧守相依的清晨劳作场景已成过往,时间里只剩下一个温暖的名字。儿时的这幅画面,如连七湖畔百年来依然茂密蓊郁的老槐,在我青春的日子里斑驳,长存,枝叶繁茂。

　　"亲不亲？故乡人。爱不爱？故乡土。"无论我与连七湖相隔多远，它都能暖到我的心。怎能不爱？怎能不美？

乡桥

乡村,总会在时间的流逝中泄露天机,譬如过去,譬如未来。过去偶尔像手纹一样悄悄深藏,比如那不再坑洼的路面、老屋的窗棂、木掸的扶手,或者曾密如蛛网的电线。

在绍兴这个富庶而向上的城市里,我的故乡诸暨墨城坞声名的远大其实还是得益于水稻产区的头衔。

墨城坞村,背靠大山,面向连七湖。从村子到五里路开外的连七湖,需要穿过诸暨的母亲河——浦阳江。江岸开阔,江水浩浩荡荡横穿过一个叫安家埠的靠江小村庄。墨城坞人本是靠山吃山、靠坞吃坞,浦阳江在所有村民心中,是生计与生活的重要组成部分。

于是,桥应运而生。

记事起的20世纪70年代末,安家埠与山塘的江面上,便有了桥的雏形。

几根细长略粗犷的竹身,笔直地首尾相连,醒目地躺在浦阳江上。江中突兀地顶起几根粗壮的毛竹竿,简单地进行加工之后,开始肩负起人来人往的重量,以及风吹雨落的洗礼。伴着行路人小心翼翼的脚步,在江面上,竹竿一时成为此来彼往最重要的过江交通工具。

有一年初夏,母亲与我去山塘的亲戚家串门。站在墨城坞这头的我们,看着江面上颤抖而显孤寂的所谓的毛竹桥,忐忑不安。六岁的我与年轻的母亲,在桥的这头足足坐了个把时辰,看着那头的村人伴随着竹桥吱呀作响的声响,安然来到了这头的江堤上。母亲还是不敢上桥。有个慈祥的村人,终于觉察了我们的犹豫与徘徊,于是热情地拉着母亲的手,极努力地几乎是拖着畏如小鼠的母亲,上了那由几根光滑的竹竿组成的桥。母亲踏上桥的脚步显得有些踉跄,走至竹桥中央的时候,母亲忍不住胆怯地呼喊。我站在这头,无助而害怕,便开始号啕大哭。母亲终于艰难而颤抖地踏在桥那头的堤岸上。热情的村人折回身,一把背起抽泣不安的我,再次走上吱呀作响的竹桥。一声两声,吱吱呀呀。我不敢睁开双眼,模糊中,村人坚实有力的手臂把我从背上放下,安置在母亲身边。而我那双害怕而忍住泪的眼睛,一直审视着这几根毛竹搭成的桥。以致未来很多梦境中,我常常会一个人置身于竹桥上,面对身下湍急的江水,无数次从梦中哭醒。这毛竹桥的阴影曾经笼罩我很多年。

后来,安家埠江面上新建了浮桥,这也是墨城坞人走过的最长时间的桥了。

浮桥,就是几艘废弃不用的旧船,以水泥为主体,有些宽大,中间有椅子,可以坐六到八人,整体呈月牙形。它们头尾相连,一字排开。然后在每艘船身上,再加了几艘毛竹拼成的小竹筏,略宽,也更结实,一字排开,首尾固定,两头用粗麻绳加固在江边的大水泥柱上。这桥显得霸气而稳固,老人孩子走上去的时候,都新鲜而兴奋。因"桥身"的开阔,将先前走毛竹桥的恐慌和惧怕都齐齐压没了。走上水泥船浮桥,时而慢蹚悠悠,时而疾步如飞,行至江流正中,偶有小伙伴或大人故意摆动船身,荡啊荡,透着激动与刺激。于是,来回走桥成了挺有趣的事情。

个人独走甚或担东西行走,过桥都轻松不在话下。安家埠那头所在的连七湖是墨城坞人民生活劳作的中心。一年双季稻的收割,大小麦的播种,稻草的捆收,像爹一样的壮年劳动力从许七湖田畈里起身,拉起独轮亍或双轮车,经过安家埠泥泞的堤埂,再过这水泥船浮桥,才能拉到自家茅草屋的廊檐下。

独轮车或双轮车过江桥。呵,这多需要技术啊。

像爹一样的壮汉,在桥的那头歇下独轮车。扯过系在腰上的大脚布,拿起车头上那壶快见底的浓茶,咕咕喝下。爹长长地呼出一口气,擦着脖颈上淋漓滴答的汗水,从车旁起来,系紧脚布,喊一声:"走!"

爹把准车轮头,稳健有力地踏上竹筏桥,咚咚咚,方向感极强,到达江面的时候,浮船桥开始承重,桥面被车身压得紧弯弯的。从一艘到另一艘,走过最末一艘。爹便收紧肩绳,身前屈,脚后蹬,两手用力,青筋暴起,汗水滴答,一路哼哼哈哈地推上江坡,我或者母亲在车的最前面拉着一条长长的麻绳,与爹一齐用力,直到坡尽。

于是,这浮桥成为那个年代连接生活与劳动,欢乐与满足的最大津梁。

后来，农村条件日益改善。村里出现了更气派且与时俱进的交通工具——拖拉机。拖拉机拉稻谷，一车就可以是独轮车的五六倍甚至更多，而且更省时省力。爹于是联系村里的拖拉机手，在傍晚的某个时间点，来连七湖自家农田的湖埂路上拉大麻袋装好的稻谷。然后，拖拉机一路轰鸣，却要绕远道，多走七余里路，才能回到自己村子。

江藻大桥，位于距离墨城坞六七里外的陈泮村，是可以过拖拉机的。它水泥钢筋，牢牢扎在江中，车行人走，不晃不摇，岿然不动。当时墨城坞人开着突突直响冒着黑机油烟的拖拉机，弯折上连七湖所在的外坞堤坝，沿着浦阳江段向邻村的江藻大桥驶去。

那座大桥结实宽厚，像爹厚实的胸膛。拖拉机在上桥路口用尽力气冲上桥埭，稳稳地在大桥上有节奏地突到对岸。拖拉机驾驶员是一定要在桥对岸下坡的时候歇一歇的，一把摸过座位侧边的水壶，咕咚咚地喝下几大口水，然后擦拭着滚落的汗，重启机器，一路酣畅，向村里进发。

我很幸运能够和爹装好的谷袋一起享受特殊待遇。耳畔有谷袋里散出的热浪，有江边稍温润的轻风，我骄傲地在拖拉机斗的谷袋上，高昂着头，伴随拖拉机一路欢歌，享受一天劳作之后的片刻清闲。

江藻大桥生机勃勃，在20世纪90年代的乡村里经受着人们的赞美、考验，以及风雨的侵蚀。

墨三外村近江堤，有一座稍逊江藻大桥的水泥桥。

这座桥相比近便的浮桥较远,从墨城坞要多走二三里的路,而比起江藻大桥则近村许多。

这座水泥桥的功能与江藻大桥相似,然而,一旦六月梅雨季与七月暴雨天来临,这桥总会被盛气凌人的浦阳江水淹没。通常,整个桥面都会没入黄泥水中,只有两边桥栏在江面中隐约可见。终究,在大自然的离间下,人与桥之间,从便捷到相忘。

左岸有村民付出辛劳的庄稼,右岸有村民一心想把握的年华,而中间飞快而过的,就是涌起的希望。

这希望终于在若干年后的某天开花。在全体村民的募捐下,一座水泥灌注的,可以允许拖拉机经过的石桥昂然地矗立在安家埠段的江面上了。周围的村民围拢来,都啧啧称赞。村民摸着石桥钢筋的栏杆、水泥夯实的柱子,以及平整稳当能容两辆独轮车并排经过的桥面,乐开了花。老人的眼睛都眯成了一条缝,他们大口吸着劣质烟,吐着烟圈,怜爱地瞅着这新砌成的石桥,满是慰藉。

于是那座桥便成了附近村民出行的交通要道。

经受风吹日晒的石桥,在岁月的流逝中,一日日老去。

有一天,桥面出现裂缝。管桥的是墨城坞村里的老支书南山书记。他怜惜地抚摸着这丝丝裂缝,竟一时说不出话,落寞而安静。

后来的后来,石桥进行了大规模整修,同时也对载重量有了一定的限制。

村民们依然在石桥上来来往往。

从毛竹桥到浮桥到水泥桥,生命的变更就如桥的变更。岁岁年年,桥与人,人与桥,缠绵而融合,风情万种而和谐。而与桥相关的一些往事,成为墨城坞人口中永远不老的话题。因为在这里,浦阳江的滔滔江水,一座座昔来今逝的记忆里的桥,可以照见村人行走的背影,也可以照见他们平和朴素的人生。也或许,那些年,我们曾走过的桥,不管它如何纤弱,还是如何伟岸,留在我们往事里的,不仅有你的从容,也有我的淡泊。

清 明

如同故乡是用来怀念的,清明是用来祭奠的。

故乡的山头连绵重叠,大山深处埋着代代先人。那些与自己血脉相连的先人从未谋面,却常常在这个节日里,让后人以传统节日的名义集聚于故乡。

"南北山头多墓田,清明祭扫各纷然。纸灰飞作白蝴蝶,泪血染成红杜鹃。"

我的祖父,在20世纪50年代与贫困岁月的艰难抗衡中,终不敌困苦日子的折磨,饿死在孤儿寡母的眼底下。声嘶力竭的年轻女人带着四个嗷嗷待哺的孩子,在祖父离去后的那些贫苦的年份里,艰难度日。那幕惨痛的场景,一直萦绕在他妻儿的脑海里,以至于那么多年以后,当祖母也驾鹤西去,他们的孩子也成为祖父与祖母时,这段惨烈的往事还是会在这样一个祭奠的日子里再次被提起。爹带着他的孩子,他的孩子带着各自的孩子,浩浩荡荡地走进故乡这座叫打吊冈的大山深处,在清明节午间暖阳的烘照下,祖孙四代隔着时空相见。清澈的天地之间,我们未曾谋面的祖父隐匿在山腰破败矮小的土堆里,而对面站着的是向他虔诚作拜的后代子孙。

爹率先弯腰叩拜。清香燃起的烟袅袅升腾,爹指着一个土堆对我的孩子们说:"这是你们的太公。"哦,原来祖先是住在大山的土堆里的,我的孩子的脸上写满了疑惑。

我不能把祖父的故事向我的孩子讲述。那些苦痛的往事纵然揭开,生活在和平年代的孩子们也是无法想象其间的辛酸的。甚至对我们而言,清明时节,携花带酒,看山间紫陌绿杨、芳草芊芊,或见柳色青翠、莺蝶双戏也已然成为游春赏玩的一部分了。

我的祖母,这个苦命的女人,自十几岁被骗婚进门后,便忍辱负重。当她活到八十九岁高龄的时候,她的故事和她的生命便戛然而止了。十五年一晃而逝,只是她宽绰的坟茔与祖父那矮矬的土堆隔山相望。那个一直穿青白布衫、梳整齐平头、走路稳健、满面笑意的老妇人,在十五年前的一个深秋的上午,变为骨灰撒落在她生前那般欢喜的棺木里。"帝里重清明,人心自愁思。"爹照例在祖母的坟顶上压上一畚箕土,嘴里喃喃着,声音温和,动作轻柔。点清香,摆果品,神态肃穆。

山间的风,赶着热闹贴面而来,吹拂得四周的松柏草木哗哗作响,摇摆得坞底的桃李花枝低吟浅笑。鸟雀隐在林间放声歌唱,那平常冷寂的山林甚至野地孤冢,在这样一个春意盎然的日子里,似乎都在等待着人间的这场欢宴与特殊的盛会。

故乡的人事,都停驻不前,停留在儿时的记忆里。那些淳朴村民的熟悉的脸,都已沧桑无比。"燕子重来,往事东流去。征衫贮。旧寒一缕,泪湿见帘絮。"眼前,爹蹒跚跟跄的脚步,斑白的发须,赫然醒目。孩提时那间充满悲欢离合的六间堂老宅，以及故乡那座开满桃花的扎架山、那茶香沁人的黄泥垅，都一并模糊在我的记忆里。

故乡就这样渐行渐远，我想，定有一日，它也会和我的祖父母一样，留在青山黄土间。时间的新陈代谢，定能将我们及我们的子孙改造为全然不同的另一个"我"，连着先人的血脉和脾性，在未来延续、生长，直至有一天遁迹。到那时候，我的故乡或许就沦落成一个空洞，它没有记忆也没有踪迹，哪怕在这样一个用来祭奠的清明节里，也只是镌刻在经过的时空里的一种图腾或符号了。

于人间烟火外，在悲欢离合中，若能写下一丝情怀和热望，哪怕无花无酒，对于远逝的故乡或热闹的清明，我想，也许已经足够。

高畈祠堂

墨城坞村里,有个祠堂叫高畈祠堂。高畈祠堂,很久很久之前是非常壮观的。而今,在老一辈的口中还可以偶尔觅见它当年雄伟的身影。墨城坞木一村靠近半山村的那个北当口,就是当年高畈祠堂的所在地。

相信很多无论亲见的还是只听闻它名气的人,都会如我一般,一读名字,便觉这个地方威严肃穆。毕竟在那个讲究尊卑的时代里,普通人,尤其是女人,进入高畈祠堂,并非一件容易的事情。

我的小学与高畈祠堂仅一路之隔。高畈祠堂前有一段长而整齐的台阶,颇为壮观。台阶两边与中间各有一段斜坡,这便是小学生们课间午间最好的嬉戏场所。我们纷纷跑出教室,冲向高畈祠堂那水泥面的斜坡,齐刷刷从斜坡上滑落,屁股贴着水泥面,随着落势,布与地面发出“嘶啦”的摩擦声。这样反复,乐此不疲。

20世纪80年代的农村,家家户户生活条件一般,大人们永远有干不完的农活,从山上到田间,总是无暇顾及家里的孩子。等有一天,裤子背面明显地出现了磨破的痕迹或呈现破烂的迹象,于是娘便追问与责备。我禁不住娘无休止的打骂或训斥,终于吐出是因为在高畈祠堂上溜那段陡峭的地面"滑梯"。娘气急,便匆匆跑到同村的小学班主任家,如何如何一顿叙述。第二天,班主任便严厉禁止课间午时去对面高畈祠堂溜滑梯。我的屁股上多了两枚招摇的补丁。娘是故意的,她对我的教育从来都是直接而生硬。我摸到厚厚的两块补丁,逐渐对高畈祠堂那兴奋而刺激的游戏止步。

我们对高畈祠堂总充满好奇。

于是趁午间,我们几个越过了高畈祠堂的台阶。祠堂的大铁门阴森,冷苔冰霜,旁边是一堵不高的黄沙墙。铁门木然而冷漠地竖在我们面前,但我们依旧翻越入内。

祠堂内的大院里,高耸入天的泡桐树茁壮而葳蕤,叶片硕大,遮蔽了晴朗碧天。院里寂静无声,四周的一排排木质小矮房静默忧郁。左侧一排房子高大肃穆,石柱擎天,我与同伴面面相觑后,便小步冲上正殿。

殿内阴阴的,漆黑如夜。隔着发出笨重吱吱声的大门的门缝,我们瞧见了里面一溜的牌位。冷冰冰地,严肃地,无生气地,安置在一个个密密匝匝的木龛里。后来才知道,墨城坞村人的祖先正义太公的牌位便在最正中间处。

我们缩回了头,有些畏惧和紧张,忙向左侧一排房走去。房后的那面墙壁后来成为我们涂鸦的天堂。

你看你看,墙壁上,旭日东升,长龙舞爪,猛虎出山,利齿骇人。又一面墙上,飞仙飘然,裙裾鲜艳,灵动而活泼,顾盼而神飞。然而,有些画面模糊断裂,有些躯体不全,有些甚至遭受过明显的蹂躏。我很纳闷,但小心地抚摸着每一片彩绘,钦慕、敬仰与好奇心被激发。这是谁的作品?为什么又有破坏的痕迹?同伴们面面相觑。

匆匆折回课堂,高畈祠堂这鲜为人知的秘密充填着几个小伙伴的内心。

放学回家,饭桌上我嗫嚅地问了爹。

"爹,高畈祠堂里为什么有那么多方方正正的木牌子整整齐齐地安放在里面?"

"爹,高畈祠堂里为什么有那么多很大很大的五颜六色的图画在墙壁上?"

"爹,为什么高畈祠堂要锁起来,里面其实很好玩的啊。"

"爹……"

可爹厉声打断我的询问。他重重地放下碗筷,呵斥道:"你问这些做什么?你进去过了?我警告你,以后你不许再去!"

我便不敢多问,快速地扒完了碗里的饭,匆匆往锅灶台一放,便出了家门。同伴们聚在一处互相交换着搜集到的关于高畈祠堂的信息。关于太太太公、祖上德高望重的人、对村里有过巨大贡献的人,甚至高畈祠堂生生不息的原因,等等,碎片似的复原、归整、拼凑,成为高畈祠堂的一段"传奇"。

原来,祠堂是祖先的象征,是寿氏先人的汇集地。它受人敬仰,供人追忆,讳莫如深却又令人崇敬不已。

祠堂正殿牌位最中间的就是墨城寿氏发家始祖——正义太公。正义太公有三兄弟,他排名第二。据说正义太公非常喜欢四处游走,有一年,他碰巧经过墨城坞背后的大山,站在大山高处,俯瞰作物遍野的墨城坞村,又远眺滚滚而过的浦阳江,面露喜色,手捋胡须,对身边的人感慨:"好风水,好地方。"他见山上有一处小竹林,随手折下一枝,插在刚才吟诵好风水的站立地,对旁人吩咐道:"待我百年,葬于此地。切记。"便转身离去。

多年过去,正义太公百年,他的后人记起他的生前嘱咐,便央人来寻太公指定的埋葬地。几行人急急寻得正义太公手插竹枝的山地,举目而望,只见眼前都是郁郁葱葱的翠竹,竹海连绵,充满生机。

于孙们惊叹不已,此一随手折摘的小竹枝,而今却如此蓬勃,确如太公而言,真当是风水宝地。于是子孙们急忙将太公灵柩从遥远的地方运放至此并安放入土。墨城坞人聚集此地大概便始于此,而太公当之无愧地成为此地寿氏家族的祖先。

这个故事与高畈祠堂联系甚深,既如此,那祠堂为什么要紧锁避人呢?

"文化大革命"期间,村人为保护祠堂免遭外人损毁,历经了千难万难。虽壁画与房屋结构偶有损坏,但高畈祠堂大体终究是安然无恙了。

而今的高畈祠堂早已化身为墨城小学,与祠堂的传承精神颇为一致。

当时盛况,如今平常,几抹回忆,似曾相识。

今看花月浑相似,安得情怀似昔时。

彼此安好,哪怕活在时光里,也是对祖先的怀念与对后代的馈赠。

六间堂

六间堂是我们家的祖宅,顾名思义就是由六间厅堂组成的大宅院,在当时的墨城坞,也算小有名气。一直到今天,说及我是六间堂头的,村里人常常会凝神一会儿然后思绪回转,顿悟大叹一句:"哦,原来你是阿桥爷的孙囡啊……"

六间堂一直安静地沉睡在木一石门塘扎架山脚的一个山坳里,居于墨城坞这个大村里最高处,慈祥而恬静地看着来来往往的人和世相。

曾祖父子多,生了九个儿子,祖父是六间堂最小的孩子。有九个儿子,当时在村子里是很威风的。多子多福且人多有威势,曾祖父得意地在六间堂站着石狮子的大门口,捋着白须自豪万分。然后,他毅然决定再收一个义子,用十子同堂来圆十全十美的美好愿景。

子孙日日长大,兄弟异爨,曾祖父坐在正厅的最中央,从大爷爷开始到我祖父进行了六间堂的分家。我们如今见到的六间堂便是分家后的模样了。

我出生的时候,六爷爷还健在,住在祖父房最边上的楼上。六爷爷耳聪目明，走路虽拄一根拐杖，但是脚步轻盈。他经常微弯着背，一手撑着拐杖，笑呵呵地从我们廊前的大门出去，边走边唤着我的乳名。不一会儿便在拐杖的笃笃声中，迈出六间堂大门远去了。

寒来暑往，春秋轮回，六间堂的男人们娶进各自的女人，六间堂内的孩子瞬间多了起来。闲闹、嬉笑、玩耍，东家犬吠，西家孩啼，彼此应和，也应该是那个年代大户家庭最真实的生活写照。健硕的六爷爷常常端坐在厅前廊下的太师椅上，合着眼，微颔首，慈爱地看着这一代代的家庭血脉传承。

我七岁那年初冬患上了黄疸肝炎，脸色蜡黄，全身乏力，熬不住痛便去赤脚医生那里扎一手臂针，没想到连手臂也肿痛了起来。我整晚难受地啼哭，大人心力交瘁。第二天早上醒来，一家人灰头土脸，爹与娘愁眉不展，而小小的我，耷拉着脑袋，在六间堂的青石板上没精打采。

"飞儿，来，到六爷爷这里来。"祖父早已去世，六爷爷因此格外疼惜从小十分瘦弱的我。我怯怯地过去，到六爷爷坐着的太师椅前。六爷爷拿起手上的陶瓷罐，耐心地把我袖子往上卷了卷，麻利地把陶瓷罐里糊状的东西涂在我打了针而发炎红肿的手臂上。疼得钻心，我大喊起来。爹娘从屋里出来，瞧见六爷爷按压着我的一只手，来不及问明白，便在六爷爷低沉而清晰的吩咐中，用布片把那糊状的东西固定在我手臂上。

经过一番折腾，六爷爷似乎有些疲惫。他往后一躺，用力地握着太师椅的扶手说："不要担心，我给飞儿糊的是观音掌（仙人掌），哎，阿炎（堂伯伯）屋顶上的那盆长满肉刺的。这东西捣糊外敷,会清热解毒、行气活血的,今天你们要看住她,不要让她乱动,应该明天会消了肿痛的……"

六爷爷说完,便用力地起身,拄着拐杖,向木楼梯缓缓地走去。

几天后,肿痛消;再十余天,黄疸散;不久,病愈。

六爷爷陡然在我们心中成了无所不能的名医。

"六爷爷,你去哪儿?""六爷爷,我来扶你!""六爷爷,六爷爷……"

终究,健硕而慈爱的六爷爷最后也还是在六间堂,在我们对他无比敬重与爱戴的呼唤中,选择了一个寂寞的午后安详地离世了。

我从小没见过我残疾、驼背的祖父。听说曾祖父很怜惜他,把六间堂最中央的一直溜屋分给了他。关于祖父的故事我都是从爹娘的叙述中知道的。

祖父凄然离世的那一年,爹只有九岁。我所知晓的六间堂无不与清贫、苦痛、饥饿、酸楚相连。爹说驼背祖父去世的时候,瘦骨嶙峋,他佝偻着身子蜷缩在草席里,族人们用一张破门板做成薄棺木,祖父就这样匆匆被埋进了土里。孤儿寡母在六间堂的日子变得更加窘迫与难过,爹九岁便拾起家庭重担,开始放牛赚工分的生活。六间堂里,祖母伴着琐碎而纷杂的家务,日日细数着光阴,在岁月一年年的沧桑更迭中,义无反顾地坚守着。

而后,爹成了我的爹,我在六间堂出生。

六间堂横横竖竖十余户人家户户相通,或后垒起小矮墙做间隔,或隔有钉满的密密匝匝的竹席竹竿。我小时候住的六间堂的其中一楼一底这一间屋,与隔壁爹的弟弟我的小伯家只有薄薄一层土墙做隔。六间堂大门三级石梯上去,左拐十步,便是属于我的童年的幸福与贫穷交织的老屋。

楼下长方形一隅,里面是灶台、菜柜、小方桌、八仙桌,灶台旁边放着从祖父辈传下来的石水缸。灶台的上面有个正方形的木质窗户,对着六间堂其他族人的弄堂,照进幽暗而静默的光。略显局促的格局中我认为最好的便是靠着石水缸的一角的小天井,四方正正,雨水下落,娘用陶罐去接,可用来洗涮。窄小的天井地上铺满青苔,滑溜细腻,让人感到温暖与留恋。

这恰是其他人家所没有的。

我在这一方小天井里玩天水,会看见很多只"赤裸着身子"的小蜗牛,有些则背着"螺蛳壳"沿着墙壁吃力且坚持地向上爬行,它们会一直爬到小伯家的厨房窗台上。我用一根扫帚丝挑逗着它们,它们的触角碰上扫帚丝,头便会因受惊而钻进壳里。我不知道它们的世界是什么样的,是我们住的这六间堂平常而幸福的模样,抑或是它们也和爹娘一样为着美好生活努力而勤勉地奋斗?这痴想,直到娘在外间大声呼喊我的名字才戛然而止。我恋恋不舍地放下扫帚丝,收回正和蜗牛们对视着的认真的目光,从小天井离开,跑到六间堂大门正对的大天井里。

当然,最有趣的莫过于堂兄弟姐妹一起在六间堂里东躲西藏了。六间堂那么多间房子紧密相接，我从这个大间钻进去，在那些竹竿拼成的隔帘中间挖一个洞，就爬到了隔壁，然后找准堆满杂草的柴房躲进去。那些扯着喉咙的堂兄弟姐妹寻不着，我躲在里面哧哧地笑着，按捺着激动情绪，紧张而仔细地聆听着周围找寻我的伙伴们的声音。有时候，我甚至会躲进寿屋（即棺材）里。悄悄使出平生最大的力气移开那块棺材盖板的时候，内心还是有点惧怕的。但是想获胜的欲望冲破了一切，我一骨碌便和同伴爬进了寿屋的肚子里，再悄悄移上那块盖板，留一道窄窄的缝隙观察外面伙伴们的疾呼与迷茫。

这样的捉迷藏游戏，我们常常以出其不意而最后获胜。六间堂的每间屋，从木楼梯的楼上到楼下，每寸小角落，甚至冬天藏番薯的地窖我们都不会放过。我们的碎脚步"哒哒哒"地在木楼板上响起来的时候，大人们总是骂骂咧咧，却不恼怒，自顾着他们手头忙不完的活，没有闲暇来应对那泥鳅一样快乐而活泼的孩子。

六间堂有一间屋堆满农具，包括打稻机。农忙结束后，打稻机往往会靠墙竖放，底部朝外，于是里面形成了一个相对隐蔽的小空间。我们几个淘气，常常用弹弓或捕鸟器抓一些小动物，比如知了、螳螂、麻雀，然后残忍地用小树枝插着，在打稻机的隐匿空间里，用家里偷来的火柴就着干枝、稻草烤起来。四五个孩子在这个狭小的空间里围坐着，目不转睛地看着被烤着的小动物发出各种声响，嗅着袅袅飘起的肉香，垂涎三尺。不一会儿，手忙脚乱地把动物们的身子肢解开来，你一腿我一手地大快朵颐。直到有个堂伯闻到火烧的味道,对着柴房斥责,我们才惊慌地从打稻机里撤退,四下逃窜。

而身后的六间堂,那样慈祥地看着它的子子孙孙代代繁衍、生息……

20世纪90年代后,族人们开始一户户搬离狭窄局促的六间堂,他们决定在墨城菜场靠近公路的田畈里另辟新址,造起农村人最向往的气派宽敞的三层楼房。六间堂的老人们一个个熬不过时间的冲刷,逐渐与亲人分离。只有老旧的六间堂在几十年的风雨中坚守着,相伴它的是同样已至耄耋之年的祖母。祖母老了,整日倚在六间堂入口处破旧颓圮的长廊上,伴着屋檐顶上那儿根精瘦的、飘摇无力的狗尾巴草,落寞而孤独。

祖母离世的前一年暑假,我走上潮湿而长满杂草的六间堂青石板台阶。她正百无聊赖地坐在躺椅上,我悄悄伸出了手,握住风烛残年的祖母的那只枯瘦的手。祖母露出诧异而欣喜的笑,轻柔地喊了我:"阿飞。"是的,我是你的孙女阿飞。

祖母的思绪有些混沌与游离。她抬着几乎失去血肉的手,颤抖地指着远处那排断了椽梁的屋子,说:"阿飞,你看,六间堂要塌了啊……"祖母的眼里有混浊的东西涌出,我用力地拍着祖母枯枝般的手,无言安慰着。祖母在六间堂的暖暖阳光中睡着的时候,我也微醺地靠在六间堂长廊干净的后墙上,悄然看着堂前四方天井漏下来的日光,以及天空掠过的鸟雀。白云悠闲地在天空中游弋,那样温和地看着六间堂和我们。

第二年10月,祖母去世。六间堂随后也在一个初冬寒湿的雨夜里轰然坍塌。

…………

它似乎悲壮地完成了现世的使命,和我们凄然作别。因为这是一个注定离别的世界,祖母与六间堂,都逃不过这样的宿命。

江藻大塘

其实江藻大塘的前身是墨城大塘,先前隶属墨城坞。我就是正宗的来自墨城坞大山坞畔的女儿。

每次驱车去湄池参加教研活动,经过江藻大塘边,我总在心里默念:这是我们墨城坞的,这是我们墨城坞的。但这样又有什么用?大塘至今安然地坐落在诸湄公路的江藻地段。塘水泱泱,碧绿澄清,钱姓人家挨塘而落,宁静恬淡,因着这水塘的雅静,周围的村落也清风湿润,茶烟轻扬。重温旧史,故人已远,徒留墨城坞人的一缕喟叹。

走进墨城坞这个大村,你随便逢着一个上了年纪的大婶大叔,打听墨城大塘辗转成为江藻大塘的因缘,他都会娓娓道来一个民间故事:

墨城坞人自古耕作勤勉,走出的才子文人颇多,约在19世纪初(还有一说是宋代),墨城坞曾一下出了七个进士。七个进士同在一村,这件事将积聚在墨城坞村人心中那份沉甸甸的荣耀感熊熊点燃了。于是,墨城坞人耕读传家的民风更甚。放牛放羊的娃,总会手拿一本书,草坡间、树荫下、牛背上,书声琅琅,那是墨城坞人勤勉好学的真实图景。

而与墨城坞毗邻的江藻,同期仅出了一个进士。于是江藻这样一个大地方,难免会被墨城坞的村民耻笑嘲讽。江藻人也曾一度忍气吞声,盛名对比之下,只有低头叹息。

而一个大水塘使墨城坞人与江藻人积怨更甚。大水塘的位置在江藻地段,却一直被墨城坞人管辖。每年到收获的季节,这个大水塘上飘飞的欢乐喜悦啊!那成串拎起的鱼啊虾啊被丰收的墨城坞人一袋袋装上牛车马车,在墨城坞人的吆喝中,从江藻启程,途经几个邻近村,走过约十里的村路,在笑谈中赶到墨城坞,最后分家到户,进入墨城坞人的嘴、胃。饱有两个境界,一是口饱,二是心饱。而大水塘给墨城坞人带去的这种心口的愉悦之感,让冷眼相观的江藻人愤愤不平。

于是一个分歧横亘在墨城坞人与江藻人之间:既然大水塘是属于墨城坞的,为什么它的地理位置是在江藻?江藻人说,这一定是无赖的墨城坞人利用种种借口从他们江藻的地盘上"赖夺"得去的!

这个"赖"字,激起了墨城坞人的极度不满。"赖"就是骗,甚至就是抢夺。而千百年来,这明明是咱墨城坞人的鱼塘,怎么江藻人瞎七瞎八地硬说是他们的了?墨城坞人联合村里有声望的七进士一同商议对策。七进士说,那么,我们墨城坞一定要争一争的。

江藻人与墨城坞人一齐约好集聚在大水塘的旁边,两方人要用一个"土办法"来决定大塘是归墨城坞还是归江藻。

空地上堆起了小山高的柴,烧得噼里啪啦响,上头悬空支起一只大油锅,决定大塘归属的方法是——油锅捞币。

　　见证人宣布规则:江藻人与墨城坞人,谁能先从滚烫的油锅里捞起银币,大水塘就归哪方。有约摸十分钟的商量时间,双方叽叽喳喳地推举油锅捞钱币者。因为此事关系民生,又决定水塘的去留,双方乡人都不约而同把目光齐聚在几位进士身上。墨城坞有七位进士,于是七位进士决定慎重推举出其中一位去油锅捞币。七位进士正在火热朝天地左商议右商议的时候,江藻的那位独一无二的进士毅然出队,疾步到油锅前,挽起衣袖,面对滚滚冒烟的油锅,奋不顾身地、"嚓"地把手伸进了油锅。人群中爆出一阵阵惊叫,叫声将正在商议的墨城坞七进士从犹豫推却中拉回现场。说时迟那时快,江藻这位进士径直从油锅中捞出了那枚决定大塘去留的银闪闪的钱币!众人目瞪口呆,傻成了木鸡。随即,江藻乡民发出了震天响的叫好声,这也意味着大水塘从即刻起不再属于墨城坞,而被纳入江藻的版图了。

　　这以后,江藻、墨城地区流传着一首民谣:"墨城湖人七进士,不如江藻一进士。"这便是江藻大塘从墨城坞人手中离开的故事了。从此后,连湖一带,再也没有"墨城大塘"这个说法,久而久之,"江藻大塘"的名声随着其变更的故事,逐代流传。

倒坞

对于这个名字的熟识，缘于墨城坞在春末夏初的6月中旬时节，经常会发生的洪涝灾害。

墨城坞是坞畈人家，即靠田吃饭的村庄。在改革开放的春风未吹遍中国时，墨城坞可以说是诸暨人民的骄傲。鱼米之乡的墨城坞种双季稻、冬小麦、四季蔬、时令果。可以说，20世纪七八十年代的诸暨人民，吃的最多的就是墨城坞连七湖畈里出来的各种农产品。

以田地为生，靠天时吃饭，这就是墨城坞所有朴实乡民的真实生活写照。

那时候，家家户户一年都种双季稻，即一年两次播种、两次收割，其间田地空闲的时候可以按需种植草籽、大小麦等。

早稻往往4月前后下种。下种时候乍暖还寒，天气忽冷忽热。爹与其他农民一样，过年的时候拣个天气好的日子将闷好芽的谷种播散在秧田里。早去看晚去看，旱了浇水热了掀膜。因为秧的好坏直接关系着早稻的丰歉。待到秧田里齐手指长的秧苗朝人笑的时候，爹说，得挑个日子种田了。

四五月的天气千变万化，偶尔脱得只剩下棉毛衫裤，偶尔大棉袄裹着还是喊冷啊冷。开种拔秧的日子,早上阳光暖煦。爹一大清早就拉着独轮车赶去秧田拔秧了,我睡到7点多就被娘喊醒:"快起床,你爹都拔了几个时辰了。"顾不着瞌睡,我一骨碌从床上爬起,草草洗脸刷牙,满满一碗蛋炒饭落肚,吃得噎进噎出,打起饱嗝。娘在灶间看着我露出了笑。我知道,在田畈里干活,饭是一定要吃饱的,而大清早的蛋炒饭是实顶顶的。我照例牵出爹高大的永久牌旧脚踏车,带上娘让我捎带上的一大壶干菜梗汤以及几块劳作间隙中填肚的青糕麦饼就上路了。右脚伸进爹高大的自行车的横档下,吱嘎吱嘎地半转着圈,奔向五里路外的连七湖。

爹早已在秧田劳作了几个时辰了,在他身旁,青翠的秧苗正迎着春风向我微笑。我看着五亩多水泱泱、空荡荡的待种的田,有些茫然而犯愁。小时候,从没想过要什么,单就知道最不想做什么,而种田是我最畏惧的事情之一。长长的田地需要我不停赤脚匀速挪动步子,将一把把小苗以每行六把的密度均匀地插入泥田里。水田里数不清的蚂蟥正扭动着令人毛骨悚然的身躯,等着我一整个冬天养得白嫩嫩的脚脖子。田里的水高出泥四五厘米,早稻时节,我脱下厚袜,挽高裤脚,咬着牙将脚伸进这片生养我的连七湖田里。

这样的忙碌要持续一周甚至更久,无休止而重复枯燥的种田日子落尽,爹在田堤上吸着烟,笑盈盈地看着这露着苗头的青青农田。接下来,他忙着补秧、灌溉,偶尔排水、耘田。他期盼着七八月里的早稻丰收。

6月,进入梅雨季。爹一天到晚都窝在田头,不停地挖田埂排水。6月的雨水多得泛滥,农人们犯愁地瞅着湿漉漉的天,心想,老天,留点雨到七八月份吧。老天可不来睬你,照例风雨不止。一连十多天的梅雨天,让墨城坞人叫苦不迭。

骤雨纷至,村干部组织村里强壮的劳动力去安家埠守江堤。二十四小时,不分昼夜。浦阳江的水啊,已经溢上了安家埠大桥面,真怕一不小心就汹涌决堤,吞没沿浦阳江分布的墨城坞。

男人们开始打桩,灌沙袋,加固堤岸。可江堤终究因连日暴雨而酥软,纵使大木桩在一群男人的奋力下,直插入堤岸深深的怀里,也敌不过那发狂一样准备喷涌而出的浦阳江水。

终于,江堤决裂,洪水凶狠奔腾。

它们冲破堤口,嘶吼着,张着大嘴,淹没了爹与农人们呕心沥血耕种的稻田。洪水继续涌来,淹过村口的大槐树,然后,冲进村口的房子,一尺、两尺、一层、两层。洪水夹杂着各种垃圾,将墨城坞村变成了一片汪洋。

"倒坞啦,倒坞啦!"村里鸣锣高喊。老人孩子女人,在哀号中将房子最低层最值钱的家什,诸如黑白小电视机、乘风牌电风扇、鼓风机、碗盆桶椅,杂乱而争先地向地势高处搬运。孩子们惊恐地目睹这场大水灾,不知道它会如何吞没自己的家、玩耍的晒场,甚至学校。他们匆忙地跟在女人们身后,不停地运送着家什,从一楼到顶楼,从自家到别家。洪水一直淹到木二村的水井边才停下来。

听说在江堤作业的男人们控制住了决堤口。那就好,那就好,老人揉着胸口不停地安慰自己。

全村断电,洪水隔绝了村人与外界的一切联系。那个时候,电话机并没普及,我只在村公社里看到过一台,黑黑的,放在公社高高的柜台上,时不时"丁零零"地响起来。那是村人与外界通信的最好工具。

几天过去了,洪水并没退去。很多村人断了食,外村的亲友们便坐着菱桶来送吃的,逐渐有干菜、番薯、白菜、猪油、米、火柴送进村来。再后来,政府用小木船运来白麻袋装的米、油,还有包装好的榨菜、什锦菜。

一直到十来天后,洪水才慢慢退去。从市场退到公路,再退到田脚,最后隐匿在墨城坞的稻田里。

村里人开始忙碌。他们不断从水井挑来水,冲洗被洪水肆虐过的家。你瞧,墙面上到底还是留下了污渍。你想不到灶口里会突然钻出一条水蛇,或者在猪槽间里会翻出很多老鼠或其他动物的尸体。角落里堆积着随洪水而至的污垢,气味恶心、难闻,令人作呕。

生活逐渐归位并恢复正常。

孩子们重新坐回学堂。学堂里的黑板、讲台、课桌椅也无一幸免。老师们组织了一场浩大的大扫除,清洗窗、门、墙、地面。身体壮硕的学生一次次接过相对瘦小的学生一脸盆一脸盆打来的井水,不停地冲、涮、擦、扫。

女人们,在恢复正常后的那些天里,将梅雨季里发霉有气味的被铺帐子、衣物家什统统搬到晒场上,一遍遍翻晒,用长木条敲啊敲,仿佛要将倒坞这样倒霉的事情都敲打干净。

男人们整日驻扎在田间地头。爹一脚一脚地在本要丰收的稻田里移动，小心地扶直那些饱满却被洪水浸泡而发霉的稻，不住地嘀咕着："真是可惜啊，真是罪过啊，真是倒灶啊。"爹黑黝黝的脸阴沉着，眼神无力，充满遗憾。他望着五亩多几乎要收割的早稻田，欲哭无泪啊！勤快的男人们迅速调整好心情，两两一起，商量是否即刻补种或翻种，想着其他各种补救措施。

就这样，一场天灾忽至又远遁，除了墙壁上的污渍，其余都消失在村人日常忙碌的生活里。

时光给村人留下的除了无奈的眼泪，还有一段关于倒坞的幽暗口了。有一天，我坐在罂城坞后山的土地上，感受到轻柔的风吹过，安宁而平和。"残红一片无寻处，分付年华与蜜房。"我想，岁月的印记就是这般吧。

外庵

外庵就在墨城坞背后那片连绵青山中,对外庵这个名字的熟识,得益于自家在外庵上的两块地。外庵分大外庵与小外庵。我仔细观察过,大概是大外庵的范围广博些,山势陡峭些,上山的路途更遥远些;而小外庵则一进观山坞便可拾级而上。

幼年时,爹会在大外庵上密密匝匝地种满各种菜:洋芋艿(土豆)、番薯、蚕豆(罗汉豆)。还栽了很多桃树,一行十株,几近百株。大外庵地势斜陡,每次娘让我去摘豆,我都挺不情愿。进了观山坞,绕过小外庵,小土路盘亘曲折,杂草丛生,果树茂盛,溪流淙淙,飞鸟在头顶清脆鸣唱,虫鸣蝉和,啁啾热闹。

我忐忑上山。关于外庵有许多种传说,比如外庵上有条和大人小腿一样粗的乌山蛇,会在夏天出没,在观山坞的各条溪涧中洗浴。"咣当咣当",那声音远远听来,像是哪个老伯在水涧里舀水,循声走近一看,妈呀,是和小腿一样粗的大乌山蛇。见你来,它立马起身,身子立得笔直,挡在你的去路上。你必须捡起一块大小适中的石头,迅速抛向空中,若抛得比乌山蛇高,那乌山蛇便收身,悠悠遁走;若你抛得不高,那乌山蛇即刻吐着细长红芯,向你缠来。你哭爹喊娘地从山上滚落下来,终于看到了村民。大家挥舞着锄头、泥锹吓跑了它,救下惊魂未定的你……

这种故事我从小听到大,于是对外庵生出很多畏惧。

我左顾右盼,仔细倾听龙王殿的淙淙溪水,驻足四望,畏畏缩缩地上大外庵去摘蚕豆。

那个时候,墨城坞人的日常饮用水都是从观山坞的各山涧集聚而来的。当时,村人最自豪的一件事便是在外庵山脚下建成了一个抵神气的自来水站。土石围墙,方方正正,水站深达几米,青石周砌,正门壁上用红色油漆书写着:木一村自来水站。右下方一排小字:建于一九八七年。

自来水站建成,于是最靠近观山坞的木一村完美地解决了饮用水问题。无论冬春,还是秋夏,当木二村、木三村、半山村的村民还在挑井水或塘水的时候,我们木一村村民却可以乐呵呵地用竹罐舀起水缸里满满当当的清冽的观山坞水,咂巴一大口送进肚子,神情自豪。

后来,木二村千磨万合,终于说通木一村,也在丰饶的观山坞建起了属于他们的自来水站,也用围墙砌起,用红漆写着:木二村自来水站。

后来又有了半山村自来水站。

很多农人来到观山坞,站在外庵上,放眼望去,对观山坞的伟岸壮观啧啧称赞。

也有些人是专门跑来看自来水站的。门锁着,他们便从水站的门缝向里张望,终于看清楚水站里面的大致情况。那水,啧啧啧,真是清得很哟!

于是来外庵的人也多了。

外庵其实是俗称,原名很有诗意,唤作碧霞庵。"松风清襟袖,石潭洗心耳。羡君无纷喧,高枕碧霞里。"李太白的诗句多少让墨城坞后人对外庵的原名有些敬重。这座碧霞庵,曾占地六百多平方米,庵内塑有神像多座,千姿百态、栩栩如生。这些神像趣味盎然,工艺精湛,在墨城坞一带算得上奇观。庵内曾有一口古井,据传是神龙下凡洗龙珠之处,所以当地人叫它龙眼井。于是沾此井缘,碧霞庵又叫作龙王殿。

7月值暑,老天久旱,而外庵里的龙眼井却井水不绝,且水味甘醇。农人上山到此,先虔诚跪地,再欣然饮之,最后用葫芦仔细灌满,与家人共饮。

墨城坞人过年会办龙灯会,与诸暨其他乡村的习俗一样。春节期间,万家团圆,于是喜迎龙灯。龙灯在墨城坞几个村里蜿蜒穿梭,一祈人畜平安,二祈五谷丰登,三祈风调雨顺。龙在中国古文化中被视作掌管风雨的神。墨城坞人靠天吃饭,从田到地到山,每一种作物都浸染了汗水与雨水的味道,于是迎龙灯成为村里那时最隆重的事情。一般是正月十五大清早,龙灯出山。龙灯出山进村前,十几个壮汉要一齐抬着龙灯到龙王殿刷目开光。大锣开道,铳炮齐鸣,扎着红头巾、腰间系着红色大脚布的壮汉们大喊"起",墨城坞村里年岁最大且最矍铄的老人引头,从外庵所在的观山坞浩浩荡荡地向村里昂首而来。

家家户户张灯结彩，大人小孩穿着过年簇新的布袄，恭候在村道两旁。女人们的棉袄大布衫一定是最喜庆的，她们还会在发辫梢头扎红绸，发间别红簪。龙灯队伍绵延几百米，在村间游弋，惊艳至极。家境殷实的人家是一定要把龙头请进家里，全家逢迎讨吉瑞的。家里八仙桌摆开，大红蜡烛点起，猪头活鲤以及果盘拼好，请龙头进来。壮汉们小心地把龙头放在八仙桌两三米开外处，正面朝着主人家的大红八仙桌。年岁最大的老人嘴里念叨着，主人一家便齐刷刷跪地，向龙王菩萨叩拜祈福。村人们会将这一户围得水泄不通。很多村人家贫，请不起龙头入它祈福，于是趁别家祈福的时候，也在龙王菩萨面前跪拜祈福。肃穆庄严，虔诚之至。

由此，我对外庵即龙王殿的敬重也油然而生。

世间，很多事或物，人或景，本来是平常或平庸的，甚至是卑微的、琐碎的，但是一经人们的咀嚼和传诵，便折射出奇异而令人尊重的霞光。

如同树木，它对春天开花夏天结果并不期盼赞扬，对秋天叶落冬天凋零也不惋惜神伤。在那些艰难岁月的风吹雨淋中，外庵蛰伏在观山坞的青山绿水畔，默然含翠，享受墨城坞人对它的无限崇敬。

墨城坞以及周边村的村民在一些重大的节日里会在龙王殿内守夜、祈福、念经、做法事，甚至进行布施与捐赠。勤劳而朴实的村民们用生平最大的诚心，向外庵龙王殿菩萨祈求踏实与安心。哪怕龙眼井里的一壶水，哪怕外庵的一株菜一个果，他们都一路碎碎念地带回家，供奉在自家的神龛里，作为最朴素的信仰寄托物。

前尘往事,只有时光记得。

那些鲜活的名字,那些青涩的记忆,总在不经意间复活。美好旧事是如花的风景,比如如今已荡然无存的外庵,清冽甘甜的龙眼井水,甚至传说中的乌山蛇,千秋百代的观山坞,都热烈地缠绕在墨城坞老一辈人的脑海里。

你,外庵,给了我们祖先以及后代子孙一个美丽的故事与港湾。

龙灯

距离腊月还有三四个月，村子里最忙碌的就是一群老汉。他们坐在村里杨神殿的稻草堆上，身边依次摆放着削刀、锉刀、勾刀等专用工具。老汉们手上缠着厚厚的白蜡布，盘着腿，手指间跳跃着变身的"毛竹"。几个时辰后，他们怀里便多了一条条窄长的竹片条，整个杨神殿弥漫着一种沁人心脾的竹子的芬芳。

深秋的午后，不时有一些村子里的手工匠人出入杨神殿。淘气的孩童总是在杨神殿破败的木质雕花窗户外探头探脑，冷不防被里面的声音喝退。只见那些竹片条已经被村里的手工匠人用钉子做成各种神灵、人物、动物的样子，如王母、孙悟空、玉兔、财神爷等。而在殿堂深处，扎着一个高大的东西。爹后来告诉我们，那是龙王爷的龙首。

天气逐渐变冷，而杨神殿灯火通明，热火朝天。一批批男人进进出出，手里总会捧着成捆的塑料布，提着染料桶。杨神殿破天荒地关起门窗，女人与孩子是绝对不允许进入的。男人们聚集着，嘀咕着，讨论着，然后不停歇地忙碌着。每次爹从杨神殿回到家，好奇的姐弟俩总缠着他问长问短，杨神殿里

到底在弄什么要紧东西？爹你的手上为什么全是涂料？龙
灯？那是什么东西？娘与我们为什么不能去看去帮忙？……
爹来不及一一作答，埋头匆匆扒着饭，不一会儿，又被从窗外
经过的叔伯叫走。看着他们忙碌的模样，好奇的我们总想找
机会进去一看究竟。

小癞子是村里孩子中最顽劣的，我们的好奇终究被他的
自告奋勇点燃。午后，我们聚集起来，说起对杨神殿的疑惑，
小癞子拍着被旧棉袄挡住的胸口保证，说一定能进去把里面
的情况看清楚。杨神殿是一座旧社会留下来的大祠堂，森严
肃穆。里面雕梁画栋，硕大的木柱子漆黑挺拔，石礅石柱有序
而冰冷。我们瞧着十一二岁的小癞子敏捷地翻上杨神殿厢房
的雕花木窗，猫腰屏气地攀着突出来的横条。远远看去，瘦小
的他就像一只攀在墙壁上捕食的壁虎。

过去了半个小时，杨神殿的大门"哐当"一声开了，我们当
中最年长的孩子一眼瞧见小癞子被村里的一个伯伯拎着衣领
提了出来。伯伯厉声训斥着小癞子，不一会儿，小癞子的爹闻
声赶了过来。他已经知道了事情原委，一把抓过小癞子，黑着
脸。"啪"的一声，传来结结实实的巴掌声，夹着他爹的怒吼声。
我们几个躲在井沿旁的枣树下，捂紧嘴，大气也不敢出。等外
面的声静了，我们蹑足四散，迅速跑回自家。一连好多天，我
们都不敢在上下学路上和小癞子有过分亲近的言行。

腊月来临，山村天寒地冻。这个月也是农事最清闲的时
候，几乎所有的男人都被村里的大队会计安排了活儿。家里
的长条凳与横木条被爹抽出来，然后急急地背去杨神殿。

据爹说,那个神秘的东西已经到了收尾阶段,现在只需把各部件钉在长条木凳上即可。老汉们在杨神殿与村会计一起,紧张地商议着,爹在旁边听着他们的讨论。每定下一个环节,会计便摊开红纸写下来:装身、试场、点睛、祭祖、游灯、摆台、转村……而时辰、人员、顺序、物什等需要落实与提前布置。这俨然是这个春节村里的一桩大事,事无巨细。

除夕夜的欢声笑语,家家团圆,也预示着腊月的结束。新春伊始,走亲访友,迎来送往,无不呈现出中国传统佳节的祥和喜乐。正月过半,走亲拜年告一段落,村里的大戏便将上演。

那日凌晨三四时,村里几乎所有的精壮汉子都齐聚在杨神殿门口的道地上。随着村里德高望重的太公挥笔落号,汉子们按序一个个进入杨神殿,依次走到与自己序号一致的板凳前。所有人都站在各自的板凳龙前面,然后按负责制作的匠人的规定,两两起身,将所有的板凳依次拼接起来。一号板凳被抬出殿外,紧接着二号、三号,直到一百号板凳都陆续缓慢现身。板凳被汉子高举起,又落在他们宽大厚实的右肩上。

一百条板凳首尾相接,这场面好不壮观。村里人早听闻这重大消息,挤在寒气凛冽的大清早的晒场上,争睹这一盛况。女人们都在摸黑辨认自己的男人,孩子们钻着人缝寻找自己的父亲。我却找不着我的爹,一号到一百号,那些抬着板凳的人都不是我的爹。正在我焦急与疑惑之际,只听"咚咚"的两声,一位老汉扎着红色腰布,挑着一担东西出现了,身后跟着两个大汉,提着两面黄面黑圈大锣。随着棒槌的落下,汉子胸口前的声音便响彻了村子上空。紧随其后的是十六个壮汉，各擎着引领灯、九眼铳等。再接着，六名村民手托着一件硕大的艺术品——龙头出了杨神殿。我眼尖，一下瞧见爹正在六人之首。爹矮着身子，钻进了龙头的底下。当整个龙头完整地出现在天空下的时候，爹与其他几人便站直身。一"起"身，那龙头便高仰起来，犄角张扬，嘴巴大张，吐出灵动的巨舌，居高临下地俯视着这个祈求风调雨顺的村子。两根龙须抖动，龙眼低垂，鳞纹闪耀，起伏灵动，哇！好不威风！

待龙头与一号板凳拼接安妥，龙尾由四个汉子缓缓抬出，那尾巴高高翘起，鳞纹与龙首遥相呼应，五彩缤纷。待龙尾与一百号板凳拼接后，负责人便在道地上宣布起身的时辰、线路与注意事项。

吉时醒龙。首先，得去村子后山上的龙王殿前的龙潭洗龙眼。时辰一到，长者一声令下，几百号人同时起身，在红腰布老汉的引领下，有序地向龙潭进发。一路上浩浩荡荡，真正是龙腾生威。

说是龙潭，其实就是一个大水坑，只是水坑活水不断，水质甘甜，潭底的水草悠悠生长。大伙抬着龙头沿着观山坞缓慢地抵达了龙王殿前。龙头在前，又有锣鼓引路，一路顺畅自不在话下。待龙头歇在两条长板凳上，老汉们也放下物什，在潭旁站定。一老汉拿一块红绸布在潭水中浸湿，稍拧干，缓步走到龙头前站定。众人齐刷刷盯着老汉。"龙王，墨城坞人今天抬你出山，帮你清洗眼睛啦！"观看的村民无不双手合十，默念着，祈佑着。爹与抬龙头的汉子也朝龙王躬身作拜。与此同时,铳炮齐鸣,响彻山坞。

醒龙仪式后是拜山。引头老汉带着队伍向龙王殿游来。依然是一系列焚香、祝祷、跪拜的仪式。进行仪式时,妇女与孩子是绝对不可以进去的,以免冒犯龙王的威严。可是小癞子却灵活地钻进去,挤在人缝里,欣喜万千地观看这盛大的仪式。

游村开始,村里人各就各位,无不虔诚备至。

客气的人家,会把桌上的供品塞进引头老汉的竹篮里。各色糖、花生、红枣、大苹果等,不计其数。爹偶得些,便在歇下的当儿,招呼我过去,一把从腰间的大脚布里掏出来,兜进我的怀里。哇,那一刻的喜悦,与过年时候分得压岁钱的喜悦无异。在龙头进宅祈福期间,各户主人往往会包上一个红包,装进引头老汉腰间的红布袋里。然后,随着锣鼓一声响,龙又在扛抬汉子们的一声"起"中凌空而起,重新游回主路,再次浩浩荡荡地挨家挨户游过去。

我家在墨城坞村的石门塘,下山回村,必须得经过一座石桥。桥身窄且转弯有弧度,独轮车、脚踏车、三卡、拖拉机过桥都须得小心谨慎,以防不慎翻落溪坑。龙灯下来的时候,爹紧声嘱咐引头老汉,在桥头要稍稍调整队形,否则会彼此相挤,弄倒龙灯。娘在桥头旁的小弄堂前弄了小方桌,而我家就在弄堂最头上。爹调整龙头朝石桥缓慢地移过来,此时,娘和我们早已在小弄堂前等候多时。爹用尽气力欠着身向小弄堂这边靠过来,以便让龙头能够正对着弄堂。娘点燃三炷高香,朝龙头祈福,爹抬起龙头使劲地朝小弄堂的方向点了三下头。

娘心领神会,急忙将准备好的"金元宝"燃起……龙灯队伍虽没做停留,但那点了三下头的"龙王爷"似乎已给了我们家很多的福气。事后我知道,我们之所以不设案桌,像村里有些人家那样大张旗鼓祭拜龙王爷,归根到底还是因为贫困。毕竟在当时,能请得龙王爷进门的人家,在村里可是富裕的"万元户"。

龙灯从一个村游到另一个村,甚至游到邻近的十里八乡。一路上张灯结彩,鞭炮齐鸣,老少咸集,真是盛极一时。每村有每村的习俗,吴墅村的接灯仪式在大道地上,龙山村的迎灯时间在夜深时分。爹与众汉子在那个热闹的正月里,赚足了威风,也沾足了因舞龙灯带来的好福气。

以至于后来的很多年里,爹和曾多次参与这些仪式的村里人说起的时候,总会燃起一支烟来,眼睛晶亮地盯着杨神殿的方向,喃喃地说道:"那时候,我们墨城坞的龙灯啊……"他们现已布满沟壑的脸上,露出莫大的豪气与丝丝缕缕、经久不止的兴奋……

童年与粪坑

"墨城坞下溪坑水，中间多少行人泪。"

此一句，引起我对往事的追忆。都说，生命中的每一个开始和结束，都是在丰富自己的人生阅历，而远去的事物，不必去追。

那些逝去的时光、人或事，例如墨城坞村后四季的鲜明变迁——春天里的花开燕来，夏天里的绿意清凉，秋天里的月满西窗，冬天里的瑞雪倾村，都随着奔腾的岁月，成为生命中不可抹去的印记。而关于童年的印象，始终逃不过一个瞬间。

20世纪80年代的故乡，小村庄有走不尽的泥路。晴天尘土飞扬，雨天坑洼泥泞。村子四周，放眼望去，到处都是自由撒欢的猪：或跑或躺，或闲庭信步，或昂首阔步。白的，黑的，胖的，瘦的。或独自行走，或成群结队。尿屎满地，臭味熏天。

粪坑便应运而生。那时候，在房后的隐蔽处，用黄砖或碎石简易围起，中间挖地三尺，形成一个凹地，凹地四周粗糙地铺上一些碎石沙砾，粪坑的雏形便成了。也有将凹地挖成正方形或长方形，一半铺上结实耐踏的木板，在上面直立一块，当作挡板；再在四周垒起黄泥高墙，在高墙顶架上几根椽木，铺满厚实的稻草。这样的粪坑在那时候是很高级的。

小时候孩子们最喜欢捉迷藏。往往两三人一组，分成三组，以大晒谷场作为中心。开始后，躲藏的一组四处找地方藏匿，而找寻的一组需要在原地待命，再留下一组进行公正裁决。躲藏的那一组藏得越久，越难找到，则最后越可能获胜。获胜后，可以从找寻组那里获取一些小东西作为奖励。这种游戏原始而有挑战力，对孩子们的诱惑和带来的成就感也最大。听着找寻组扯着嗓门在大晒谷场周围喊你们的名字，你真听得见他们内心落寞战败的声音。而你在暗处窃喜，享受这种小小成功带来的愉悦。

那是一个寒风凛冽的冬日中午，饭后小伙伴们照例集中在大晒谷场。等人员到齐，便开始新一轮的捉迷藏。此次获胜方可以得到对方一把晶莹剔透的弹珠。划拳决定躲藏一方，我们组三人可以先去藏匿。得到裁判小组的示意之后，找寻小组捂住眼睛蹲守在原地。在裁判小组监督下，我们组蹑手蹑脚地向大晒谷场周边四散，认真分头寻觅躲藏点。我一眼就瞅见了邻居大伯家侧屋的那一个粪坑，小心地攀越粪坑的黄泥墙壁，爬到粪坑的茅草顶上，顺手把顶上的茅草轻轻地盖在自己身上。

找寻小组的三个人，在晒谷场周围开始地毯式搜寻。我躲在粪坑顶上一声不吭，暗暗发笑，按捺不住内心的欣喜和兴奋，以及胜券在握的信心。听着他们的嘀咕，隐遁在粪坑上面的我，忍不住笑出了声。

"你听你听，阿飞的笑声。"有小伙伴耳尖，他们循声跑来。

我紧张地把脖子缩进了棉衣里,身子不断下压。谁知用力过重,粪坑上面饱受风雨摧残的橡木禁不住我的蛮力,突然断裂,我使劲挣扎也只抓住了粪坑上的一把稻草。随着"哎呀"的喊声,我扑通一声坠入粪坑里。

粪便与垢水迸射四溅。

农人家的粪坑足有一米多深,我落下去,只露出了手和头。粪坑壁湿滑,我小小的身躯想往上爬却力不从心。等所有努力都变成徒劳后,我只能哀号。小伙伴聚拢过来,他们在粪坑边叫喊着,尝试用手去拉粪坑里的我。

纪康爷爷恰巧经过,小伙伴立马上前求救。纪康爷爷即刻跑过来,单脚跪地,蹲下身,伸出大手,用力抓住露出粪坑的我已冻僵的手,一把将我拉离粪坑。我半卧在地上,身上的棉衣已经被粪便浸透,满是狼狈和痛苦。

远处,我娘在一个孩子的指引下,骂骂咧咧地朝这边赶来。夹杂着大人的安慰,在娘发狠的咒骂中,我被剥掉了棉袄、卫生衫、布衫,脱下了棉裤、卫生裤,扒下了棉花鞋、厚布袜。但我的头发仍沾满粪便,全身上下散发出令人作呕的气味。娘带着哀怨的眼神,用爹的破脚布裹紧我簌簌发抖的身子,一只手拎起我向家里大踏步走去。看客们于是散开,只留下那一摊粪坑水和一路的臭味。

家里一阵嘈杂,爹拖出夏天洗澡用的木桶,把开水壶里的、汤罐里的热水全部倒到木桶里,又关紧门窗,把冬日的寒风挡在门外。娘开始给我洗头洗澡,仔细扯去我头发丝里那些恶心的东西,爹也在我身上擦着肥皂。我一边哭,一边发抖,听着娘严厉的呵斥和教训,迎着爹与娘满目的恨与怨。最后,我被按在木床的棉被里,小声抽泣。

那时祖母仍健在,她在隔壁房里,"小囡小囡"地悄悄安慰着躲在棉被里抽泣的我。不一会儿,祖母在两间房的挡板席上挖出一个洞,伸出她的手,朝我招着:"小囡来,到娘娘这里来。"我从棉被里爬出来,爬上抽斗桌,钻过那个挡板席,握住祖母温暖的手,委屈而无助地喊了声:"娘娘。"祖母帮我套上表哥穿过的线衫、滑雪衫、线裤,轻声地安慰我:"没事没事,没出事就好。"她揽紧我,坐在旧木床板上。伴着吱呀作响的木床的摇晃声、祖母缓慢温和的拍背声,不一会儿,我进入了梦乡……

这场冬日里恶臭难闻的闹剧,终随着时间的流逝,经过老一代人的咀嚼和小一代人的嬉笑,留在了那遥远的时光里。

那个瞬间,而今已离开我三十多年了。

我的孩子们也已长成昔日我的模样。

孩子的学校布置了一篇写关于自己或家人的童年的作文。孩子小心地拿着作文本询问我,我温柔地拉过孩子的手,缓缓讲述那个粪坑与女孩的故事。

"……想不到,那个曾跌落粪坑的小孩子,如今却成了一个优秀而努力的人民教师。"

孩子听后对我人生阶段的总结,让我暖心。

而童年的很多经历,我已渐趋淡忘。或许成长的意义,就是要让自己变成一个无可替代的人。而那满溢着粪坑气息的

无法磨灭的童年光景,终究在生命长河中,留下了隽永的
印迹。

拔猪草

　　一个人的心有多辽阔,便可以收留多少故事。这世间的风景或事迹,要真正经历才会有深刻的体悟和感触。年幼时曾抵达的地方,遇到的人与事,常常刻骨铭心。

　　20世纪七八十年代的农村,家家户户都会饲养一种家畜——猪。

　　母亲养的猪是那个年代重要的家庭经济来源。子女上学,赡养婆婆,家庭开支,于是母亲一年到尾要在那样一个逼仄的家里饲养两头猪。

　　自我记事起,一家四口人就住在矮小而拥挤的平台屋里。母亲往往清早便起了床,在灶间不断地忙碌。待到我们姐弟揉着惺忪的眼从内屋到外间,母亲早在灶台的锅里煮沸煮烂了满满一大锅猪食。青草、谷糠、泔水混合的味道,把窄窄的屋弄得满室"飘香"。母亲没有空暇照顾起床的两姐弟,她一趟趟地从灶间碎步移向猪头间,一边发出着呼猪特有的声音,一边扣准时机把一大盆猪食倒进猪槽内。两头猪抢食的样子,勇猛且执着。母亲一边训斥将食物拱出猪槽的猪,一边又不断唠叨,要再添个新猪槽了……

母亲的活似乎永远忙不完。家里收番薯的时候,往往是大热天。母亲挑起两只大畚箕,疾步向外庵奔去。我们放学回到家,家门口已堆着高高的番薯藤,母亲依然穿梭在灶间与猪头间,喜不自禁,开心地和我们说:"这下猪有得吃了……"

番薯藤被切碎、碾压、煮沸、拌匀,最后一盆盆倒进为猪准备的两只褐色大瓷缸里。

以番薯藤为主的猪食不出一段时间就吃完了。猪被赶出猪头间的时候,它们扭着浑圆的屁股,小心翼翼地滑下台阶,然后嗅着村里其他家的猪的气味,摇摇晃晃,最后欢快地奔向有猪伙伴的晒场、阴沟或阴凉地方。

终于要拔猪草了。

我从村口的学堂放学回家后的第一件事情,就是搬起木凳,取下挂在灶间木钩子上的饭淘箩,捏两手冷饭头。再从菜柜里抓过两把干菜,匆匆拎起角落里放着草帽与割子刀的大菜篮,和约定的小伙伴一起,向村子后面的大山出发。

拔猪草的生活,简单,美好。观山坞用漫山遍野的猪草迎接这一批带着纯真笑颜的孩子。对猪草的选择,是需要经验的。又长又嫩,长在麦田里的那种草最好了,一抓一把,整齐有序,我都想象得出母亲在斩碎它们时露出的赞许神情。长大了才知道,这种野草唤作鹅儿肠。其他猪草也都有各自的名称:奶浆菜,因为它会分泌牛奶一样白嫩的汁液,开出的小黄花低调好闻;马尾巴,这草在长嫩芽的时候才可当猪食,它的别名叫洋蒿;还有野胡萝卜草,水灵灵的很诱人,一定要趁其嫩时拦腰割下或摘下。

观山坞群山绵延，我们割满沉沉的一大草篮或一畚箕猪草后，就惬意地、横七竖八地躺倒在村民满山种植的桃树下。初夏的时候，桃树已经探出毛茸茸的桃子。我们流着哈喇子，没有放过正在长身体的小桃子们。

我们满心欢喜地注视着这片大山，她像母亲，温暖慈祥，亲切平和，无私相奉，还默默无言。那个时候，我们不知道这片大山有一天会褪去光华，甚至烟消云散。那个时候，我们不知道，我们赖以生存的观山坞有朝一日会隽永成一首诗，只能鲜活在我们的记忆里。浮生如此，别多会少，走得最急的是最美好的风景。那个时候，我们如何懂得"且行且珍惜"的真谛，更不知晓一个人儿时的岁月静好，包括故乡、亲人、自然，拔猪草时的空旷芬芳，甚至高山响水，都会在生命的某个阶段消逝不见。

我们拔好猪草唱着山歌回村，整个墨城坞氤氲在一片炊烟中。袅袅烟气从各家的烟囱升腾，高入云间，悠悠消散，那画面就如一幅水墨画。我们互相道别，各自回家。母亲已经把几碗农家菜对碗扣好放在小桌上。父亲从灶窠出来，掸掸身上的草屑，舀起一竹罐水洗了手，从石水缸边小心翼翼地摸出瓶酒，倒了满满一碗。愣一会儿，他又不舍地倒回去小半碗，舔着瓶角漏出的碎酒水，在小桌边坐定。

盛了满满一大碗白米饭，我依次夹了蚕豆、豇豆、干菜肉，顺便浇了干菜汤，便捧着碗坐在门口的大青石头上边吃边看家门前路上的世相。

伯伯、嬷嬷、婶婶从路口走过，去溪坑洗拖把或荡马桶。

他们和我打着招呼,唤着我的小名,甚至看了我碗里的饭菜,调侃一句:"阿飞,你娘真是节约,介大碗饭,连肉丝都没看见呢。"

待我进去夹菜的时候,母亲就开始絮叨:"桌上吃不下吗,要捧到门口吃?"

我明白,母亲是听见了婶婶讽刺她舍不得买好菜。

"要吃得好穿得好,没钱哪里来的吃与穿?等猪头间的这两头猪出槽(可以卖了),想吃肉穿新衣裳还不容易吗?"母亲这一番话是说给父亲与我们姐弟听的。姐弟俩面面相觑,把饭扒得极快,吃完便匆匆把碗往灶头一放,拔腿出去玩了。

我低着声和弟说:"妈的话听见没?两头猪养人好卖了,我们就可以吃肉穿新衣服了。所以,我们要加把劲拔猪草,趁海琴、阿平、阿欢没发现,把观山坞水站下面那块田里的最嫩的麦田草(即鹅儿肠)统统去拔来。"弟弟使劲地点了点头。

猪日养日大,有头猪的屁股偶尔会嵌在猪圈的松木门档中间,母亲要使劲往正中拨弄它的屁股,猪才能"嗷"的一声顺利出来。肥硕的屁股两边留下红红的两条印子。

秋风过,观山坞的猪草一日日枯黄。大山小冈拔得到草的地方已经被村里的孩子一一扫荡过,我和弟弟满心烦忧。

有一天放学回家,母亲拉起独轮车,嘱咐正在吞干菜冷饭头的我们说:"快出门,我们到里坞边的水塘边捞'革命草'去。"

娘仨急匆匆地向里坞的田野进发。

墨城坞人的口粮田都在村子五六里开外的坞田里。离村近点的喊里坞,过安家埠桥的喊外坞。连七湖田鱼米香,说的是外坞广阔而望不尽的水稻畈和鱼塘。里坞的塘不多,就在石桥埠头。娘仨的脚步疾速,二十多分钟就到达了石桥头。

绕过石桥,就是一爿水塘。哇,靠着水塘、汲着水的野草叶片干净发亮,那就是"革命草"。我站在塘边,眼里满是惊喜的光。有些欢喜,真的来得猝不及防。母亲与弟弟急忙蹲在水塘边,拿起割子刀,"刷刷刷"向茎枝纤长叶片却壮硕的"革命草"下了手。初秋傍晚,水塘边的风开始轻声哼唱,掠过母亲健康而黝黑的脸及姐弟急不可耐的神情,消失在三把割子刀齐刷刷的、富有韵律的割草声音中。

一捆捆,一扎扎,堆上独轮车;湿漉漉,沉甸甸,满载而回。

一路上,独轮车载着湿答答的"革命草",欢快地唱着吱呀的歌。

母亲还哼了几首出名的越剧,比如《五女拜寿》。我和弟跟在母亲身后,脚步轻盈,脸上带笑。

家里的两头猪在临过年的时候,终于要出槽了。大清早,这两头被母亲的辛劳和慈爱浸润着长大的肥猪在父亲以及村人的帮助下,被赶上了外村来贩猪的"杀猪佬"的拖拉机。它们死活不肯挪动壮实的四肢。无奈,父亲与乡亲们只能大吼着将它们赶离。就这样,猪离开了它们的家和主人。拖拉机发动时隆隆隆的轰鸣声盖过了两头猪撕心裂肺的喊声。母亲待两头猪在拖拉机上被绑结实后,急忙背过身去,一边快步走向猪头间,一边"啰啰啰"地呼唤。据当时的养猪习俗,猪在远离猪头间的时候,主人一定要顺来路一路唤回去,一直要唤到猪头间。在母亲停止呼唤的时候,我们瞧见她背对着家门落寞的背影。她独自默默地整理着猪来不及吃尽的食物、睡过的稻草,以及猪屎,不停忙碌,一言不发。猪在陌生人的驱使下,竖起笨重的耳朵,似乎能听见母亲那熟悉且苍凉的呼唤。猪和"杀猪佬"在拖拉机沉重的哒哒声中愈行愈远,家门口徒留下一连串挣扎的痕迹。

第二天早上九点多,母亲从"杀猪佬"油腻的手中接过一沓钱,"杀猪佬"说:"小狗婶,你这头猪,肉真是清爽松脆,看来你心思花了不少。"

母亲笑着没接话。

我和弟弟亲历从小猪崽到壮硕的大猪的春夏或秋冬,内心很不是滋味。

那两头猪被死命搬上拖拉机的反抗与吼叫,母亲昂着头疾步走向猪头间的身影,透着不舍与亲切的唤声,以及猪的声声应和,让我们心里像堵满了厚实的棉花。

我们想起趴在干净的猪背上嬉戏的时光。猪很听话,它们在墙角安静地躺着,随我们在它们身上爬上爬下,不恼不火。

我们想起猪因着母亲的疼惜,在冬天的晚上能够"奢侈"地离开冰凉的猪头间,被"收容"在充满暖意的灶间,可以一整晚不拉不尿。那样困厄的年代里,母亲几乎每年都为它们而忙碌,日子穷苦却也充实,令人充满希望。

人生,总需要向往开阔。我知道,母亲心中的开阔未来是我们。虽然要好好地呵护我们、爱我们是一件百折千回的事情,可她从没放弃过对未来的坚持,比如养好猪就像她的一个梦想。多年后,我们终于懂得,真正的深情,是隐忍,也是适时的缄默和等待。

春来花自香,秋至叶飘零。一年又一年。

2017年,我已活到当年母亲的年龄。

而拔猪草的日子,已然远去。

我知道,爱是人间最好的相逢。而与猪、墨城坞有关的点点滴滴,恣意弥漫,在我的生命里,镌刻凝聚。它的名字是——成全。

年味

离开老家后,年味便从我的生命中逐渐消失了。

老家有一间两层瓦房,房顶是黑乎乎的瓦片。老家的灶台是砖头砌成的,灶台的上方有一扇四方的木窗。进入腊月以后,木窗窗棂会被擦拭得锃亮,窗子上镶嵌的印花玻璃会反射出迷人的光。很多与年有关的故事都因这扇木窗喷涌而出。

年的味道往往随着腊月的到来而日益浓郁。

腊月后的女人异常忙碌。村庄的溪水边、湖塘畔或井口旁,都是淘洗各种东西的女人。她们清洗被褥衣物,杀鸡拔毛,挥着厚重棒槌,嗓音洪亮;或踩着塑料雨鞋,器宇轩昂;也有几个在一旁默不作声的年轻女子,把白嫩的手浸在水里,轻抹着一株株大白菜。这样的时刻,这样的地方,俨然散发出浓重的年味。

腊月二十以后,这样的忙碌变得更是到了顶峰。

晴天里,几个晒谷场摆满了从家里扛抬出来的家具:桌椅凳、盖柜箱。女人们一趟趟地忙碌,不辞劳苦。她们随意拢着头发,脸上泛着红晕,而她们的目光坚定,步履急促。当然,娘也在其列。

廿三夜，照例要送灶神。娘早早地安排我们吃了晚饭，便张罗着送灶神的各种准备工作。仪式开始前二十分钟，娘在滚烫的水里面放下十几颗汤圆，寓意团团圆圆。同时，她迅速地在灶台的四方桌上摆了五样果品。小时候的果品不多，而苹果总在其列，除此之外，还有年糕、粽子、团圆果，或者是爹抽的香烟，或是我吃的糖果。娘会掐着时辰，在天暗下来的时候，好几次透过灶台上的木窗细看天色。她洗净了脸，整理好衣裳，把围在身上的围裙摘下，从锅里盛出滚烫的汤圆分成两碗，摆在蜡烛台的两旁。娘从灶台上抽出三支玫红色清香。时辰一到，她先点燃蜡烛，再点燃香。娘在祭桌前对着灶神像虔诚作拜，嘴里不断祈祷着，并且命令我们都跟在她身后对着灶神祈愿。爹弯腰按照娘的要求将元宝烧着，在元宝快成为灰烬的时候，娘又对着灶神不断作拜祈祷，然后举着清香走出屋门，走到屋前空地，对着天空，向启程去天宫的灶神作拜。当清香差不多燃尽的时候，娘将它们插在路边的空地上，又折回家里的灶台旁，再次作拜祈祷。当香灰冷却，娘才宣告这一仪式结束。

姐弟俩于是迅速地将祭祀灶神的汤圆一人一碗吃了，将灶神享用过的果品平分了。这一时刻，那样美好且永难磨灭，是这么多年铭记在脑海里的深沉的年味之一。

廿四、廿五夜，娘将前些天市场里买进的炒货拿了出来。葵花子、花生，这两样是小时候从过年前一周到正月半吃得最多的炒货。有些年，娘还会准备年糕干和番薯干，在这两天夜里把它们烘炒完毕。灶台旁的四方桌子上，摆满了盛放瓜子花生的竹畚斗、小米筛子等，还有用于密封的洋铁罐头。爹最重要的事情就是烧火，姐弟俩围着灶台，一遍遍地问娘，好了没有好了没有。娘用铲子挑一颗咬一下，说还没好。可是瓜子花生将熟未熟时散发的香味啊，扰得我们坐立不安，垂涎不已。

一锅瓜子终于出来的时候，娘把它们晾在四方桌上的小米筛里。我们猴急地伸手捞了一把过来，烫得从左手扔到右手，又从右手落到左手。娘起完四五锅的时候，小米筛里的瓜子已肉眼可见地少了许多。姐弟俩认真地嗑着，地上便落满了被肆意扔弃的壳。娘也不像往常那样责骂我们。这一时刻，那样温暖且充满诱惑，也是这么多年深藏记忆里的挥之不去的年味之一。

廿六、廿七夜，娘往往把时间留给包团圆果或者粽子。这两样食物的前期准备工作异常繁复。早在腊月前，娘就和村里的农妇们一样，安排好了制作它们所需的材料。

晚饭后，娘开始在木窗前的灶台上炒裹馅菜：肉丝、笋丝、萝卜丝、切细的咸菜心。满满的一锅，一半包裹用，一半留着正月里当早饭菜。娘在炒这种特殊的裹馅菜的时候，还会说起我们屋后扎架山上的狗熊闻着菜香跑下来讨吃的故事。娘说以前狗熊闻到家家户户炒裹馅菜的味道，便将熊掌伸进一户人家的木窗，向灶台上忙碌的女人讨要。谁知这家女主人把一大铲滚烫的裹馅菜倒到熊掌中心，烫得那只狗熊呼天抢地，疾声奔走。第二天晚上，那狗熊便领着一大群同类将这间房子夷为平地。所幸屋里的人在慌忙中逃了出来……

　　每年这个时候，娘总要把这个故事不厌其烦地讲述一遍。听多了，我们便参悟出这个故事最核心的部分是年味。因为，在那时候的农村，只有在临近过年时，那种标志性的香味才会扑鼻而来，才会吸引久住山林，禁不起诱惑而向人类急急讨要食物的狗熊……

　　廿八、廿九的早上，我们的早饭种类也丰富了起来，除了团圆果还有粽子。煮了一个晚上的粽子，装满了灶台那只平常不派大用场的里锅。粽壳的清香夹杂着糯米的、红枣的、赤豆的食物香，溢满了简陋小屋的各个角落。这种诱人的香味瞬间让我们睡意全无，姐弟俩一骨碌从床上蹦起，胡乱套了衣裤，便央求娘捞一个热乎乎的粽子来解馋。一层层剥开粽子的时候，味蕾紧跟着嗅觉，眼睛紧盯着动作，我们狼吞虎咽，几大口便将这一年里难得吃到的食物吞进了肚。这一时刻，那样满足，是这么多年烙印在舌尖上的弥足珍贵的年味之一。

　　到了廿九夜，最重要的事情就是请年菩萨。请年菩萨往往是在深夜时分，大门对出去的空地上，一张八仙桌骄傲地占着一方天地。猪头、整鸡（鹅）、鲤鱼、藕等各式寓意美好的食品、果品，齐刷刷摆满一桌；老酒碗八只，筷八双，白饭八碗；烛台一对摆在一侧。娘照例会在仪式前洗脸、整衣，解下围裙与袖套，甚至还会梳理头发，等待祭祀的时辰到来。我们几个手里都握着清香一炷，爹负责烧元宝。照例有一系列复杂的步骤，照例不能谈笑，需要我们全程都保持神情肃穆。姐弟俩总是抿嘴想笑，却被爹一个眼神制止。仪式结束后，爹会在空地上放几个炮仗。炮仗冲天而起,声若惊雷,不同于如今那璀璨夺目的烟花。那时候天空中响彻的是巨大的声响,声震四方,余音不息。

年三十即除夕来到,娘一大清早便去了市场,挑来了正月里要吃的蔬菜和豆腐等食材。爹也早早起床,在门口的青石板上杀鱼或者剖鸡。姐弟俩这天也睡不了懒觉,娘布置了很多琐事给我们,比如要我去溪坑洗米筛、纱布,冲洗昨天请年菩萨的地面……这天的午饭吃得比较草率,但一想到晚上的分岁夜饭是那般丰富,我们心里的憧憬与喜悦盖过了所有的简陋和应付。午后,娘开始在灶台前各种炖、炒、煎、蒸、煮。爹低着头烧火,依从娘的要求或小火,或猛火,或退火。我在门口管着煤炉,炉上的锅里炖着香气扑鼻的猪脚或鸡。

午后四点左右,有几家响起了炮仗声。娘嘀咕着,不时着急地望向木窗外,手里却一刻不息。等我把堂屋里的八仙桌擦拭干净了,长凳椅子摆放整齐了,娘便嘱咐爹将里锅已蒸好的猪肉啊鸡肉啊等菜一碗碗捧出去,又将新鲜炒好的几碗菜也端出去。我将酒碗、筷子摆好,一家人又将齐齐整整地完成年夜饭前最后一个仪式——祭祀祖宗。娘点上蜡烛上好香,嘱咐我们一并站好,对着堂屋正方弯腰感谢——感谢祖宗的庇佑,祈求来年的平安。同样地,爹也给祖宗烧了元宝等。

这之后才是真正的年夜饭。有时候,祖母也会和我们一起分岁。她坐在最上位,两旁是爹娘,对面长条凳上是我们姐弟。这场特殊的家宴,是绝对不好乱说话的,一定要说各种吉利话。祖母会夹一筷子藕,说今后人生之路路路畅通,然后我们都会争着夹一筷送进嘴里。大人们吃得差不多的时候,若我们碗里还有剩饭,娘会说明年再吃。饭毕,大人便给小孩子分压岁钱。在过去那些拮据的岁月,都是一元两元十元的。钱不多,但接到压岁钱的那刻,那溢于言表的欢喜,却是如今的孩童难以体会的。然后,爹又去外面空地上放了炮仗,弟弟也掏出了白天在小店里买的各式小鞭炮:扔地上会响的,摩擦就响的,插泥地里爆开来的,等等。许多已经分完岁吃完夜饭的小伙伴早已聚在村子里的空地上,讨论比较着今夜的压岁钱的多寡,或者打算着它们明后天的用途。我则悄悄把它们藏进了一个铁罐子里,盖紧,再套上一只布袋,放在里床边的垫被下或者枕头下,但一晚上总要偷偷拿出来瞧上好几回……

那晚上还有个异于今日的事情,就是会把准备好的新衣穿上身。娘会在腊月前后,去裁缝师傅那里为我们做一身新衣服,后来改在交流会上给我们买滑雪衣或者棉袄。除夕夜,穿新衣是最让人记忆深刻的事情。正月初一清早,我们都会穿着新衣服去亲戚家拜年。这种急切的期盼,如今真的难以想象了。

“浦阳江畔忆旧事,往昔历历泪涓涓。”我们都未曾想到,这一切都会随着时间的流逝逐渐远去。老家那扇锃亮的木窗上的雕花依然美丽,而木窗里发生过的一切故事,随着脑海里浓烈年味的突现,那样鲜明地出现在2022年虎年的新春里。祖母作古,爹娘早已和我们住到城里。老家的那幢房连着那扇好看的木窗,一年一年地见证着很多人和事曾经来过。木

窗透明、静寂,只待我的文字洋洋洒洒替它们诉说与年味相
关的点点滴滴……

拜年

拜年是新年最重要的仪式。

在20世纪80年代的诸暨墨城坞老家,我们大年初一的拜年既不去外婆家也不去朋友家,而是一定要去"亲爹亲娘"家。好像那时候的孩子都有"亲爹亲娘"。出生时,如果孩子生肖时辰与生身父母犯冲,那么按照算命瞎子的说法,最好的方法就是去认一户与孩子生肖时辰非常契合的人家做"亲爹亲娘",以减轻与生身爹娘相冲的压力。

大年初一一大早,娘便在楼下高声喊我们姐弟起床,兴奋了一晚的姐弟俩几乎同时从铺着松软稻草、盖着棉花被的雕花木床上一跃而起。尽管新春的早晨空气清冽而寒气四溢,尽管暖和的被窝执意相留,但对新年的盼望还是战胜了所有。我们套上早就放置在床头的崭新的滑雪棉衣和灯芯绒棉裤。那好看的滑雪棉衣啊,整身都发着耀眼艳丽的光芒;那灯芯绒的棉裤啊,笔挺簇新;还有那双新做的棉鞋,就是赤脚伸进去,也是松软温暖得很哪。

姐弟俩这一天的重要工作就是穿着新衣裳去"亲爹亲娘"家里拜年。娘早已烧好了早餐,或粽子,或团圆果,或自做的米粉汤圆。吃完后，在堂屋里，娘早就分了两堆拜年用的礼品。一堆是我带去亲爹亲娘家的，一堆是弟弟带去他亲爹亲娘家的。礼品有纸包的荔枝、桂圆、冰糖，那包裹的纸啊，蜡黄坚固，四只角高高突起，且用红色塑料绳不紧不松地捆扎：高耸骄傲、庄重尊贵。除此还有瓶装的老酒，考究一点还有香烟，记得那时的云烟似乎是条件好的人家才拿得出手的香烟。

我的亲爹亲娘比自己爹娘要年轻很多，在邻村，得走两三里路，我需要拎着几袋东西沿溪坑走过好几十户人家以及两个大大的晒谷场才能到达。娘在出门前总是各种嘱咐，比如东西不要用力晃摇，怕捅破袋子，硬纸袋里的荔枝、桂圆，尤其是冰糖会漏出来。比如见到亲爹亲娘第一句应该说："亲爹亲娘，新年发财，万事如意……"然后把礼品单独放在一个醒目的地方，不能和亲爹亲娘家里的其他物品混淆。再比如，亲娘泡出来的红糖茶一定要喝光，并且要在亲爹亲娘家里坐一会儿，不要屁股没坐热就出去玩耍。最重要的一点，就是亲爹亲娘分的压岁钱要藏好，不要翻落，等等等等。我认真应允后才出门拜年。

于是，我拎着拜年用的礼品，穿着崭新的滑雪棉衣，在小伙伴齐刷刷聚焦过来的眼光中，晃悠悠炫耀似的走过。"是的，我要去三村亲爹亲娘家拜年呢！"本想停下来和小伙伴再聊聊，但娘站在家门口的桥埠头，远远看见我的身影停落，她的声音便直闪闪地传过来了："快丢去，勿要荡来荡去，结棍些！"我只得恋恋不舍朝三村的亲爹亲娘家去了。

一切遵照娘的嘱咐，我单独放好东西，喝光亲娘泡的红糖茶,再忍着坐了会儿,从八仙桌上抓起瓜子来嗑,又挑塑料盘里的糖吃。这时候,硬糖是绝对不要的,专门悄悄地挑那些软糖放进口袋,当然也会抓一大把瓜子放在肥硕的裤袋里。亏得亲娘十分了解孩子的心理,待我坐着的时候,就把包着红纸的压岁钱分给我了。我这时才会和亲娘说,我要出去周围玩一圈。一出门就会翻开红纸看今年亲娘压岁钱给了多少,亲爹亲娘家条件比我家好些,往往会多给我一点。我会偷偷留下一两元当作私房钱藏起来,其他的则回家上交娘充了公用。

正月初一拜年是一定有戏文的,我们墨城坞是个大村,好几个自然村连在一起,几个村子往往会轮流请一些剧团来搭台做戏文。一村也好三村也好,戏文场往往是正月里闲着无事的人们,尤其是喜欢热闹的孩子最急切赶去的地方。如果拜年的村里做戏文,亲娘会提早去戏文场中央放几张长木凳,上面写着亲爹的名字。然后,我就得意扬扬地坐在上面,自己村里的小伙伴此时往往流露出羡慕的神色,心中大概十分懊恼他们为什么不能像我一样找个亲爹亲娘在这个村里。

戏文场边到处是邻村赶来的小商贩,卖甘蔗的,卖糖葫芦的,卖米糕胖的,卖小鞭炮的,卖彩气球的,等等。我最眼馋的就是那个举着高高的各种造型的气球的小贩。小气球用气枪打饱后,三下五除二,便在那个小商贩手里奇迹般地呈现出了各种造型,动物的居多,栩栩如生、惟妙惟肖。几角至一二元不等,要看造型的复杂程度。最后我是肯定舍不得花那个钱的,待我们看过瘾了,小商贩就换个热闹地方去了。

男孩子用拜年的压岁钱买得最多的就是纸牌或者鞭炮,

然后在戏文场的一个角落里比输赢,会吵得不可开交,也会弄得快快不乐。直到中饭时间到了,我听见亲娘在某个角落喊着我的名字让我回去吃饭,我才抽身离开。

亲娘家的菜比自己家的要丰富得多。那些年,亲爹承包了鱼塘,三十夜和正月是他最忙的时候。他穿着长背带雨裤把鱼塘里的鱼抓上来,然后卖给当天或者第二天需要的村里人,可以说有呼必应,当然赚钱也会比平常多一些。亲娘家的饭桌上鱼自然是少不了的,糖醋鱼、煎鱼、蒸鱼。亲爹做得一手好菜,他每次见我来,总会殷勤地把菜夹进我的碗里。在饭桌上,亲爹也总亲切地询问我的学习和生活。有时候会从里口袋掏出用香烟纸包着的压岁钱给我,还摸摸我的头说,自己藏着,不用上交给娘。末了,也会让我带几条鱼干回家。

亲爹和我接触的时间只有每年正月初一这个午餐时的半个多小时。印象里的他和蔼可亲,慈爱勤劳,言语不多,但字字充满关怀。这是这么多年以来,我每次想起亲爹心里涌出最多的词语。

午饭落肚后,我就想回家了。似乎每年这个重要仪式与工作在此刻已经圆满结束,早点回去给娘有个交代,自己也可以和小伙伴去闲逛了。回去的时候,我一只手上拎着亲爹亲自晒的几条大鱼干,另一只手上是亲娘安排的一些回礼。等到我把回礼拿到娘手上的那刻,大年初一的拜年仪式便正式宣告结束。

而差不多时间,弟弟也从他的亲娘家拜年回来了。姐弟俩就会讨论谁给的压岁钱多,用给的多少来评论谁的亲爹亲亲娘更好。有时候,虽然弟弟的亲爹亲娘给的压岁钱超过了我的,但我也总据理力争,说自己的亲爹娘家的各种好处:我亲爹娘家的糖果多,你看,我拿了这么多好吃的软糖;我的亲爹娘家的菜很丰盛,还有红烧肉呢;我亲爹娘家的村子今天做戏文了;我亲爹娘给我一件新棉袄了;我亲爹娘……姐弟俩面红耳赤,差点要反目成仇。直到爹喉咙响了一声,我们才气呼呼地各自数着压岁钱互相不理睬。但自始至终,滑雪棉衣口袋子最深处亲爹给的压岁钱,都没在这针锋相对的时刻从我的嘴里喷涌而出。我紧紧握着这份只属于自己的压岁票子,咬紧牙关,盯着弟弟闷着跟自己说:"就是我亲爹娘好,你肯定没有这笔私房铜钿吧。"

这属于大年初一的拜年仪式几乎重复地进行了十多年,一直到上高中的前一年。那年正月后,我的亲爹谋得了一份杭州做生意的差事,就在那个正月里他们都离开了老家,从那以后,我们与他家的交往也渐渐少了。

十六岁的夏天,我初中毕业,考上了高中。同村考上高中的孩子一共五个,我是唯一一个女孩。爹娘在很多亲友的劝告中,萌生了让我辍学打零工的想法。那一年,弟弟初一。我知道,爹娘并没有重男轻女的思想,但他们周围充斥着世俗的观念。我从他们的眼神里读出了这种倾向,但我不想放弃求学的信念。

八月底,临上学的某一夜里,爹娘在闷热的屋里刚吃下晚饭,看着我,欲言又止。我知道那番话他们难以启齿。突然,我泪眼模糊,"扑通"跪倒在灶神菩萨面前,对着爹娘说:"我想读高中,死也不会辍学……学费我有……"说罢,啜泣的我奔进里屋,从床底下拉出一个铁罐子里,迅速打开,挖出一叠皱巴巴的碎票子。是的,这是我那个慈爱的亲爹在正月初一拜年时偷偷塞给我的不用上交的压岁钱。那些艰难的岁月里,我始终都没有打开铁罐子花过一张。

就这样,我顺利上了高中。

我也不知道是这笔钱打动了爹娘,还是爹娘对我那个猛然下跪的动作冒出了愧疚。总之,那以后,我读完高中顺利考上了师范大学,最终成为一名人民教师。

这些年,我也总向爹问起我的亲爹亲娘的近况。爹缓缓地吸了口烟,又缓缓地从鼻孔吐出来,和我说:"他们啊,现在生意做好了,在杭州落脚了。三村那个破屋子也早卖给了他堂哥家了。他们还会回来吗?总是大城市里的生活好啊,这农村,还有我们这帮农村人,他们哪里还会留恋啊?"

但我想,他们总归是土生土长的墨城坞人。你看亲爹曾承包过的鱼塘还那样方方正正在村里的某一隅显示它的存在,这里面,也曾有他跌落的汗水和付出的艰辛。那坡上的几垄地,亲娘也曾种下各式小菜,那畦整齐的沃土里,也曾有她含情的目光和热情的浇灌。我真不信,他们就这样从我们都熟知的村庄遁影,且这样一声不吭地和我们的往事相隔一方了。

2022年虎年大年初一,淫雨霏霏,一大早我们带着早就住在城里的爹娘回老家祭祖。车子绕着村里的溪坑路开进去的时候,路边有一个踽踽独行的老人,步履踉跄。坐在后排的爹急忙让我停车。爹打开车门,朝那个老人疾步走过去。我透过车窗看见爹正紧紧握着那个撑伞老人的手。我赶紧下车,跑过去——这不正是小时候我每年大年初一都要去拜年的亲爹吗?"亲爹亲爹,我是阿飞,你认不认识我?我就是那个最喜欢吃你烧的糖醋鱼的阿飞啊,我就是那个你经常会塞给我压岁钱的小狗囡啊……"亲爹抓紧我的手,久久也没出一句话。他患了痴呆症,已然忘记了很多早年的人事。爹小心地把他送到他家老宅的时候,他的亲友们正在屋里屋外寻找他,见我们搀着他回来,都客气地说着"谢谢小狗,谢谢小狗"。

　　我离开的时候,亲爹痴痴地看着我。我跪地,向亲爹端正地叩了三个头。而泪水,布满了我这张大年初一的脸。

运动生涯

　　1986年我上小学四年级的时候,五六月间每个乡镇区里常常要举办盛大的运动会。各所村乡小学选拔优秀的苗子,在一个周末,集中于区中学即江藻中学的煤炭操场上,参加盛大的田径运动会。

　　我的运动生涯便由此开启。农村里长大的孩子,山里爬田里畈里摸,胆大、脚大、气力大,墨城坞小学前面那几个晒谷场根本不够折腾。那个时候,跑步算不上运动。班主任兼职本班体育老师,她嘴里常衔着一个哨子,在泥路上简单用粉笔画了一条白线,"嚯"的一声,我们的比赛就开始了。什么五十米,一百米,来来回回跑几遍,第一个跑过地上的白线的便是第一名。别看我个头小,但是厉害得很,来来回回两次,就得了六十米的第一名。于是,小学里便把我送去区运动会参加六十米短跑和立定跳远的比赛。

　　想到要去外地比赛,哪怕是体育比赛,总也很自豪。小学里唯一正规的体育老师常常在大家放学后留我们几个参赛的孩子在晒谷场训练,无外乎起跑与冲刺的技巧。那时候,没有钉鞋,也没有运动鞋田径服,体育老师要求我们比赛的时候穿短裤或者赤脚。

江藻中学的比赛场地是煤渣场,虽然松软终究也是硌脚的,但是我从小赤脚参加劳动,已习惯了。我站在比赛跑道的白线内,脱掉了脚上娘亲手纳的布鞋,脱下了外套与长裤,赤脚踩在松软的操场上,丝毫不胆怯。爹曾经鼓励过我,跑步不就是比快吗?你使劲跑,肯定跑得过。比赛哨声尖锐响起,一排六七个孩子风一样疾步冲向对面的终点。我一米二的小身躯在众多小选手里显得有些娇小而孱弱。娘的肥大却崭新的红棉内裤套在我满是小破洞的小裤衩外面,迎风吹起,醒目而耀眼。不一会儿,我冲到了终点的煤渣堆上。裁判老师摸摸我的头说:"红裤子,你是第二名。"全场地上的裁判老师与比赛的学生们,只看见我娘的那条红内裤像飞舞的红蝴蝶般在场上翩翩起舞。他们看见我便说:"红裤子你跑得真快啊……"

"红裤子"结束一天的区运动会回到学校,颇有点激动。第二天课间操早会的时候,我骄傲地走到集会的最前面,从校长手里接过两张得名次的奖状,欣喜若狂。

这之后,我的运动员生涯便华丽地开始了。

小升初,我的成绩高出区重点中学三分,于是远离本村的初中学校,与江藻中学结缘,而每年的学校运动会也变得异常正规。我从小学的六十米改报了一百米、两百米或跳远等田径项目。当然,体育委员也毫无悬念地落在我头上。

20世纪80年代末的学校设施简陋。水是不用担心的,江藻中学附近的村子里有一口井,学生们可以拿着脸盆去井里打水；饭是食堂用煤烧的，大灶大蒸笼，一层层可以放下很多铝制饭盒。那时候，教室里没有电扇，更没有空调，只有几盏白炽灯。一旦停电，可以去学校小店里买蜡烛，一元的个头小点，两元的粗壮点。夜自习，烛光可以从做作业的教室小心地照到二三十人一间的集体宿舍。停电是很有趣的事情，摇曳的烛光，总可隐藏小小的心事，或盛满浓浓的离家思念。停电最麻烦的就是做操了。喊操要靠广播，若一旦停电，就要人工喊操，没有运动员进行曲的呐喊，也没有喇叭里传出的有力铿锵的口令，沉闷而单调。于是各班体育委员要上去轮流喊操。后来的后来，喊操的任务则光荣地落在了我的头上。因为当时负责全校广播操的体育老师杨兴军说："跑步老是风一样迅疾的小不点，以后都由你来喊口令。"小不点，当时一米三的个头，喊操口令却清晰而响亮。在江藻中学从春到冬的煤渣地的操场上，小不点起伏而稚嫩的口令经久回荡。

老家旧楼屋的里灶头间漆黑的墙壁上，一溜地贴满了鲜红的奖状，几乎都和体育有关：跑步的、跳远的、体育积极分子的。村里人饭后来我家喝茶谈天，仰头就看见墙壁上密匝匝贴着的奖状，对爹说："伢囡，手脚倒风快的呢（你女儿，脚手很敏捷呢）。"爹一边吸着烟，一边说："这有乱用场（这没有任何好处）。"虽然嘴上这样说，但是，每当我高举着奖状回来的时候，爹总是认真地踩上高木板凳，把奖状依顺序整齐而用力地用糯米粒糊在一大堆奖状的旁边。然后，走下凳子，仔细看有没有贴斜。我知道，爹心里欢喜着呢。

后来，我又考上了高中，来到更远的湄池区读高中。进入高一,班主任一看我初中时是体育委员,便继续"任命"我为体育委员。高中时候开始有一千五百米的长跑了。校运动会前夕,班主任与我号召班内的体育爱好者来报名。很快,一百、二百、四百甚至八百米都报满了,撇下一个孤零零的一千五百米暗自寂寞。体育委员只能将自己的名字填在了它的旁边。

20世纪90年代的高中校园,照例没有如今干净艳红的塑胶跑道,是沙地围成的周长只有二百米的跑道。我的一千五百米,就是要绕这个田径场七圈半。

第一次尝试长跑,心里颇畏惧。一担心自己的耐力能否将它跑完;二担忧跑完的时候能否得个名次,以对得起自己体育委员的头衔。比赛开始,便是抢跑道占得先机。这个我有经验,我以最迅捷的速度挨着最内道边缘向前移动。偌大的田径场,被全校几百名师生组成的人墙淹没,只露出一条内道容运动员通过,此起彼伏的加油声在我耳畔一一掠过。四五百米后,极点出现,呼吸窒闷,脚步缓慢,手臂乏力。我知道考验自己能否及时从短跑调整到长跑的关键来了。我拼命深呼吸,加大手臂摆动,拉开两脚距离,稍放慢速度,匀速自然,不急躁不慌张,努力平复心态。四圈后,我落在第三名。同班同学在跑道边开始用劲鼓励。我依然用调整好的速度大步向前移动。第六圈开始,我依然紧跟在第二名的身后,挨着她的背,顿挫有力。信号枪响起,最后一圈半了。老师与同学涨红了脸,我暗暗对自己下了最后通牒:是时候超越了。于是,我甩开两臂,大踏步上前,超过了第二名。第一名的同班同学开始狂叫:"某某某,快点跑,有人要追上来了。"拼短跑的时间快到了，我想。我死命咬住第一名，就是不超前，紧紧咬住，丝毫不懈怠。最后半圈一百米。越过弯道。我狠狠地想："寿可飞，你腾飞的时刻来了……"遂移开内道，转外侧，加大马力，咬紧牙关，手臂大摆动，调整快节奏，勇敢地向终点飞驶而去……只听身后的第二名叹了一口"呀"的气息。第一次挑战长跑，圆满成功。

这第一名来之不易。我把这张奖状带回家递给爹的时候，我说，爹，这是我第一次长跑拼来的第一名呢。爹照例在奖状背后用米饭粒糊了，踩上板凳，默默而稳稳地把它贴在所有奖状的最高处。

少年时代的自豪感很难得，属于开在笑靥里的纯真，也是淳朴乡间养育出来的偶然特长。它并非学习生活的必需品，但这份荣誉让我知道了我有土生土长的自然特长，不需要特意或着重描摹培养。

时间跳到了1994年，我走的距离更长，运动员征程也更高大上。在第一次盛况空前的大学校园运动会上，轻松摘取了一千五百米与三千米双料冠军，之后我名正言顺地进了学校体训队，备战省大学生运动会。

消息是通过学校的公用电话打到村委会里传递给父母的。爹在电话那头沉默了良久，最后缓缓地鼓励我："那你好好跑，争取得名次。"我用力地"嗯"了一声。

体训时间安排在每天的傍晚。楼林善师傅负责我们长跑组，长跑组只有三个人，我和我的师兄师弟，他们主训五千米与一万米。

夏季炎热,偶闻新麦清香;冬季严寒,风吹蜡梅沁人。从田径场辗转到户外,沿学院路一路跑到府山路,再到中兴桥,汗流浃背,沿途来回,几近晕厥。小憩之后,仍坚韧不息。长长的近两年的体训生活,磨砺了我的坚韧意志,以及吃苦顽强的拼搏精神,这丝毫不夸张。训练无外乎练力量,练臂力,练脚劲,无论多么丰富精彩总脱不了跑跑跑的范畴。然而心却愉悦,也或许这足够的喜欢,可以让坚持更持久。

1996年5月21日,浙江省第九届大学生运动会在宁波大学隆重举行。宁波大学那翠绿的草坪,见证了我的运动员生涯在最高舞台的完美演绎与拼搏精神。虽然最后拼尽全力只夺得了第五和第六名,然而过程中的艰辛与结果,让我的心禁受住了这些大大小小、参差不齐的各式比赛的磨砺。在以后漫长温润的人生路里,对那些风雨旅程,我不再有青涩的惧怕。

人生之路已经行走到2018年,我也早已远离那种剧烈而充溢着挑战精神的运动员生涯,在我不长的生命体验中,运动员的光环荣耀与自豪感却浸润与鼓励着我的平常人生。那些被流年过滤的时光,那些留白却经久的青春,以及交织着汗水与欢笑的年华,悄然无痕,静静走远,唯留想念……

江藻中学

记忆是很重要的,会影响几代人。那里面有故事,而故事就是生命。生命里,有些人事总悠然而至。

20世纪80年代的江藻中学,是姚江区的重点中学。当时,只有考到一定分数的孩子才可以被录取到江藻中学读初中。我便是其中一个。

我是在1987年的那个夏天走进江藻中学的校门的。那时的学校,孤独地矗立在稻田畈的正中央。校门正前方,是一大片荷塘。我们从乡级公路步行来上学的时候,要穿过一条条机耕路。爹挑着担走在我的前头,一头担着一只笨重却小巧的米桶,木质的,有盖扣;一头担着我的被铺行李。爹疾步走到校门口的时候,很多和爹一样的家长,也早已抵达,或拉着独轮车,或挑着畚箕。爹拉下腰前的大脚布,边擦汗,边抬头笑盈盈地看着校门上的四个斑驳却金黄的大字:江藻中学。

一系列安顿之后,爹着急要离开。那个时候,没有公交车,没有摩托车,也还没有自行车,爹要靠一双大脚再沿来时的路赶回家去。爹出校门的时候,荷花塘中的荷花渐趋枯零。从荷花塘的空隙中穿行而来的初秋微风,显得我更加孤零零。

我黏在爹的身后,十分不舍。那时候,女儿与爹的感情不及如今的热络。因着从小与爹一起劳作而建立起的深厚的父女感情,我对爹总多了份依赖和亲近。"爹,你路上小心点。"我其实想说,爹,我不想一个人留在这陌生的异乡的校园里。我还小,只有十三岁,个子只有一米二三,我从来没有离开过生我育我的故乡与家。与其说我胆怯,还不如说我想念。"你快去宿舍,先睡会儿,再去班级。我回去了!"爹一边用力挥着手,一边用大脚布拭擦着热汗,魁梧高大的背影留给了那个弱小无助、第一次独立读书生活的小女孩。

于是,我失魂地回到宿舍,放下蚊帐,躺在宿舍的木床上,开始嘤嘤抽泣。在家时,父母亲大概怎么也想不到我对他们是如此依恋,虽然,那个时代农村的家里,总有干不完的活:割猪草、晒稻谷、割双季稻、种田、拉稻草、挑番薯等。和弟弟吵不完的架、斗不完的嘴、挨不尽的骂,对于此时独留的我而言,也显得珍贵奢侈了起来。那个时候,没有电话、没有手机,我不能联系到我的亲人,以表达我远离家乡亲人后的落寞与惆怅。我只有悄悄地躲在上铺的旧木床上,暗自难过与悲伤。

那时的宿舍,一住就是二十多人,上下铺首尾相接,一个班的女生住在一起,无比热闹。我独自想念的时候,我的同学们都陆续来了。找床铺、整理、嚷叫,有些同学非常兴奋,有些如我一样默默地收拾、发呆,彼此打量。

然后,我随着同学们去了教室、食堂,摸遍了当时江藻中学的角角落落,甚至食堂的锅炉房和教工宿舍的顶天楼。孩子的心里,悲落情绪往往住不长,不一会儿,我便也开始对这个陌生而充满无边想象的学校多了诸多的新鲜感。我开始和同桌轻声搭讪，羞涩地转过头看着来自连湖乡、泌湖乡的一些同学。然而又兀自埋下头，想着爹一定早到家了，娘一定又坐在窝窠洞（烧火的灶脚）前，而弟弟一定还在满村子地和同龄人嬉戏……

上课、下课、睡觉、吃饭，住校生活不同于我孩提时想象般美好安乐、自由轻松。其实在来江藻中学读书前，母亲央同村的一个初中老师将我留在了村里的初中。按现在的说法是，母亲在得知我被重点中学录取的信息后，急迫地托了各方关系，想留我在本村读书。一切笃定，却横生枝节，我怎么也不肯依从母亲的决定。于是母亲火了，她用"家法"惩治——用青脚火萧（用细长竹条绑成的"刑具"）打了我的腿、脚、手臂，甚至后背。那是怎样的恼人而凄惨的情景啊？一个小女孩，反抗父母的旨意，固执倔强，嚷着一定要出门去闯一闯。母亲大概考虑到一是我太矮小，二是外读费用贵，三是回校回家走路来回不安全。留在村里读书，一可以帮衬家里干活，二可以省却很多额外开支。而我竟死活不听话，这真是让她大发雷霆，直到最触及母爱情怀的一幕发生。

我在号啕大哭的瞬间，"扑"的一下，双膝落地——跪在了灶神菩萨的前面……

这一刻，母亲扔弃了惩治我的青脚火萧，突然弯身一把抱住我，"心肝啊肉啊"地也大哭起来。这眼泪中包含太多的感情：有疼惜，有愧疚，有不舍，有肉痛。

那时候，一个孩子跪灶神菩萨似乎是最无奈的举动，这无疑刺激了母亲最脆弱的神经。作为一个弱小的孩子,我实在想不出更多好的法子来劝母亲依从我的坚定,我只能求助菩萨。我是个有主心骨的孩子,这一点,后来成了母亲逢人夸耀我的优点。

我这样漫天遐想,沉浸在想家的思绪中,和我同样矮小而木讷的韩姓同桌用手蹭了蹭我,递给我一张小虎队的印纸。这是我们是那个年代的偶像啊,我泪眼婆娑,无比地感激着这个来自江藻越岭的男孩子。他在我最需要慰藉的孤寂时刻,成为我最好的心灵伙伴。我们纯真、朴实,这稚嫩的少年情谊就像一杯茶的沁香,淡静而不露痕迹。

然后,那个煤渣铺地的操场,成了我们嬉戏的乐园。体育课上的相互追逐,爬上煤渣场边高大的梧桐树,课间用小煤屑拾起瞄人,用煤头当粉笔模仿老师的样子在毛糙的墙壁上弯弯扭扭地写字,甚至恶作剧地把一大把煤渣偷偷塞进同桌的后脖根……

从初一掠到初三,从王根美老师、陈六一老师、王钦浩老师、李根老师、李华英老师、杨兴军老师,一直到李永江老师、金云标老师。他们或师或友,似兄长,如父母,在这一场只来不去的人生经历中,隽永如诗,醇香如酒。

江藻中学的天空湛蓝无边,我们不知不觉度过了三年的少年时光,即使秋风瑟瑟,即使潇雨淋漓,心中也定是草木葳蕤,在我长久的未来时光里熠熠生辉。

"细雨斜风作晓寒,淡烟疏柳媚清滩。"人生的旅途,转身即是天涯,驻足便成永恒。我的江藻中学如同在我人生某个特殊阶段开放的花。来的时光,浓淡相宜;去的时候,远近相安。更似一首平仄押韵的诗,激荡在我执着追求的馨暖生命中……

变奏

再潮湿的记忆，也是生命的燃料。

很多年以后，我自己也想不到还能一路辗转回到故乡的某个小镇上，为教育事业奉献退休前的最后十年。

20世纪90年代，我从故乡的重点初中毕业出去，很顺当地考上了临乡镇的一所普通高中。三年后，又顺到地考上了从小就向往的专业——师范类汉语言文学专业，也就是大家口中说的当语文老师的专业。师范大学四年，从农村出来的女孩啊，勤勉朴实，本着吃苦耐劳的优秀品质，在自己擅长的领域——体育、阅读、写作——表现出很大的优势：大一便在大学运动会中斩获了四枚金牌而幸运地进入校体训队。在写作上，喜欢的文字从变成豆腐块铅字的那天起，这与专业相关的兴趣便一发而不可收。此后的日子里，我便在写稿、编辑且与专业相符的范畴里乐此不疲。因此，农村出来的小姑娘便进入了中文系的学生会，又进入了学校的团委，学习能力在这样的锻炼中得到大幅度提高。

1996年5月，我又驰骋到浙江省大学生运动会上；同年7月，有幸进入《绍兴晚报》社、绍兴车管所去实习与当文秘；

1997年7月，又能与一大批品学兼优的同学留在社区进行社会实践与管理。是的，光阴早就把最美妙的东西加在修炼的人身上。那种美妙，永远和物质无关，那是一种热烈、从容不迫，也是一种发自心底的自然与本真。

我就是带着这种最纯真的职业热爱初为人师，这么多年来，一直坚守这份信仰。

都说从事教师职业的人，容易遗忘自我。遗忘自我包括自己的生活，遗忘情绪，遗忘时间包括睡眠与休憩。但我们永远不会忘了这份职业背后的良知，因为我们一直都充满热爱与敬畏。

所以，教书与育人，语文老师与班主任，双重身份在这二十多年里交汇融合。面对一大群形形色色的孩子，忙着与他们相处与交心，忙着与他们和谐成长。欣喜写在脸上，郁闷汇在心里。一届是三年，三年又是一届。来来往往的名字，那样匆匆，匆忙得让自己蓦然间发现鬓边已有了白雪。从青涩年华到中年人生，从奋发昂扬到清淡日子，流水岁月，便在其中。这一落，便落在而今这样的心境中。

城市回到农村，高中生回到小学生。

角色一再轮换，而这，本也是一种生活方式。

窗外便是故乡，刚巧是和风温煦的静静初秋。乡野里的风，满目的蓝天白云，在我眼里窸窣作响。那时候出去的小姑娘，而今是倚在窗前的已近天命之年的妇人。时间是把极快的刀啊，你看，恍惚间就把从前的记忆切割粉碎。

眼角似有溢出的泪，或许是欢喜，或许——是伤悲。

　　有小学生叽叽喳喳从办公室门口走过。我听见他们细碎的脚步和窃窃私语的声响。我俯下身拭了眼睛,摊开书开始备课,就像当初我留在绍兴城里第一天当老师的模样。是的,人要学会忘记,先前的一切要清零。"行到水穷处,坐看云起时",这是另一种"柳暗花明"吧。

　　办公室的窄小门缝里,两双乌黑的眼睛正偷偷往里面打量,就像我是屋里的新娘,而他们——本就是泛着好奇、想看新娘的孩子。

买房记

这些年,想换间大一点的房子成了我心头的"朱砂痣"。疫情散开,行走自由,换房的想法又卷土重来,于是常在先生耳边嘀咕念叨,他便将换房事宜置上2023年的日程。

世间的事情,无论到什么样的年龄,只要有一种冉冉升起的信念,总感觉浑身充满了力量,并逐渐延伸到心态、活力、审美、视野、认知等。当然,为人处世,可以不追逐新潮,但人不能因此而固化。

这番话是我准备说与先生听的。先生比我大好些岁,他的习性里安于现状、知足常乐的成分很满。很多时候这是好事情,表现在日常便是吃得下睡得着,表现在性情上是不虚荣不攀比。这是我学不到的境界。但人嘛,不论是一秒前,还是若干年后,事物总是在翻腾搅和,很多心思会像大海一样善变不停。先生于是便在思想上与我那迫切的"需求"逐渐相吻。

2023年春节前后,随着这个念头的热烈涌起,我便在休息日经常拉着先生驱车逛小城的各个小区。如今城西正日新月异,呈现出新风貌,于是我们从城西的新楼盘起步。楼市上显示城西最高品质的是熙江樾。车驰在环城北路上,夫妻俩的心不免波涛汹涌。左拐过桥便是熙江樾的地界,进得小区,环境清越,草木繁茂,心生爱恋。我们在排屋区望之兴叹,想到囊中的单薄羞涩,只得快快退出,木然归来。这之后,万科君望、佳源府甚至到滨江左岸、世纪江湾,在楼房前徘徊良久,手机上一大堆图片争相跳跃。先生与我置身其间,总不免将自己生活的喜好与房子的格局相联结,便时常无端地在心底描绘出若干幅宏伟的蓝图来。

先生每每驻足楼盘,情到深处,便烟气袅袅,沉思、琢磨、凝望。此时,他定然是回归到了真自我,在清楚地衡量家庭的能力与自己的实力。他发自内心地想在有限的条件下帮我去追求匹配的物质生活,这让他颇费脑筋。但单就他这番真诚的模样,我已然十分感动。

不得已之下,想到了卖房。

那套老房子在城西的老小区里,很多年前,它是我来这个小城最初的栖身之地。虽于前几年搬离,但每回得空步临屋舍,见到室内的家具用品,总能唤起对青涩年岁的记忆。一砖一瓦,深知感情深厚;一床一桌,见证奋斗荣光。我从没想过与它作别,总是感觉它和身体的某个部分一样,在自己的生命里不可或缺。当挂牌给中介的时候,陆续得知一批批的陌生人进入房子,观看着它,评价着它,甚至挑剔着它,我竟像一个老母亲般对自己的孩子无比怜惜与不舍。卖房的过程十分顺利,然后整理、打扫,一次次擦拭着里面的物件,并与它告别。人在世界上总经历着一场又一场的别离与相遇,而这些得从一次又一次的告别与遗忘开始,很多事、物、人,就会在你的时空里留下印迹。

卖房所得的这笔款,无疑为不久之后的买房注入了重要的一笔。这使得我在很多个突然的时刻,幻想未来某一天能住上宽敞房子,脸上就会浮现出十分满足的笑。

这一来,"私欲膨胀""胆大妄为"了些,便与先生将目光扩大到了商圈繁华的城东。在小城,城东配套设施相对成熟丰富,万风新天地、西施大剧院、城市馆、科技馆等集聚。若居住城东,既可享得热闹非凡,购物、闲游又是那般便捷。城东那新起的楼盘更是被宣传得眼花缭乱,建发、高创确实设计与环境堪称绝妙,当然价格也是"高楼一等"。此外,祥生系列的各大楼盘也是颇受追捧,我与先生不断穿梭在诸多府邸之间。正弘府、群贤府、君临府,名字一听,顿觉王者天下、富贵荣华,有天有地有庭该是人生顶端。或者,小院一方、闲坐一隅亦是人间值得。中介滔滔不绝说着各种优点,而买房者则相对冷静。在考虑财力的同时,总用挑剔的眼光去审视它们,就如我那已经出售的房子曾遭遇过的那般。

先生知道我最想拥有一个大大的书房,三面高柜置顶,原木色书架整齐划一,架上书籍分类鲜明,可触眼可及,也可指架可望。先生还知道,我须有一个小院子,得仿效文人从院落中汲取诸多意境,然后生发出许多文字来。是的,每个人的身上都拖带着一个世界,由她所看过的书,爱过的人,观历到的风景所组成的一个世界。而这样的世界有时候需要一个空间去盛装、酝酿、发酵、喷发。或许我渴求的那个大书房或者小院子便是这样的空间。

现实是——我与先生的单位都在城北方向,我与先生的老家也在城北接壤的邻镇村庄。选择的过程需要克制与冷静,头脑发热的后果会在现实的生活里让你品尝到恼人的问题。比如居住环境喜热闹还是清静,交通出行避免拥堵与相对僻静,区域特点重商业与重文化,等等。在城北,尽管商圈匮乏,但是院校层次感明显,暨阳大学城以及与之毗邻的体育场馆,职教中心与相连的技师学院,再是荣怀与海亮等规模宏大的教育园区。就居住而言,城北清静兼有文化气息的滋养,这于我类似文人的身份而言确实是隐形的财富。毕竟,任何热闹于人而言都是一种消耗,因为人在热闹过后会感到乏累和空虚。而任何宁静在人的内心里或多或少会生出很多东西来。文人的很多素养无不源自清静或安宁,无论外在环境抑或是内在心境。

这样想着,对久居十多年的城北又萌生出诸多的好感来。

某一周末午后,中介发来微信,向我隆重推荐了某个符合我条件与需求的房源信息,约我下午去现场观瞻。大平方,复式,有院子,边套,诸要素都十分契合我的需求。这小区颇新,有五六年房龄,房子所在东边套,花园方整。门拱进去绿树环绕,植株俨然。室内一个大横厅映入眼帘,顿时心生好感,不由得立即有了构图:一边大书房,一边待客区。急急地拍下视频发与先生,先生也赞叹此房满足了先前其他房子多多少少的遗憾与不足。

此后两天里经过多次的登临与踏看,两人便约了卖家签订了买卖合同,前后不过三天。速度之快,效率之高令人咋舌。

就如同一见钟情的恋人，她静静地端坐在那一端，而你在不远处，露着笑脸温柔地看着她，并已经认同她便是你一世的爱人。原来，缘分是可以从眼睛出发的，它一直可以缓慢浸润你的各种感官，最后抵达你的心灵。

想起《习惯的力量》里的一段话来："（任何事情）只要你愿意坚持下去，起初看似微小和不起眼的变化，会随着岁月的积累，将复合成显著的结果。"多么贴合此时的心境。

由此，买房的事终于结尾。

岁月饶有风情，买房这件琐事中获得的片刻的欢娱和世间的幸运，也组成了平常生活精彩斑斓的画卷。

贰

人情

老灿与小灿

离开故乡四十多年的老灿，趁中秋回到了梦萦魂绕的墨城坞。

老灿，如今已达天命之年。离井的那年，他还被唤为小灿。那一年，村堂里照例热热闹闹地过完了春节，小灿的爹照例在年后背起蛇皮袋，向打工的远方出发。小灿哪里想得到，那一年与他不舍挥手作别的爹，竟成了记忆中的掠影。

小灿的爹自从离开后，再也没有像邻居家的男人们一样——隔三月差四月地回到老家来。小灿爹与小灿之间便没了音信，在外面打工的男子陆续带回来的消息是：小灿爹已在异乡重新娶妻生子。据说是攀附上了当地一包工头，当了他家的上门女婿……

小灿娘得知这消息的时候，正值入秋时节。小灿娘在黑石土垒成的猪棚间奋力地倾盆倒着猪草食料。猛然间，小灿娘狠命地把一大铅桶猪食料"乒"地掷在地上。猪食料顿时在土石地上砸开了几道深深的印子。小灿娘一屁股坐在黑土石地上，呼天抢地，号哭声穿过了墨城坞背后的扎架山，穿透了秋的苍凉，吹干了村里的那条叮咚作响的溪流。

几天后,小灿娘愤然弃家。她离开的时候,村里有人瞧见,她在半山村口的老槐下哭了很久很久。然后,头都没回,走了……

于是一夜之间,小灿便成了乡亲们口中的爹不要娘不要的孤儿。小灿一直在这样阴郁的环境中成长。

那个时候,小灿所在的故乡有条浦阳江,它横亘而过,将墨城坞与安家埠生生地分成两面。小灿郁闷的时候,便一个猛子扎进浦阳江水里,从这头穿到那头。大人与孩子们从阳光热烈的农田中直起身来,看小灿在浦阳江水流中像条翻滚的鲤鱼。都说,小灿因着没爹无娘,脾性里多了一种杠头杠脑的东西,诸暨话其实就叫木陀,是呆傻的意思。

那一年,小灿还是个小少年。

小灿的少年时代,便戛然而止。童年与少年的时代是需要欢乐陪伴的。小灿没了父母,也没了欢乐,于是便没了纯真而无瑕的少年时代。

村里有一个大家都不愿提及的名字:阿象。

阿象,小灿和他最要好。阿象的名字,本身就和笨重而行动迟缓的大象一般,显得有些木讷,同龄人往往会耻笑阿象的呆样,于是阿象显得有些孤独。此时,孤儿小灿走进孤独的阿象的生活里,两人上山砍柴下河摸鱼,十分相衬。两个小少年一起度过彼此沉默却知心的闲暇时光。

小灿成为孤儿的第二年夏天,特别闷热。墨城坞在这年初夏季节被决堤的浦阳江毁得家破屋倒。墨城坞人鬼哭狼嚎,场景惨烈,农田、作物、牲畜,在无情而突如其来的洪水面前,化为乌有。小灿和阿象在洪灾日子里,和村里的全部劳动力一起,日夜守护在安家埠决堤口前,填沙、打桩、巡逻。终于在很多天后,洪水退去了,可是阿象的低矮平房却倒塌了。阿象的爹娘拖着家里仅有的一点家什,寄居在村里的杨神殿里。

两个凄苦的孩子,有了更多惨淡的经历以及相互倾诉的时刻。木讷的阿象与寡言的小灿在那个最凄婉的日子里,成了形影不离的好朋友。

穷人的孩子往往历事早。两人齐齐辍了学,帮衬着家人或大队干点农活度日子。

安家埠破桥底的这段浦阳江成了他俩最常去讨生活的好去处。江南多湖泽,湖泽多鱼虾,鱼虾是奢品。浦阳江畔的安家埠段,江水湍急,水道曲弯,据村里人说,这段江曾经吞没了很多个下水嬉戏、捉鱼虾的农家孩子。

阿象是木讷的。他面对这条汹涌的江流没有任何畏惧,他跟随着从小自立、精瘦的小灿毅然跃进波涛翻滚、江底复杂的安家埠江段,溅起的水花绽放得分外鲜艳。

小灿目睹着阿象跃起了一片浦阳江水花。

他在岸上面对盛开的水莲花发愣。

只一会儿,小灿也纵身跃进江中,向着阿象坠落的江面像利剑一样刺进。

这两个孩子,几年来时常彼此争相戏水,他们把这里当成自己最舒心、发泄情绪的乐园。

小灿钻出水面的时候,江面茫茫,依旧不见阿象的身影。

"阿象,阿象……"小灿的呼声一声比一声尖锐。

江水翻滚,四野无声。

阿灿拼命地朝着江流中心继续大声呼喊,但除了湍急的江流声,冷汗的跌落声,周遭死寂。小灿丢开刚摸到的战利品,再次深埋入江水中,从这头深底直窜到那一头。过了长长的一段时间,他"呼啦"一声再钻出水面。手上抓满了江底的淤泥,他大声疾呼:"阿象,阿象……"声音凄厉、孤兀,震天动地。

…………

安家埠村民、田里劳作的墨城坞村人闻声,急忙围拢来。识水性的男人们纷纷跃入浦阳江中,从小灿手指的这头跃入,摸到那头。几十个人,包括阿象疯极了的爹,而阿象娘早已在岸堤上哭晕。

那是一个夏日的黄昏,殷红的夕阳映照着安家埠浦阳江段的水流。奋力寻找的人们,蒙傻过去的小灿,岸上的大人小孩,嘈杂了这个黄昏。

阿象被抬上来的时候,肚子撑得老胀。他的手里抓着一把河泥,河泥里还隐约踊跃着小鱼虾。他再也没有醒过来。

…………

这是受灾后的墨城人的一个寂寞的夏天。一个孩子,被汛满流急的江水夺去了他憨厚而木讷的生命,尽管他是个木讷的阿象,尽管他只有小灿一个少年朋友。

这之后的某天,小灿便突然从墨城坞消失了。听说他去了更南面的地方。

从此,便杳无音信。

老灿今年再回来的时候,是听说族人要整改他老家的房子。老屋已残破不已,就像他心里那段不愿触及的往事。这段往事是有关小灿的,他的经历、成长、酸涩与疼痛。

一别故乡四十多年,小灿成了老灿。

老灿回来的那个下午,并没有径直回村里去祭奠那段远逝的岁月,包括少年时光里曾一起知心、嬉戏的永埋在记忆深处的阿象。

老灿回到城里,订了宾馆,放下行囊,打了辆出租直奔故乡,却在墨城坞村口公路边下了车。村口那株百年沧桑的老槐依然挺拔,虽千疮百孔,然枝根错综盘绕,槐叶顶天。

老灿站在老槐下,点燃一支烟,他目触老槐擎天的树躯,吐出几轮迷离的烟圈。

老槐的前方,是老灿的故居。那里,有他少年时最残酷的回忆,一个外出不再回家的爹,一个忍辱弃家而走的娘,还有一个他知心的却不善言语的伙伴。

他对着老屋所在的大山村落,怔怔地、长久地凝视。

老灿扔掉烟蒂,用锃亮的皮鞋底碾碎,而后向安家埠踱步前去。

老灿细致走在墨城坞田畈中间的那条宽阔的水泥路面上。老灿记得四十多年前,他和阿象赤脚从墨城坞村里飞奔到安家埠的时候,这条路是田埂路。窄窄的,泥泞的,脚触摸着路面,滑腻,酥软。两边是齐腰高的稻谷或麦秆,他们疾奔过去的时候,庄稼的穗稍拂着他们的胸脯,就像母亲软和而温暖的手。

老灿油亮的鞋踩着水泥路面发出"嚓嚓"的响声。他目光如炬,定定地扫视着路畔的庄稼地,犹如年迈的将军检阅着沿途整齐的军士。老灿的鼻翼,掠过各类作物成熟的味道,老灿黝黑深沉的脸上露出一丝不经意察觉的笑。作物排列齐齐整整,蓊郁茂密,透露出丰收的气息。时而闪过一间间小农舍,都无一例外地刷了鲜亮、轻盈而沁人的绿漆,农舍小尖顶上有统一清晰的标志,似乎是规划整合后的农田作物园区的LOGO。衬着中秋微凉的风,这格局与气氛,令老灿精神愉悦。可老灿的脚步却没有放缓,他径直大步向安家埠走去。

老灿的心有按捺不住的悲伤。四十多年了,老灿始终没有忘记一幅画面。那幅画面一直鲜明地活在他离开故乡后的生活与磨砺中,没有忘却,也无法释怀。

那是只属于他和阿象的一段淡漠的人生回忆。

老灿踏上安家埠头的时候,他的脚触及堤坝,脚步显得有些踉跄。

中秋的风,从安家埠段的浦阳江边一直掠到老灿布满皱纹的脸上。

老灿站上埠头,一直寻找着某个方面。他在心里,发颤地喊着:"阿象,阿象,我来看你了……"

老灿老泪纵横,不断地用手背擦拭着滚落下来的泪。

"四十多年了,我独自在外打工,从一个地方到另一个地方,跑遍了广州、深圳,海口、南宁。阿象,我不敢交朋友。阿象,阿象……"

老灿又点燃一支烟，放在堤根上。烟，兀自燃烧。

老灿喃喃自语："阿象，你可知道？我的心里总是会涌起一种力量，那力量来自你——是你啊，阿象。四十多年来，我赚了不小的一笔钱，你知道我要做啥吗？我想修筑这墨城坞时常倒坞毁家园的堤坝啊。"

老灿的眼角不断有泪涌出，他又大声地擤着鼻涕。内心的闸门迸开，各种情感倾泻而出。

透过蒙眬的双眼，老灿望着远处那片他和阿象一起玩乐过的田野。他看到，四十年多了，村里坞里的变化真不小：政府把稻田整饬了，把江堤筑牢了，田野变肥沃了，庄稼变丰沃了，人民生活安乐了……

老灿抹去眼角不断溢涌出的泪。

他望着安家埠正对面的远处的扎架山。那里人烟阜盛，山坳处的村落，便是他和阿象的故乡。老灿的眼角不断湿润，湿润。

老灿知道，儿时的记忆已经模糊。人在旅途，痛是经历。而烙印是很重要的，因为渗入心底的苦痛里有故事，也有生命，有阿象，有少年的苦涩与孤单。

林伯

林伯走的那年,十一月的阴雨一直笼罩着浙南大地,不肯停歇。墨城坞人的稻田畈里,粒粒饱满的苞谷,全都霉烂了。

林伯走的那年冬天,旧屋子外的天空一直布满了疙疙瘩瘩的黑云。

林伯是个管林老头。每天天蒙蒙亮的时候,林伯便扛着锄子、腰间别着勾刀,上啸天龙观山坞了。林伯走路的时候,很轻飘,他一边吸着劣质的烟,一边哼着小曲调,斜斜弯弯地抄小路向山里走去。

林伯是村里的五保户,无儿无女,孑然一身。村委会安排他这份差事,也是为了补贴林伯的日常生活。林伯很清瘦,他除了上山管林管树,没有别的特长。啸天龙的山坳里,有一大片毛竹林,林伯拿来红漆笔,歪歪扭扭地在每根毛竹粗壮的躯干上写上村人的名字:阿毛、小狗、三羊……写累了,林伯就坐在林荫处,吸烟,看参天竹木。有时,他漫山遍野地巡逻,数清了阿毛、小狗、三羊家的毛竹,然后拿灶间的黑炭记在一本破旧的小本子上。林伯一直守着这片山坞,从晨起到天昏。

后来,林伯在啸天龙里搭了间草披屋,终于在山间住下。

他自己拿黄泥垅的土糊了灶头,再砌了炕,用竹梢做了凳子,用竹丝片编了厨具。林伯在山间小地里,种了瓜果菜蔬,在刺棚窠里养起了鸡犬牲畜。林伯的山间生活变得生动而有趣起来。

村里人进山的时候,总看见林伯的小草披屋会升起袅袅炊烟,村里的男人们于是在山口大喊一声:"林伯……"林伯应声从草披屋走出来,笑盈盈的,然后招呼乡人在他的小草屋前平整的石头上落座,喝山水,吃瓜蔬,话家常。他经常做的事,是领着村人一棵棵数着他们也弄不清的林木、毛竹。村里人的夸赞声很简朴:"林伯,你算得真仔细!""林伯,你的记号做得真好!""林伯,你管山林真内行!"林伯笑着,双手反背踱着走,一路上哼着得意的小调……

村里人起早摸黑,山间地头的活永远也干不完。从村里到山坞冈头,一走往往几小时,进入观山坞,横穿黄泥垅,翻过啸天龙,便到打鸟冈。男人们捉柴、捡松丝,在高冈旱地里种很多的番薯。挖垅、成畦、留洞,然后带了番薯秧来入洞、浇水、合土。打鸟冈是墨城坞村后背最高的山头,冈头上,有很多地是荒着的。村里人勤劳,不辞路遥来辟地,种下的多是番薯。村里家家养猪,番薯是养猪的最佳饲料。他们从村口进山的时候,往往晨阳刚起。山上的活细碎得很,费力气耗时间。起起落落一堆活,数山脚下汲水上山最耗费时光。一畦番薯秧刚落,午阳变得热烈。落种的时候,往往是四五月间,春天刚向夏天进发。男人们在高冈山头喘着粗气,用大汗脚布扇着满头是汗的脸的时候,清晨家里女人手炒入肚的蛋炒饭早已随着热汗驱散无影。这时候,山脚下林伯的草披屋飘出细细碎碎的炊烟,林伯抖着颤音朝高冈上喊:"小毛,小毛……"

热得脱了外套的小毛正在高冈上看世相。听到林伯的喊,"哎"地应了声。

"小毛哎,快下来吃点东西!"林伯的颤音迷离不清,高冈上的小毛却听得分明。小毛于是甩下家伙,从高冈上疾步奔下。

林伯草屋前的石头上,已经摆好了一大盆鸡肉、一大碗白饭。

小毛接起毛竹管喝了一顿长长的凉涧水。林伯递过来一块干脚布,说:"擦擦,来,一起吃个热饭!我刚杀了只鸡!自养的……"

这餐饭小毛吃得酣畅淋漓,和他背上的汗一样,滑溜顺畅。林伯一边指着冈头上的那片地,一边和小毛扯着话题。

那一日,小毛的力气多得使不完,一下午把冈头上所有的苗全都种下,又上下来回汲水很多回。

小毛下山的时候,捡来一大把松竹枝,他顺便把林伯草屋的顶理了理,铺上新的一层,以遮雨挡风。

林伯的草屋变得异常热闹起来。东家小狗来,西家阿羊来,南村赖子来,北村光头来。村人或坐或歇或吃或喝,他们都亲热地左一声林伯右一声林伯。

林伯感到从未有过的幸福。林伯下山回村里的时候,小毛嫂把家里新称进的猪头肉塞进他的大脚布。小狗娘迈着小脚老远喊林伯,把十个鸡蛋几斤米也包裹进他的大脚布。林伯很不好意思。村里人碰到林伯都说:"他伯,中午我们家便菜便饭吃得去。"林伯左肩上扛着两端装满重重食物的大脚布,走过村巷,他的腰杆挺得很直,他的脸上写满了谢意。

山上的林伯与山下的村民,于是建立了一种不寻常的关系。顽劣的孩子们偶尔在村口碰到林伯老远喊着:"爷爷……"林伯笑眯眯地从脚布袋里摸出一个鸡蛋,熟的,塞进孩子们的满是泥巴的手心,孩子们欢快地跑开了。

林伯清晨从山坞冈头上遛山回来,总看见草屋的檐下,挂满了东西:或整翻过的被褥,或新纳的布鞋,或新鲜的猪头肉,或酒糟烧,有时也会有米、谷糠。

林伯欢喜地拿下,心想着,明天村头的赖子和麻脸要上山来捉柴,刚好可以用它们来招呼。

村里人给林伯的草披屋取了一个响亮的名字:冈坞小吃店。

男人们在山间地头往往会耗去整个四季:春则播,夏则收,秋有割,冬有护。林伯呢,在和村人不断见面的寒暄声中,渐渐老去。

林伯守着那重叠的青竹毛林,一守便是四十年。

后来,山间劳作的人越来越少了,山坞角落、丰沃地头、高壁冈上,再也不见勤劳而窝在地里锄地的人了。村里人条件好了,早就不养猪了,餐间小菜也从城里运进了村里的小菜场,它们都有好听的名字:大棚有机无公害蔬菜、肉食。

山里的地像林伯一样逐渐荒去。

冈坞小吃店早已失去以往的热闹,门口的石板也透出了岁月的青苔,小屋在高耸竹林的遮蔽下,显得更加颓败而寂寞。

林伯似乎悄悄地被人忘记了。

林伯时常坐在屋前的石头上。群山寂寥,山径荒凉,冈坞里的山风呜呜地响。十一月,暮秋初冬,林伯浸泡在林间洒落的残碎夕阳里,他的眼睛像那空旷无落的深深的山崖,他遍落老筋的手抚摸着身下绿茸茸的苔藓,他的小草屋垣壁有草苫垂落。林伯颤巍巍起身,用沧桑的手抚摸垣墙上被大片青苔侵占的草苫。

些许日子过去,偶进山的村人发现林伯已经静卧在小草屋的炕沿上离世了。

这一年的冬天,天气异常,淫雨霏霏笼罩了初冬时节。而那个山冈的小草屋也在阴雨天颓然倒塌。山间,再也没有林伯的影子,以及那些欢欣的瞬间,那些哼唱的小曲,那些竹身上弯弯扭扭的字迹。

村里人都伫立在初冬的阴雨天里,送走了这个孤独至死的老人。有个人哆哆嗦嗦地从袋里掏出一个破旧的本子,上面用墨炭弯七斜八地写满了数字:小毛——松木21,竹42;阿羊——粗木12,大竹16……

村里人都跪了下去,有一个人的哭声盖过了冬日山坞里呼啸而过的风。夹杂着打鸟冈、啸天龙、黄泥垅的山头低沉的沉闷与叹息。

他就是小毛……

月奎跷佬

开春的时候，村头的杨神殿不知何时来了一位跷佬。他就是村里原先黄泥垅上管山佬的儿子——月奎。

他爹在黄泥垅管了一辈子山，大家都喊他管山佬，后来管山佬去世，少年月奎也不知去向，据村里人讲是进城里当工人去了。听说混得还不错呢，工厂给他分了房，他还买了小四轮跑起了运输。村里人一度把月奎当作了饭后茶余的话题谈资。有些妇女甚至在四月初春上黄泥垅采茶的时候，还会指着原先管山佬剩下的三间草屋说："管山佬是真没有福气，如今还在的话，儿子的福是享不完了。"说完，还会长吁短叹。因为听说月奎至今未娶，妇女们还在内心激荡着，琢磨着自己的女儿不知有没有福气可以嫁给这个在城里当工人的月奎呢……

可是谁都不曾料到，那个城里当工人的月奎竟变成跷佬回了村。大队干部看他可怜，也念在他死去的忠厚老实的爹的分上，让年纪轻轻却突然瘸脚的月奎"重操父业"，到黄泥垅去管山。

月奎又住进了他爹的破旧草屋。他勤快地整理了这三间草屋,垒石阶,筑门窗,翻屋顶,劈松柏,做家具,倒腾干净了冈上的屋,下山购买了生活必需品,便安顿下来。

黄泥垅的春天,是一年中最美的季节。你看,大片碧绿的茶树,整齐地排列在冈顶上;清冽甘甜的泉源井水,汩汩流淌;沾着青草香的山风,掠过你的鼻尖耳畔。那三间破旧不堪的草屋也在这样的季节里恬静温柔。

村里大大小小的女人们,开始背着蛇皮袋、箩筐,带着饭团、粿等充饥食物,三三两两踏上黄泥垅崎岖的山路。劳作间隙,月奎的三间草屋理所当然地成为黄泥垅顶四月春天里最休闲的场所。妇女们用热情的糯滋滋的声音喊着:"月奎,哪里的水最甜冽? 哪里的阿公公(类似树莓,随长在乡野,味甜色红)最大最多?""月奎,你的碗借我用用,你的小凳子在哪儿?""月奎,你的蓑衣借一下,你的草帽用一下。"……女人们的声调亲昵而富有挑逗。月奎总是耐心地应着,把她们需要的拿出来。

春天雨水渐多,但有句采茶农谚说得好:"早采三天是个宝,迟采三天便是草。"于是妇女们恪守采茶的"火候",争分夺秒地和时间赛跑。她们整天在黄泥垅上的茶树里钻进钻出,动作单一机械,捕捉着茶枝上最嫩的那几片叶子,眼睛里透射着欣喜与激动的光亮。

月奎此时也是最惬意的。他坐在草屋前面的门槛上,喝着白瓷杯里新采摘晒就炒烤成的喷喷香的"黄泥垅毛峰",紧盯着冈上的那批妇女忙碌的身影,发呆傻笑。

有几个调皮的妇女会躲进月奎的草屋避雨。她们互相取笑着,或者和月奎扯着家常,待雨一停,便再冲出去完成各自的任务。

女人们常常会压低声音说:"这个月奎以前这么有本事,可现在怎么就愿待在这荒郊野岭,你们说,他平时想不想女人的?"

"想是肯定想的,但是有哪一个女人会看上这个落魄的跛佬呢?"

"该不会月奎对女人不感兴趣吧? ……"

"你去试试不就知道了?"

女人们相互嗔怪埋怨,手上摘茶叶的动作反而更加迅速了。

茶叶从清明前后摘到了谷雨前后。四月下旬,江南已属晚春。春雨调皮,偶尔来得猝不及防。本来上冈来采茶的女人就少了,雨下来之前,一拨人又逃回村里去了。剩下的三三两两零星点缀在黄泥坻的朦胧山色里,人影绰绰,若隐若现。月奎照例烧了一大锅热水,他想着女人们或许进来就要热水喝,或者想着用它来浸泡毛巾擦脸。他倚在木门上,看着山头依稀可见的最后一个身影,依然在小雨蒙蒙中披着薄膜尼龙纸在认真地采摘。

月奎决定喊她进来避避雨,或者喝杯热茶暖暖身。毕竟春雨寒湿,淋久了对身体不好。他踮着脚朝茶园里那个朦胧的身影喊道:"下着雨,你来坐会再说啊……"

穿过雨雾,他的话飘荡在寂然的林间。

许久,女人才挪着碎步跟跄地从茶园下来。她走进月奎的草屋,扯下身上的薄膜尼龙纸,说:"这该死的天气,弄得我全身都没有干的地方了。"

月奎搬过来一大盆热水,说:"赶紧擦擦,当心受凉。"

月奎冷不防瞧见女人的湿衣服正紧贴着她丰满的身子,月奎慌忙把眼光缩回来,退到门框边的椅子上,狠狠地深呼吸着。

午后的雨,下得缠绵而温柔。淅淅沥沥的声音,从草屋的檐头滴落下来。雨水静静地在坑洼的地面上坠落,溅起朵朵白皙的花,像极了屋里那个褪去薄膜的女人的身体。

"月奎,热水还有吗?我想泡一下脚……"

"有,锅里有!"月奎突然嗫嚅起来,声音也有些战栗。他返身回到屋里,却看见矮灶前女人正弓着身子从锅里舀着热水,胸前的扣子敞开着。女人的眼光正巧对视过来,月奎来不及躲,他直勾勾地盯着女人脸颊上飞起的两朵红云,内心激荡。

远处,黄泥垅上此起彼伏地蔓延着春天万物复苏的气息,连同冈上那飘香的茶韵,以及甘甜的山泉香,在山间激荡着反复着……

女人从草屋里走出来的时候,雨后初霁,山顶的空气更加清冽。女人羞涩地和月奎轻声地说了声"我走了",背影便消失在月奎炽热的眼光中和下山的黄泥垅的澄清的青石板上。

月奎后来才知道,女人是村里年轻的寡妇小娟。

采茶时节一过,黄泥垅恢复了以往的平静,四周鸟声啁啾,春虫嘶鸣。但黄泥垅的草屋上却升起几缕袅袅的炊烟,屋里也飘出诱人的菜香。屋里的女人正在矮灶上忙活着,那个孤寂的黄泥垅,顿时有了罕见的人间烟火气和朴素的人间情爱。

小娟常抽空跑上黄泥垅来和月奎相会。

她帮月奎在山泉水里清洗着衣物,又清扫着屋子。而月奎把前些天晒着的菜梗、番薯干让小娟带下山回家。

小娟也渐渐得知月奎的悲惨的遭遇。

那个他工作了多年的工厂面临倒闭,于是他辞职出来自己跑运输。勤快肯吃苦加上价格实惠,让他一度很忙碌,也引来同行嫉妒。有一次一个老板找上他,让他将一批货物运到邻镇去。为了赶时间,他走了山路,哪知道半路上竟然遭到一群不知道哪里窜出来的山民哄抢。这些山民还用黑麻袋蒙住了他的头,把他拖进深林,打了他一顿,把货扔进了山下的溪涧里。为赔钱,他只得抵押了城里的房子,无路可走,便回了村。

月奎说完,捏着拳头猛敲着桌子愤恨着说:"至今都不知道得罪了谁!"月奎的脸涨得通红,他满脸懊恼、委屈、无奈。

女人走过去,把月奎的头埋在自己的胸前。月奎一把抱紧女人丰腴的身体,禁不住啜泣。

满室缱绻……

女人从月奎身体下出来的时候,月奎酣畅淋漓后的脸是那样满足与放松,他似乎释放了这么多年来遭受到的人生的不公。

草屋里的激越的声音,应该是孤寂的黄泥垅未曾有过的春夏季节里万物生长拔节的翻滚的声响。

村里人陆续知道了女人与月奎的事情。

女人的婆家人知道此事后,把年轻的女人反锁在阴暗的柴房里。女人的婆婆呼天抢地,她大骂着黄泥垅顶那个心术不正的月奎跷佬,一边冤冤切切地哭着她三年前出事故意外去世的唯一的儿子富宝。女人的公公阿得则闷坐在一旁吧嗒吧嗒地吸着烟,猛吸一口又狂咳起来。

村里人从屋子里翻出锄头、铁铲、冲杠、扁担等农具,气愤地、浩浩荡荡地奔向黄泥垅。月奎也不逃,他静静地坐在草屋门槛上,仿佛正在等着村里人来"收拾"他。几个汉子一窝蜂地涌进草屋,他们一把推翻坐在门槛上的月奎,夹杂着清脆响亮的声响,大大小小的巴掌纷纷落下。

月奎不还手也不躲避,他似乎做好了"要杀便杀要剐便剐"的决定。几个男人推搡着月奎,最后还将他五花大绑起来。他嘴角渗着猩红的血,跌跌撞撞地被村里人从山冈上揪下来。

月奎被推搡到杨神殿幽暗的厅堂里,村干部和黑沉着脸的阿得正坐在里面。廊下围满了村里的老老少少。村主任让无关的人都从杨神殿退出去,他对大家说:"事情有个缘头,瞎哄闹都解决不了问题,冷静商量总会有个两全其美的结果,大家都先回去吧。"

空旷幽暗的殿内只剩下几个人。

月奎的爹一辈子老实忠厚,在村里口碑人缘极好,村干部与村里人包括阿得都清楚。

沉默了很久,村主任示意月奎自己说。

月奎缓缓起身,嘴唇苍白,他嗫嚅着说:"主任,阿得爹,我是真喜欢小娟。我愿意娶她,一辈子真心和她过日子!"说完,月奎"啪"地跪下来。

阿得依然闷着头吸烟,村主任拍拍此时已冷静的阿得的肩,说:"你还是回去和富宝娘、小娟再商量下吧!事情都这样了,月奎也这样说了,总得有个结果。"

夜里,村主任踱着步来到阿得家,见阿得沉着脸坐在桌子边,桌底下是散落了一地的烟蒂。富宝娘在昏暗的白炽灯下默默地淌着泪,小娟也红肿着眼睛坐在灶头的木凳上。

几天后,依旧在杨神殿里,村干部和同族几个德高望重的叔伯还有阿得一起,在杨神殿里搞了个简易的仪式。阿得收月奎为义子,应允月奎与小娟结合,住进家里,并尽好儿子的责任,赡养老人。

就这样月奎和小娟结合了,月奎成了阿得的儿子。他揽过阿得家的所有农活,上山下田,早出晚归。阿得心里依然堵着一口气,他冷冷地看着忙碌勤快的月奎,黑着脸不言不语。

盛夏雨水多的时候,月奎无意中偷听到富宝娘在楼上长吁短叹。她和小娟埋怨着灶头间又黑又漏,接水不方便,菜柜子又烂了,灶头面坑洼,地面黑漆不平……

中秋过后,月奎凑了个好天气把灶头间的房顶重新铺了羽毛毡,重新砌了灶,粉了墙壁,打了只水泥缸,做了砖柜,又在砖柜上安了透明晶亮的玻璃门。

富宝娘满心欢喜,那天,她特意杀了一只鸡。吃夜饭的时候,阿得也从村头的小店里打来了一斤烧酒。阿得要月奎在他对面坐下,在月奎面前的碗里倒了大半碗酒,他俩便你一口我一口地咪喝着,半碗下去,阿得的话便多起来了,声调也高起来了。他指着月奎严肃地说:"你知道不知道,我儿子富宝是不喝酒的,他也从来没有这样陪我坐下来喝过酒。是我让他不要喝酒抽烟的,我是怕喝酒会误事,想不到他还是出了事……"阿得说出这席话的时候,富宝娘与小娟在灶头间忙活着。婆媳俩顿时面如土色,紧张起来。平时阿得是从来不提及儿子的事情的。他不提,富宝娘与小娟也从来不敢在他面前提起。

小娟真怕公公等下会和月奎闹僵,这样一想小娟吓得手都哆嗦起来。

"但你来做我的儿子,我是想不到的。"小娟听公公接着说着酒话,"我一开始是不满意你的,你怎么能和我的儿子比啊。他——多听话啊!"阿得说完这句话的时候,一口把剩在碗里的烧酒倒进了嘴,趴在八仙桌上呜咽起来。

这样的呜咽声在中秋过后的夜晚,显得那样凄婉。在灶头间细听着的富宝娘也忍不住啜泣。

月奎却缓缓地端起酒碗一饮而尽,他靠着桌子起身,绕过来,在阿得面前站定,对阿得说:"爹,既然我认你做了爹,我就不是月奎,而是你的富宝了。你也不要想着我是月奎,我既然答应进门,无论对你还是娘,还是小娟,我都会真心诚意的。

富宝他没给你们的,就让我来替他完成吧!但是爹,你得从心底接纳我啊!"月奎说完,便跪在阿得前面。

那盏青灯,在苍灰的屋檐下见证了这一幕,也彻底消融了这两个本无渊源的男人心底的所有嫌隙和隔阂。

再后来,小娟生了一个白胖胖的儿子,富宝娘说像极了富宝小时候的模样。

又过了十几年,国家政策一年比一年好。月奎想着黄泥垅与连七湖一带农业产品丰富,蔬菜瓜果鲜美,但本地的农业普遍存在小、散、弱的特点。他决定走出一条路来打造这些乡土品牌,让这些农产品标准统一,并带动这些勤劳朴实的村里人,协力同心,实现共同富裕。

月奎大胆承包了黄泥垅的所有茶山和连七湖的几十亩农田。他组建了乡村农家人果蔬专业合作社,家家搞起大棚果蔬培育种植,形成一个农产品生产合作联盟。他变得异常忙碌。夜间,他趴在电脑前看农业示范村的一些做法与措施,白天他经常会带着小娟和村里的年轻人辗转于周边县市,专门去学习他们先进的种植技术。

月奎还和阿得以及村干部商量,利用黄泥垅得天独厚的地理优势,在黄泥垅顶上开辟了一个果蔬大棚种植培训基地。他专门请来城里的农技专家定期为村里人解答种植过程中遇到的各种问题,村里人越来越多地参与到大棚蔬菜与水果种植的行列中。在黄泥垅苍翠丰硕的土地上,在连七湖富泽肥沃的田野上,他们奔忙着,依靠现代化的科技知识,迅速走出了一条生态农业种植之路。

月奎又联系当地乡镇政府,成立了黄泥垅连七湖农产品区域公共品牌——"垅湖生鲜",推出垅上毛峰、垅上干果、垅上土产、垅上干茶、连七鲜米、连七鱼虾、连七草莓、连七美人指(葡萄)、连七小团月(西瓜)等。月奎还组织人员一起学习了网络推广技术,又带着"垅湖生鲜"参加了省市的农副产品展览会和展示周。同时利用周边乡镇展销会、庙会,在全市对"垅湖生鲜"进行了宣传推广活动。

又过了几年,儿子小宝大学毕业了,学的恰好是市场营销专业。月奎劝说小宝回村来参与乡村建设。他想将"垅湖生鲜"的品牌LOGO申请注册商标,组建特色产业农合联的方式大力推广标准化的生产体系……

时间已是2020年的中秋,月奎跷佬缓慢地拄着拐踏上黄泥垅的山路,他亲切地抚摸着山路旁的草木。山风清凉,拂起月奎额头上稀疏的头发。他站在黄泥垅顶上,俯瞰着这个曾经贫瘠的村子而今处处矗立着一幢幢小洋楼,家家户户门口停着的各式小汽车,村道宽阔清晰。放眼远眺,那是村里人致富奔小康的连七湖田。那肥沃的土地上,远播省内外的"垅湖生鲜"特色品牌正从"大棚模式"走向"直播间模式",新鲜的"垅湖生鲜"牌农副产品正走进社区,从他熟悉的土地走向城市的千家万户。

起风了,月奎身上多了件外套,月奎扭头一看,小娟正笑盈盈地站在他身后。月奎抬着头望着头上的那轮圆月,和小娟呢喃着,今晚的月亮啊,真圆……

伟明伯

某一年12月的诸暨西施马拉松比赛中,微型马拉松队伍里出现了一个老人的身影,这个老人就是来自我家乡墨城坞安家埠村的寿伟明。说起他这个和我父亲年纪相差不大的老人,于我印象最深刻的是以下两件事。

伟明伯家在墨城坞对面的安家埠,面朝浦阳江,背后就是连七湖田。那些年里,水利建设还没有普及各村各庄,也远不如近些年这样得到政府部门的重视,政府和家乡人为保住这块连七湖田,往往在洪水泛滥到万不得已的时候,决定舍墨城坞保连七湖。

20世纪八九十年代,一到梅雨季,村里的男壮劳力们整天整夜地集聚在安家埠地段。他们轮流值勤,不断沿堤岸巡查,或背着沙袋狠狠地叠在即将濒危或者堤岸薄弱地带,或把各家各户运来的木桩头送到最紧要加固的地方。危急时刻,壮汉们会一个个爬上粗厚的松木桩,扶准,让周围的汉子们用尽全身气力狠命地砸向堤岸的最深处。木桩敲得十分牢固后,男人们便把沙石等加固在周围。但是,那时候的堤坝总是禁不住汹涌澎湃的洪水,在经过顽强的抗争后,连七湖地段的一个缺口现出了狰狞的面目。村人大声地呼喊起来："要倒坞了啊,连七湖要保不住了,埝要保不牢了……"喊声在6月的狂风暴雨里直渗入心底。

有一年也是这样的6月,也是这样的情景,也是村里的男人们面对着滔天的洪涝束手无策,连七湖田将要被放弃……

安家埠村里跑出一个人,他身材瘦削,右肩上扛着一块结实而厚重的木板。他一边疾步跑来,一边朝堤岸边显得有些无助的男人喊叫："快过来抬,拿这个挡一下,应该有用场好派的……"男人们接过他扛过来的厚重木板,迅速把它堵在即将崩溃的堤埂上。有人一眼认出,这是 坎刚拆卸下来的厚门板! 而这个急中生智把自家大门板扛来抗洪的瘦削男人就是寿伟明……

村里人说起倒坞这件事的时候,总会提起寿伟明把自家门板拆下来救急的行为,以及他舍小家为大家的无私品质。尤其是父亲,说起寿伟明的时候,总是说:"这个男人好啊!"简单朴实的评价里,道出了家乡人对寿伟明多少的崇敬与钦佩!

另一件事便是近八十岁高龄的他参加西施马拉松。

寿伟明报名的时候,受到了家人们的一致反对。家人们对他热衷运动当然并不排斥,甚至十分支持,但那毕竟是参加马拉松,不是一件小事,而且是在12月这样一个寒冷的时间举办。家人们觉得他如此高龄去参加马拉松实为不妥。寿伟明也犹豫过,可是他更意识到,一场在家乡举行的马拉松,牵动的不只是家乡人民的内心,更会牵动那些不在诸暨的远方诸暨人的内心。他觉得,作为诸暨的一员应该彰显这种品质,而不应该临阵退缩。

比赛前一天,朔风四起,一场大雪漫天盖地。尽管诸暨各地的志愿者们不懈努力,各个部门也为比赛加足马力,但是比赛的难度还是比预想的增加了不少。

寿伟明在比赛当天的大清早便开始做最充分的准备,家人,尤其是他老伴开始劝阻着:"雪那么厚,地那么滑,天那么冷,你年纪那么大,你不去没人会说你,都会理解你的。"儿子也从宁波特地打电话过来劝老爹不要逞强了,还是放弃吧。

寿伟明一边郑重地套上运动衣,一边进行防寒工作。然后他和老伴说:"你们说的道理我都知道的,但是,既然报名了,我还是决定去搏一搏。一来呢,我想作为一个人,不能言而无信;二来呢,志愿者们服务与保障工作那样充分与周到,我去体验一下也乐在其中啊。"他临出门时,再次和放心不下的老伴说:"你放心好了,我有自知之明……"

老毛纺厂家属宿舍的雪地上,寿伟明踩着积雪从容而坚定地朝比赛起始点——城市广场走去了。

万众瞩目中,尽管恶劣的天气让人咋舌,但这次西施马拉松比赛在百万诸暨人的共同努力与见证下,如期举行、圆满成功。主角当然是那些在风雪中奔跑拼搏的选手,里面最大的一位便是已有七十九岁高龄的寿伟明。他在跑步过程中,和所有运动员一样,着浅黄色运动衣,头戴花色头巾,脚蹬运动鞋,呼吸均匀,脚步轻盈,勇往直前,和大家参与了这一场意义非凡的比赛。

而今,已八十高龄的伟明伯热衷于公益事业。在公益图书馆里，经常可以看见一个穿着红马甲、头发花白的瘦削老人，他不善言辞，擦桌子，找椅子，搬书籍……甚至还踮起脚拉横幅，在公益事业的路上不遗余力。

同行陈老师是某公益组织的负责人，当谈起伟明伯的时候，陈老师的眼里泛着泪花。她说："多少次，退休教师寿伟明老人发来微信，要求给那些需要帮助的人提供点捐助。他总是说，他一个老人家，有点退休金，不愁吃也不愁穿，剩下的钱可以帮助那些爱学习爱上进的孩子。而最让我们感动的是，有一年深秋的午后，寿伟明老师大老远骑着自行车，从城中赶到城北，将一千元钱使劲地塞进我的手里，不断地和我说，把它给贫困的孩子买套书桌椅……"

普通，平常，和蔼。伟明伯就是这样的一位土生土长的诸暨老人，但每次在他面前站定的时候，他就像是在天地间的一个行者：伟岸、挺拔、坚忍、崇高。他说他的生命充满渴望，需要一直保持着行走的状态。我想，您走过平常的青石板，走过泥泞地，也会走进很多人感动的心里。

娘娘

娘娘在江南绍兴一带，多用于称呼祖母，也属于一种昵称。

你走的那年，初秋寒凉，母亲在电话里急急地嘱咐我们姐弟俩得空回六间堂老宅屋去看看形如枯槁的你。

10月的某天，母亲带我走进老宅。老宅和你一般，经历了几十年的风雨岁月，垂老而萧瑟，破旧而阴涩。老宅前的石板上铺满青苔，石板路沟沟洼洼，沟壑中莫名地升腾起密匝浓郁的野草。你，娘娘，正半躺在老宅廊下那张竹制的吱呀作响的睡椅上。蜷曲紧缩，木然无神，周身棉被覆盖，露出一双干枯却茫然无力的眼睛。你已然认不出我，我"娘娘，娘娘"地唤你，你却惊恐忐忑。

母亲一边弯腰抱起你走向里屋，一边絮叨着对我说："你来抱抱你娘娘，真的只剩下一张皮与全身的骨架了。"我不敢。我在你躺下的时候，小心地捏了捏你黑褐嶙峋的手。我从未见过这样一双老人的手。风烛残年，枯骨铮铮。没有温度血肉，所有文人笔下写及手的一切词汇都需要止步。我说："妈，娘娘的手怎么变成这样子了呢？"

岁月是一棵枝干纵横的巨木,而生命,是其中飞进飞出的鸟雀。叶条凋落,根木成朽,生命便如飞雀远离。树木的身躯正孤立地直对苍天,黯然一息。

我面前的娘娘便是这样一株枯树。

娘娘躺卧在竹榻上,微闭双眼。我不知道你在想什么,你能想什么?想你将近九十年的人生?还是你即将踏上死路的从容或畏惧?你木讷地看我的时候,我真想探进你的灵魂里,去研读你内心的渴望。

这年11月的一个午后,娘娘安静地离世了……

我又看见你的时候,你平躺在竹榻上,安详而宁静,合上眼的脸端正而认真。和着大姨小姨惊天的哭声,以及众亲友的喧扰、讨论,我在众人的不解中悄悄地捂紧了娘娘的双耳。

我想,娘娘正欢喜地去往天堂的路上,那里银光一片,鸟语花香,娘娘轻盈的身体欢快地向天堂升腾,一定厌烦于这样嘈杂而纷扰的声音。

老家背后的茶山上多了一座新坟。崭新的坟面,崭新的墓碑。

娘娘,我认真地看着爹把你的骨灰撒在你十几年前就如同宝贝一样喜欢的棺木里的时候,我想你一定很满足。你喜欢的茶山,恬静而清新。山野秀丽,溪涧汩汩,小雀啾啾,这像极你清醒地活着时生活的环境。

娘娘的样子,梳着齐肩的中发,斜分的头路,一只黑发夹紧紧夹贴在右发际上。常常穿斜襟的奶白或淡青色上衣,着深色宽松长裤，步履清爽，不紧不慢，且笑容可掬，唤人亲切。迎着往来的人，大的唤阿姐阿哥或某某嫂，小的唤小囡。感情真挚，亲近和蔼。

而此时关于娘娘的生平，便如潮涌入我的脑海。

你初嫁入寿家六间堂的时候，想象着墨城坞一带因着连七湖的鱼米富泽，你再也不会为挨饿缺粮的日子而惊惧，为唉声叹气的父母、冰冷的灶台而伤神。你甚至想象着嫁入寿家后，娘家亲人因着你，即将迎来吃喝不愁的欢喜美好日子。你坐在漆红簇新的婚床上，笑靥如花，满足而自醉。

新房在六间堂的右边门二楼，你欣喜而羞涩地听着你的新婚丈夫哼着小曲走上吱呀作响的木楼梯，吱呀，吱呀，吱呀。这正是一首好听而温和的曲子，你想起那个魁梧壮硕的男青年，他好听而磁性的声音，他厚实的背，他挺拔的身，你不由得流露出向往和憧憬。

待声声脚步在你面前停下的时候，你抬起笑意溢满眼眶的脸，你准备和这个满意的男人对视。可是，你，你，你，娘娘你诧异万分。

你发现和你新婚的男子不是那个初见时魁梧硕壮、笑容憨厚的男人，眼前的男子，却是佝偻的驼背！

"你出去！你出去！……"

驼背男子默然不应，颓然坐倒在床的另侧角落，无声落寞。

房间里响起一阵阵起伏的抽泣与呜咽。

你才知道，原来美好的婚姻一开始就是个骗局。

祖父是个驼背啊,来和你相亲的是他其中一个弟弟呢。

或许,人间远比小说与电视剧更刺激,内容离奇的故事应有尽有。你一定无助而茫然。你生生跌进这样一个巨大而黑暗的罅隙里,你如火的青春与美丽,在此刻灰飞烟灭。娘娘,你的人生终于在这样喜庆的寿家生活里开场。因为时光,会冲淡你的疼痛;而生活,会磨灭你的幻想。

娘娘长相娟秀而清丽,你于是无奈而凄然地在驼背青年的哀求与六间堂众亲族好话歹话的利诱下,默许了这样一桩悲剧而迷离的婚姻。

你生了四个孩子。

你大概觉得这是婚姻延续的全部理由。于是你尊重世俗生活,勤苦地劳作,在缓慢而流逝的时光中你平静地感受着生命的喜悦或者沉重。

娘娘,你融进了六间堂早起晚睡、侍奉上辈、抚育幼辈的勤俭生活。连七湖的富泽,逐渐在你日渐白胖而渗着笑意的脸上荡漾。你一日日地操劳着,养猪,很多猪,满满一草批的猪。你从六间堂背后的扎架山上拔来很多野草:狼基、马兰、种田红、草籽、苦菜籽、野芥菜等。你养的猪头头壮实,赶出猪草批的时候,猪屁股浑圆,你一边仔细看一边笑逐颜开。

你似乎觉得生活或许就该是这个样子。于是,你的心向阳而暖,阴霾不再。

驼背祖父走的时候,爹只有九岁。你兀自呼天抢地悲恸难已，糅着这些年庞杂琐碎的委屈、隐忍、黯然，甚至悔恨、泪水。你不知道该如何安放自己包括身体与灵魂，难道这一座老旧而阴冷的六间堂就是自己的归宿吗。

你显然无从得到答案，而日子还得继续。一个女人，一个带着四个孩子的年轻女人，于是就开始了艰苦且兄弟异爨后的清贫岁月。

娘娘，生存是可怜的事情。

有些事情或许出于宿命，也或许因果天成。

以后的日子，爹有了我的娘，爹和娘有了我们，你与驼背祖父开枝散叶成了一群热闹而浩大的家庭。那是属于你的荣耀，娘娘。

你一定很欣慰。守拙以清心，淡然而浅笑。

你看你看，你坟前的寒林没有一丝杂质，初春的空气总透露着你甜美的笑容。你躺下的这片茶山，有深夜的月色和三月的雨水，还有你努力的人生与执着的意志。

娘娘。

珍珠项链

"榍柮无烟盛夏长，椟藏珍珠亮如光。"每年盛夏时节，我都会拉开化妆台下的抽屉，小心地捧出木松锦绣匣盒里的这串并不起眼、颗粒大小不一甚至表面凹凸不平的淡水珍珠项链，戴在自己白皙修长的脖颈上，然后陷入巨大的想念与愧疚之中。

1998年大学毕业后留在绍兴古城工作的我，无意在水沟营对面的古玩市场里发现了这串质劣价廉颗粒却还算饱满的项链。虽然不很匀称，但因卖家刚好是诸暨山下湖人，我便略费口舌买了它。那是我工作第一年，囊中羞涩，而这一年恰好逢我的娘娘八十大寿。我用一只木松香的锦盒仔细包装好了它，准备回乡时当作给娘娘的生辰礼。

暑假，回乡团聚，我急急地卸下行囊，便奔向娘娘的老宅。

娘娘接过锦盒的时候，笑靥在她的脸上拼凑成慈祥而温暖的花朵模样。我笨拙地把这串廉价的珍珠项链贴挂在祖母皮肤松弛的脖颈上，娘娘拿起案角上的小菱花铜镜，左瞧右瞅，用满是筋骨的手来回在上面摩挲了很久。

回乡的日子随着工作的忙碌变得甚少。每次回老家，年迈的娘娘总蹒跚着脚步朝我亲切而慈爱地走来,却没想到这样熟悉而平常的场景在几年后的深秋日子里会定格。

某一年盛夏过后,戴着珍珠项链的八十七岁的娘娘逐渐犯了老年痴呆:她有时候变得惊恐不安,有时候神智全混,甚至连最熟悉的人也不认识。她一次次地从老屋蹀步出来,走过亲族门口,再站在儿子家门口,她甚至忘却了彼此间的关系。她木讷得让人惊诧,她眼光迷离地从爹娘的脸上飘过再落定在我的脸上。"娘娘,我是你的孙囡阿飞。"

娘娘咧着嘴,并且激动地拉扯着她的脖子,不停地朝我笑啊笑。咧开的嘴不自主地漏出很多口水来。我有些惊恐,在娘娘不断的招手中迅速抽身离开。

第二天一大早,准备回单位的我在院子里收拾行李,猛抬头一看,娘娘瘦弱的身子正倚在大门框上。"娘娘,你进来坐。"娘娘呵呵地朝我傻笑着。"娘娘,我今天得回去上班了。娘娘,下次来看你,你会不会认出我是你的孙囡了呢?娘娘,你不要乱跑啊……"

可羸弱的娘娘突然一把抓紧我的手,拼命拉着我朝她的老宅走去。

她的脚步出奇地坚定与稳妥,她枯槁的手触摸着我的手心,我努力地回应着她。族人邻居诧异的眼光掠过祖孙俩,我相信这一刻我的娘娘定然分外清醒,她笃定地知晓我就是她的孙囡,是她声声唤着的阿飞。

她一直拉着我走进她的六间堂老宅,径直地走进昏暗的内室,从她最宝贝的棺材上的破旧纸盒里抖抖索索地掏出一个盒子。我一眼认出那便是几年前她八十生辰时我送给她的装有珍珠项链的木松锦盒。

娘娘呀呀啊啊地说了半天，最后把锦盒放进我的手心，并用她枯槁的手按紧了我的手。她想表达的意思是要把东西还给我？我反复地和她解释着、拒绝着，甚至几次想打开木松锦盒掏出项链再次给她戴上。她却用坚定的动作阻止了我。她笑盈盈地看着我，眼里全是爱怜。她吐出的"阿飞"清晰而滋润，最后她用不大的力气推搡着我出了老屋。出了六间堂，我转过头，看到枯瘦的娘娘正站在六间堂的雕花的廊前咧着嘴，露出满意宽慰而舒畅的笑。这样的笑让人熨帖与安心。我突然领会到这或许是祖母的一种心意，但这样的领会让我在这些细节中隐隐寻出不安。

我最终也搞不懂为什么娘娘要把这样一件并不值钱的东西还给我？回到家便把这盒子安放在房间的写字台抽屉里，回城忙碌工作。日子茶米油盐，生活酸甜琐碎，让人焦灼又让人充实。

两年后（2007）的11月，娘娘寿终正寝。

出殡送山办清丧事，娘娘就这样日夜长眠在家乡背后的茶山里。

日子在细微琐碎中慢慢度过。一日日，有重复有更改，唯一不变的是每次回老家到娘娘的六间堂老宅，看见她曾站立过的雕花的廊、坐过的竹椅、用过的案板、开过的小窗，总忍不住会想起她……娘娘离世后的六间堂异常衰败与冷清，瓦檐漏风、垣墙坍塌、木椽断裂,她的影子终究要随着老宅的倒塌这样猝然消失了。连同记忆里娘娘很多件淡蓝而柔软的斜襟布衫,她慈爱的怀抱,曾爱怜地抚摸过我的手,她的微笑、呼唤,都将远逝。

夜晚,我睡在老家入秋后的房间里,辗转反侧。起床看着窗外的星光,不成寐。此时,文字会成为自己心性展示的方式,有时候亦会是一面明镜,能照亮内心的坑洼。

写字台的抽屉里孤寂却显眼地躺着娘娘离世前两年还给我的松木锦盒。我知道里面是我工作第一年为她八十生辰买的珍珠项链。

我紧紧握着锦盒,它应该经过了祖母枯槁的双手多次的抚摸吧?也该还留存着娘娘微弱的气息吧?娘娘生前用尽清醒的意识将它交还给我的那个瞬间,异常清晰地在我的脑海里浮现。哦,娘娘,深情或许是一桩悲剧吧?这样的情感是否得用死来缅怀呢?

疑惑中我打开了锦盒。一连串的往事,连同娘娘唤我阿飞的模样在深夜的此刻一一呈现。锦盒里躺着的便是那串我送给娘娘的廉价珍珠项链。我小心地拎起来捏在手心的时候,突然发现项链上多了一点东西:一枚银质铃铛,刻着一个"飞"字……

眼泪奔涌而出。

此时此刻,娘娘离世前归还项链于我的缘由终于有些明朗:她是要用尽心思给我这个孙囝留下一点纪念。是一位祖母的纪念,一种爱的纪念。没有铺垫与启示,犯了老年痴呆后的娘娘是如何用尽心思把它坚定而执着地交给我,我全然不解。她定然怀着欢喜与感激托人重新组串了这项链。内心素简,一半浅喜,一半深爱。大概便是此吧。

窗外的初秋夜空,星星点点,在家乡不远的扎架山边眨着眼睛。

哦,我亲爱的娘娘,洁净如你,素颜青衣,九十人生。殊不知在这样的深夜里,我正嗅着心间浓郁的眷恋,手握着你留下的这泛着爱意的珍珠项链,徜徉在时空的想念里。

六爷爷

　　六间堂的厅屋楼上，住着一位很老的长着白胡子的从不下楼的老人，堂里的孩子们都喊他六爷爷。出入六间堂的某些时候，我们抬头，或可窥见他在二楼的木窗台上，用白皙且瘦骨嶙峋的手颤巍巍地打开木窗，然后，陆续地晒出他的什物：衣被、鞋袜。

　　"爹，六爷爷为什么不下楼来？"爹说六爷爷年纪大了，走不了楼梯，腿脚不利索，怕摔。于是伯婶们就会定时送餐或者理了他的衣被来六间堂前的井水边浆洗。六爷爷经常会在有太阳的中午或午后，在窗台前小站，他会笑盈盈地看着堂前玩耍的子孙们，偶尔也会点起他的一柄烟枪。也偶尔，六爷爷会在楼上哑着声音喊我们："小囡，小囡……"热闹在游戏时光里的我们却总是听不见他的叫唤。有时候，循着声音仰头上去，原来是六爷爷伸着手臂在楼上招呼我们。"六爷爷，六爷爷……"六爷爷露出了十分慈祥的笑脸，他将着白胡子，一边颤抖着手，从二楼窗户口扔下来一包硬皮纸裹着的东西：干荔枝、酥糖、小橄榄……纸包里的零食五彩缤纷，正是我们那时候十分垂涎的。我们一窝蜂似的拥在一起，在廊檐下"瓜分"着六爷爷赐给的这些"珍馐"。

而楼上,六爷爷的笑意躲在他满是白胡子的脸上。

这是他的几个儿女正月里来拜年时的礼品。看看,这肯定是他上海的囡带来的,这在我们墨城坞的供销店里也从未看见过。这个酥糖味道真是特别,入口"滋溜"一下滑到喉咙里就淘气地跑进了你的胃里了。小橄榄,哇,这酸酸甜甜的,核还那么小巧,我们真的从来也没有品尝到过。

六爷爷静静地看着这一切,脸上的笑意在三月的阳光下,荡漾得更欢了。

六爷爷头上稀落的白发以及下巴一大把白胡子,会在他抬起来的烟枪中飘逸,像极了小时候《西游记》里唐僧和尚误入妖怪洞穴时突然抬头看到的从洞穴缝里钻出来的白毛怪。很后来,偶然看见城里的肯德基招牌上那个老头,白胡子红衣裳,像极了六爷爷慈祥的模样。

于是孩子们对楼上的六爷爷总是充满神秘的好奇。

通向六爷爷楼上的楼梯在忠平叔伯家里。那条楼梯啊,忒长了,黑漆漆地竖靠在房子的一侧墙壁,冷漠、险峻,一头高高耸起,直向那个黑黝黝的二楼。

夏天来了,堂前的石水缸俨然成了孩子们欢乐的天堂。小孩子们光着屁股,用木勺舀水嬉戏。水沾有活泼的特性,孩子们对于水这种物质总是情有独钟。我们的嬉笑穿透屋檐,穿出六间堂,飘扬在村子的上空。这样的自寻其乐往往会持续大半天甚至一整个白天。大人们往往忙碌在田间地头,无暇顾及我们的吵闹,而楼上的六爷爷更是不恼怒于我们的无法无天。他摇着蒲扇,被这样的幸福感浓浓地包围着。

有一次,从田头劳作回来的爹被锈迹斑斑的钉子刺伤了脚底,鲜血直流。他回到家的那个午后,我正和一大群小孩在廊下看蚂蚁。爹的脚裹着大脚布,一瘸一拐地拄着大木棒进来的时候,我被吓了一大跳。"爹,你怎么了?"爹摆着手说没事,只是脚被钉子扎伤了。我发现雪白的大脚布被一大片鲜红的液体渗透了。我的眼睛显出无比的恐慌,随着大脚布的打开,娘俩同时发出一声凄厉的叫声——爹的脚红肿,血气弥漫。娘急得直搓手,爹是田里的好劳力,此时农忙季,爹的脚伤成这样,那堆活可咋办?娘的眼神里有担忧,有焦虑,有茫然。

廊檐下围拢来一群人,大家七嘴八舌地贡献着意见。要好得快,这是一件难事。这时候,头顶飘来一个声音:"来,扶我下楼,让我来看看。"是六爷爷嘶哑苍老的声音。于是叔叔伯伯两人上楼,将六爷爷从楼上小心地搀扶下来,廊下早已放好了一张竹榻椅子。六爷爷坐定后,伸出他枯槁却异常有力的手,翻过来仔细看过爹的脚伤,然后和小叔说:"快去我楼上的床底下把一只樟木小箱子拿下来,勿要重手重脚。"我连忙自告奋勇地拍拍胸脯说:"六爷爷,我跑得快,我上去拿。"话没说完,瘦削的我一溜烟地消失在六间堂对面的屋里。

忠平叔伯家的那长长的黑漆楼梯终于与我面对面了。好长,我终于看清楚楼梯最上面的顶上有一面菱形小轩窗,正对着上头宽大的楼梯口。我脱下破布鞋,赤着脚,"噌噌噌"地上了楼。走过第一间,再过第二间,脚步在第三间门口停下,这就是六爷爷住的房间了。

推开门，"吱嘎"一声，屋里的陈设十分洁净，右手边黑漆老木床上的白蚊帐和白床单一尘不染。对面窗台左手边一张五斗柜锃亮，柜子上摆着一摞书。床边的矮柜上，六爷爷用一大只玻璃罐水养着一大盆草，这丛绿色在这灰暗色调的屋内煞是醒目。床对面依次整齐地摆放着圆木凳、红木椅、小方桌、箱奁。我急忙蹲下身，往床底下一瞄，拉出那只小樟木箱来，不重但也不轻。我立即抱起它，迅速地下了楼。

待将樟木箱交给六爷爷，他已给爹的脚做了清洗，此时他从箱子里掏出一个布包、一个褐色小瓶，又取出一卷纱布。然后打开了布包，里面竟然都是细长的针针刀刀剪剪！六爷爷一声不响，拿出一把银白色的长柄刀，掀开爹脚底的伤口，以迅雷不及掩耳之势削去了浮在表面的腐皮肉，然后将褐色的药水倒在剪下来的一片纱布上，用它擦拭着红肿的伤口。最后，他把纱布完整地覆盖在伤口上。随即又转过头和身边的叔伯说："快，找把梯子爬上去，到檐头上去把那丛耳朵草拔下来。"他抬起头往上头指了指，众人顺着六爷爷手指的方向看过去——那六间堂黑瓦屋檐的缝隙里，一大丛六爷爷口中的耳朵草正在顶上孤寂地飞舞着……

堂叔拔下一大丛耳朵草来，六爷爷嘱咐他用堂前石水缸里的雨水洗净，然后又从樟木箱找出一块泛黄的纱布来，叮嘱堂叔把那丛耳朵草裹捏起来，再把纱布拧紧。六爷爷让我娘去屋里拿只白瓷碗出来，并把灶头上的锅铲也拿出来。众人不解地看着六爷爷这顿操作，都沉默不言。六爷爷精瘦的手紧握着锅铲柄,对着白瓷碗里的那包耳朵草用力捣碾。不一会儿,六爷爷气力不足,便让旁边的叔伯继续碾碎。

那包耳朵草的浓稠汁水从黄纱布里汩汩渗出来,白碗边冒起了泡,草液的清香也漫开来。六爷爷见状便说行了,接过白瓷碗,让爹将脚搁置在高板凳上。六爷爷仔细地掏出碗里的那包已捣碎的耳朵草,迅疾地贴紧爹脚底心的伤口。六爷爷枯瘦的手青筋暴起,他用力地按着,一动不动。爹的脚在用力地抽搐,六爷爷的右手狠按着那包草,左手和叔伯们使劲固定着爹的腿,六爷爷和爹的额上都冒出了汗,大滴大滴。好一会儿,六爷爷和娘说:"快拿块干净的布片来,将他包扎稳妥便行。"六爷爷此刻便松了手,躺倒在竹榻椅上闭着眼睛喘着粗气,休息了好一阵子。

叔伯在榻椅边放上了一杯清茶,六爷爷缓缓地睁开眼睛说:"这檐上的那耳朵草啊,你们看看,它长在这么高的地方,吸收天与地的精气,多少有用场,用它来消肿清血解毒顶恰当了。这样过了一夜,小狗(我爹小名)的脚肿马上消退,痛也不难熬了。"他又唤过我娘,说:"这碗里的汁水勿要扔掉,纱布盖好,留着明天再把小狗的脚涂涂擦擦,消消毒……"

没几天,爹的脚肿痛俱消。他听从六爷爷的建议,不沾水,但下地干活如同寻常。

而我发现,帮助爹的脚消除疼痛的唤作耳朵草的草和六爷爷水养在他床边矮柜上的那盘草没有两样。

"娘,六爷爷是不是神仙?"

娘笑着说:"六爷爷就是六爷爷,怎么突然说他是神仙?"

"娘,我看见帮爹消肿的那耳朵草正养在六爷爷床头的柜子上。你说,他是不是像神仙一样,可以变出来很多可以救人性命的仙草呢?"

娘的目光穿过木窗落在檐头上那丛茂密生长、在风中跳舞的耳朵草上。

娘说:"六爷爷或许真是神仙。"

又一次,经常活跃在溪滩河塘里嬉玩的我,两只耳朵都发炎了。一开始,耳朵只是瘙痒难耐,后来便出现了肿痛,再后来肿红的耳朵里会不断流出恶臭的脓水。尤其是晚上,待日间的热闹皆歇,这种痛便搅得我翻来覆去彻夜难睡。娘整晚用凉水为我擦拭,却无济于事。后来竟然发起了烧来,娘抱着我束手无措,准备去凉山寻赤脚医生来看。六爷爷听说后,敲着他的拐杖,在楼上窗口喊娘:"小狗媳妇,小狗媳妇……"娘钻出窄小的厢屋,抬头看着脸色暗沉的六爷爷。六爷爷抬手指着檐头上那丛耳朵草说:"捣碎用它!"

娘顿时心领神会,立即如上次给爹敷脚所做的那样,取下一丛耳朵草,用石水缸里的雨水洗净,拿出那块蒸东西的纱布,学着六爷爷的样子,在白碗里捣出汁水。然后,聪慧的娘小心地舀起一小勺汁水,滴进我流脓的耳朵里……呵,这清凉的耳朵草啊,竟然草如其名,对治疗耳朵问题十分灵验。那丝丝"神仙水",在我红肿了好几天的耳朵里慢悠悠游荡,似乎它们游经之处,病痛全消。似乎所有的菌怪在这些功能特殊的灵草前,顿时都狼狈溃败。娘用耳朵草在我耳朵里滴润了一两天,发热烧肿痛竟全消了。

"娘,我知道,六爷爷一定就是神仙。因为只有神仙才知道长在普通屋檐上的草是仙草,对吧?"

这以后,六间堂里的大人们便对屋檐上的那丛浓密硕肥的经历了风雨的耳朵草无比崇敬。每次他们闲坐在堂前,或者在石水缸边洗涮的时候,总笑盈盈地抬起头,对着那片寂寞生长着的神仙植物投以温和无比的笑。

几年后的一个秋天,六爷爷在六间堂的楼上寿终正寝。

"爹,六爷爷去世的时候,你有没有发现他床边柜子上,水养在玻璃罐里的一大丛耳朵草?"爹却说没有看见。我问了好几位叔叔伯伯,他们笑呵呵地反问我:"你怎么做梦把屋檐上的耳朵草做到六爷爷的水罐里去了呢?"

我想,六爷爷一定带着他的仙草回天宫去了。

自此后,每次无意地瞥见乡间背阳的山脚下的岩石裂缝里,那散落一处的或者大簇密集的耳朵草,我总会萌发起许多的情愫来。总会想起六间堂楼上那依偎在木窗户前的神仙似的六爷爷,想起他捣药时的那双白皙却精瘦的手,想起那干净的房间里翠绿壮硕的水养的耳朵草,想起故乡的六间堂的廊檐下,很多与耳朵草有关的往事……

(后补:耳朵草即虎耳草,又名老虎耳,草本植物,因其叶大形如虎耳而得名,茎上有着长长的腺毛,叶柄长,叶片有心形、肾形或扁圆形。茎段繁殖快,喜阴湿岩隙,沿地表铺攀而长。虎耳草是沿用已久的中药材,全草可入药,具有清热、解毒、凉血、止血功效。《浙江民间常用草药》中记载:"将鲜虎耳草打汁滴耳,可治疗中耳炎。")

舅舅

舅舅,这个称呼,从 2018 年 11 月 28 日起,便消失在初冬清冷的夜里了。或许人与人之间关于爱比如亲情的考验,需要用时间的突然断裂来铭记。离开抑或是相遇,需要身心潜伏来与时间对抗并取得突破。是的,悲观很多时候没有多大用处,它只会让人身心俱疲。谁都希望自己能够善终,可总是无法选择。如书上所写,命乃天定,运需偶得,今生你得到什么样的牌,除了尽力打好它,真是别无他法。

在这样的碎碎念中,对两位舅舅的细微的感怀以及他们平常的生活印记,便在黯淡的月色与冷峻的深夜里,如数向我涌来。

大舅

大舅总是节俭得很。

大舅在离家不远的水泥厂里做搬运工,每次假期去大舅家串门,饭点时间就能看到瘦骨嶙峋的他,脚下生风、笑容可掬地从屋对面的小路上急速走来。一边和蔼地唤着我的小名,一边一层层地剥着绕在他两手指头上的白色橡皮膏。偶尔眉头一皱，撕开后的手指弯折处，总有深浅不一的血口子，狰狞瘆人。大舅冲着冷水，洗净手上沾染着的水泥灰，又迅速拉下腰间的大脚布使劲拍打着头发上、肩背上的泥灰尘。接着便在桌边坐下，打开桌脚边的老酒坛，舀起一竹罐米酒，就着桌上的熟炒花生米，和我絮絮叨叨起来。

我仔细打量着四十左右的大舅。沧桑、老相，满脸都是缺少营养留下的枯槁，笑起来，眼角边、嘴边、额头上只见道道沟壑，耀眼、明晃。我想，大舅真是个小老头。

几口酒下肚，大舅天南地北地与我闲聊，包括耻笑我爹几亩田的歉收，我娘一年里养肥的那几头猪，或者鄙夷当时已经是乡干部的小舅的迂腐与固执。其间，大舅便拿出最劣质的香烟，猛地抽上一支，大口大口吮吸的时候，脸的两颊分别凹陷成一个洼地，又夹杂着猛烈的咳嗽，席间的谈话也会被迫中断。酒酣，大舅就不再吃饭。他收拾完桌上的碗筷，在灶间泡上满满一大杯的茶，拎着和我打趣着说，这是他一下午的口粮。

大舅常常把这一大杯茶放在门口的石头上，紧接着又拿起窗台上的白色橡皮膏，一层一层地仔细重新裹紧他开着血口子的手指头，准备着出工前的一切。

大舅在水泥厂干的是最繁重而单调的水泥搬运工作。把水泥搬上运送的大卡车，或者从一个地方搬到另一个地方。大舅上的是日班或者晚班，日夜班相连，大舅需要连续工作十六个小时以上。

农忙时节，大舅田里的庄稼要收割，收割完要把稻草捆扎完移到家门口塘埠头的空地上暴晒,然后翻田再播种。那段时间,大舅上完日班,便奔向田头,再热情努力地干到天完全暗下来,才回家匆匆对付那饿得前胸贴着后背的肚子。大舅满满吃下两大碗饭,就着一盆浓黑的干菜汤,或者大舅妈搬上来的猪头肉,其间依然会猛吸上一两支劣质烟,满足而欣慰。大舅妈一边催促着干了一整天的大舅赶紧洗澡睡觉,一边整理着灶头间的零碎活。大舅妈踩着吱嘎作响的木楼梯上楼的时候,大舅依然在桌边吸着烟喝着茶,他有些疲惫的脸上现出倦意。

第二天清早,大舅起床后,一边准备着出工前的工作,一边和烧早饭的大舅妈念叨着田头的农活。他吃下一大碗蛋炒饭后,边打着呵欠边疾步向水泥厂走去。

而不一会儿去农田的大舅妈竟然发现,她家的田间所有昨天还傲立着的稻谷都已经整齐地交叉地躺倒在田里,深深浅浅的脚印与镰刀割断稻秆的痕迹,还清晰可见。

大舅妈的眼里顿时蓄满了泪……

有一年的5月里,大舅的水泥厂不断扩建,一直蔓延到大舅的责任山,那山间地里埋着大舅的爹也就是我的外公。水泥厂做通了村民的思想工作,于是收购了山地。外公的坟需要迁移,大舅在不上日班的日子里,仔细查看着他屋后面的大小山峦,决定把外公的坟墓迁到山的最高处。他想着居高望远,外公"住"着也更心旷神怡。大舅从来不信算命挑日子,他在不上日班的空暇时间里,便动手迁坟了。他自己撬开外公的坟,把十几年前埋进里面的外公的枯骨装进一只风箱大小的木盒子里,他一边含着歉意地和外公解释,一边一趟趟地把外公的所有遗骸悉数运到了山头上的新坟里。大舅重新用锄头掘了深坑,他一次次地比画与目测着方位,终于把装满遗骸的木盒子小心地放进土坑里。累了大半天,大舅在新坟前给外公和自己各点燃一支烟,和坟里的一盒子枯骨说着父子俩最贴心的话。夜幕降临,大舅急急地向山下奔去。

餐桌上,大舅细碎地和大舅妈说着迁坟的事情,竟然得知明天开始有大雨。大舅心里咯噔一下,便匆匆地扒完饭,径直拿起刚放下的锄头、砖刀等工具,消失在大舅妈的追问与夜色中。

早上回来的时候,大舅妈正在门口着急地张望,她边埋怨着大舅的一夜不归,边整理着大舅脱下的满是泥与土的衣服与破球鞋。"我一晚上把爹的坟全部砌好了,怕今天开始有不间断的大雨,会冲垮爹的坟,便把猪头间前面的砖头全部背到山上把新坟的外围封好了,现在下大雨也不怕了。"大舅的脸上尽是彻夜不眠的疲劳,但眉头间的欣慰却怎么也掩不住。

大舅妈低着头在门口刷着沾满泥的破球鞋,久久说不出一句话。而手背上,都是大滴的泪。

大舅也会来我们家。20世纪七八十年代的时候,走亲访友基本靠两只脚的。大舅所在的次坞村与我们墨城坞村相距五六十里吧。两脚一刻不息地翻山越岭,需要六七个小时。

10月双抢落的一个清早,娘起得早,推开门,发现门口的石头上坐着一个人,疲惫不堪,正吸着烟。定睛一看,是大舅。"你怎么一大早就到墨城坞了?"娘心疼地拉起大舅到屋里,并急忙给大舅倒了一脸盆热水,让大舅洗脸。10月早晚天气微凉,大舅穿着蓝色毛衫更是显出瘦骨嶙峋的模样。娘的心疼现在眼里,眼泪不自觉地滴下来。

　　娘当初是觉得墨城坞是水稻产地,饿不着肚子,所以坚持远嫁给没有知识的务农的爹。远离娘家的日子让娘在人生地不熟的墨城坞有些孤独。大舅、小舅常常会趁空来看看他们的姐。大舅一边喝着热水,一边看着在灶间忙碌的娘,说:"门门我给你背来了两捆竹拼田。"拼田是晒谷用的,农村里家家户户最不可或缺。拼田用处很多,往地上一摊,可以晒谷晒麦晒番薯晒干菜等,弄干净了可以翻棉被晒棉被等。那拼田又长又软,卷起来抬进家然后竖着放在屋里的角落里,既不占空间,又方便搬迁。大舅这一大早扛来的两张拼田,应该是单肩上扛两张,肯定需要走一段路程再换到另一边肩膀。而大舅扛着两张拼田需要从次坞连续走六七个小时到我家,至少得前半夜从次坞动身出发,翻马鞍岭,翻上再爬下,然后再走小路。我至今也无法想象大舅这样瘦弱的一个人,是怎么做到在一个黑漆漆的夜晚,独自背着这两张长而软,虽不重却难背的拼田穿山越岭的?娘每次忆及大舅的时候,总会泪盈盈地谈到这件事,也更让我们对质朴的大舅产生最大的尊敬。

　　有了一定积蓄的大舅也想造新房子了。他住的那两间楼屋已经破旧塌漏,在岁月风雨的洗礼中,有些摇摇欲坠。大舅准备原拆原建。他早在心里构筑起一幢村人都会羡慕的三层楼房,决定等这一年的农忙结束,便着手将老屋拆除。

老屋推倒,就像一段时光的终结。大舅心想着,那样捉襟见肘的日子已然要过去,他憧憬着和城里人一样的房子格局,希冀着儿子娶妻生子后一家人其乐融融地相处与生活。大舅顿时觉得之前所有的辛劳与奔波都变得十分值得。

大舅似乎积蓄起一笔不小的钱。他在新房子打地基的时候,比平常人家的地基多要了一些砖头与水泥,他和泥匠工说,两层楼的砖头都实打实砌上去,不用心疼砖头,钱充裕的。大舅说这些话的时候,笃定自信,让前来帮工的村人有些诧异。他们想着平常生活如此拮据的大舅,说话突然大言不惭了起来,他们在将信将疑中目睹着一层楼安然压下。最后,一块块五孔板密密实实地盖在了一层实心砖上。那一年的12月,村里人目睹了房子的落成,终于开始相信大舅家底的殷实。

大舅常常在新房前的空地上,点起一支烟自豪地看着拔地而起的楼房,多少欣喜与兴奋。他想着第二层楼第三层楼到结屋顶那一天到来的模样与村人的艳羡眼神。大舅满意地扬起满是折皱的嘴角,自然、生动。

晚饭的时候,电视机里正播着天气预报。大舅仔细听着这几天的天气情况,和大舅妈谈论着。这样的初冬,夜里一冷又下雨,新浇上的五孔板会遇冷结冰,大舅总是不踏实。他拿起手电便顺着新砌好的水泥楼梯摸上新盖上五孔板的房顶,他的手里拿着一张厚厚的白色尼龙膜。他踢踏的脚步声在五孔板砖上不断地移动,大舅把尼龙膜从这头盖到那头,他想盖严实了,就是下雨天再冷,也不用怕结冰开裂了。

楼前的台阶上,"啪"的很响亮的一声,有物体落下。

大舅妈与表弟急忙赶出门去看,大喊起来,哭喊声惊动邻人。摔下来的正是大舅,后脑着地,痛苦地躺在冰冷的台阶上,已经说不出话,地上是一摊惊人的鲜血。

娘俩急急地七手八脚地搀扶起大舅到屋里,使劲地唤着大舅的名字,表弟瞅着大舅不断从耳朵、嘴巴、鼻子流出的血,呆如木鸡。而大舅妈拉过两块厚毛巾用力地按压着那喷涌而出的鲜血。毛巾不一会儿被鲜血浸透,无济于事啊。

喊人,匆忙抬着大舅用拖拉机拉去镇上医院,随即镇医院连忙派出唯一一辆急救车驶向诸暨人民医院。一路上,急救车呼啸而去,车上,娘俩大声地喊着大舅,大舅的眼睛始终都没有睁开……

大舅就这样猝然去世。呼天抢地中,大舅到最后也没有留下只言片语。那起到一楼的新房子,在这样一个凄冷的冬天里,静静看着躺在没有粉刷簇新的毛坯房里的永远合上眼睛的大舅。

那一年是2003年,大舅五十三岁。

而关于造新房子的大舅应该做好打算的那笔巨大数额的钱,始终成为一个谜。因为银行里没有那笔钱的下落,大家都猜想着,平常极度低调不显富、节俭无比的大舅应该是把那笔钱藏到了一个无人知晓的角落,或埋进新房的某一块角落里,或者,它们应该在新房子的地基里。

……

而所有关于大舅这些碎片的回忆，聚合在我的脑海里，是那么寻常，却也那样离奇。生命很短，最后，大舅便和那笔数额巨大的钱一般，归属只剩遗憾与落寞。

小舅

和大舅的人生完全不同，小舅走的是不一样的人生路。

同样穷苦人家出身的小舅，在很年轻的时候，从拉煤这种最底层的苦生活开始，后来成为厂区的宣传员、文书。到了20世纪80年代，小舅便顺利地当上了乡长。

青年时候的小舅书生气浓厚，他穿着笔挺而清爽的中山装，拎着公文包，穿梭在家乡附近的各大乡镇间。他到次坞地段的很多乡比如思安、凰桐、云石、应店街等地都当过乡长，有过工作的痕迹。

小舅当上乡干部后，嫁到墨城坞的娘在婆家的腰板都硬气了不少。小舅有时候因出差经过墨城坞一带的时候，会顺道来看望我们。

娘总是把家里舍不得吃的饭食比如鸡蛋、肉都拿出来招待小舅。娘从菜场拎回这些菜穿过村子的时候，村里人总是奇怪地问娘："小狗嫂，今天怎么想得通，吃得这么好了？"娘总是自豪而笑意扬扬："今天我弟来了，我弟是乡长呢。"

村里人一脸羡慕。娘在寒暄里急急地回了家，在灶上一锅一锅地忙得热火朝天，然后和坐在小方桌边的小舅闲聊着外婆以及故乡的种种碎事。

我中午放学回家,从村里的小学走回家去的时候,婶婶伯伯常会调侃我说:"阿飞,今天你家饭菜好,你们家来客人了。"

我一路小跑着奔回家,门口就听见小舅标志性的嘶哑且带着浓厚次坞口音的说话声。

"小娘舅,小娘舅。"我激动而亲切地唤着小舅。小舅慈爱地摸着我的头很关切地问东问西。吃饭的时候,我和弟弟的筷子总是不自觉地伸向那碗香喷喷的红烧肉,小舅总会在爹与娘呵斥中,一次次把娘夹给他的肉放进我的碗里,嘱咐我快吃。下午上课时间要到了,我都舍不得回学校。小舅和爹娘告别的时候,娘送到村口,我一路跟在他们的身后,都不肯回去上课。娘在埋怨中让我把小舅送到村外的车站。

我拉着小舅的手,小舅总是仔细地叮嘱我要认真努力学习,他说:"女孩子的路只有一条,一定要读书,读出去才能走出一片不一样的天地。"我牢牢记在心里。车站在公路的一棵大槐树对面,小舅说不要送了,快回去上课。小舅拉开手上拎着的公文包,拿出一张绿油油的二角钱,让我自己藏着买喜欢的东西吃。我捏着这张大面额的飞来巨款,激动极了。而对小舅的那种亲切也更甚了。

当然,这二角钱,在某一天里,我还是交给了娘,贴补了家用。

小舅当乡长期间,我是最喜欢去他的乡政府宿舍住上好长一段时间的。尤其是暑假,小舅的工作地就成了那时候我的度假胜地。

我可以随意拿起小舅与小舅妈放在阳台抽屉桌里的饭菜

票,拿着印着乡政府的瓷盆,在乡政府食堂里大快朵颐。然后,帮着小舅妈做一些力所能及的事情,比如去食堂边的锅炉房打几壶开水,或去食堂的小池边洗几件衣物,或去倒倒痰盂罐。而大把的时间,我则与其他乡政府干部的小孩子一起,在乡政府的大会堂里,窜上窜下,捉迷藏、跳舞、唱歌,在不远处的水塘里玩水嬉闹。

乡政府前的那条煤渣路,落下我们脆生生的却充满童真的笑,美好而令人想念。

乡政府的大会堂里总堆着很多旧家具:桌子、矮凳、棉床、脸盆架,甚至一些大大小小的农具。最贵重的莫过于黑白电视机、缝纫机、自行车这些东西。乡政府的会议室里,我们这些农村来的孩子总怀着最大的好奇心进行观察。我甚至还偷偷地拉出其中一辆彩色自行车,在乡政府前的并不宽敞的花坛平地里,飞快地学习骑行:转弯与穿梭。

小舅家的条件开始慢慢好转,手头变得宽裕起来,他常常会热情慷慨地接济两位姐姐即我家与大姨妈家。接济的东西除了钱,还有他捎带来的折叠椅、热水瓶,甚至是需要有内部关系才能买到的永久牌自行车、黑白电视机、乘风牌台式电风扇。

我家里的条件在小舅的不断帮助下,也缓和好转。

我与弟顺利上完初中又上高中,那些年的学费成了父母开学前最伤脑筋的事。

每次假期结束回家的前几天,小舅总拉过我仔细询问我娘在来次坞前交代我的事情。无非是开学了还差多少学费的问题。小舅总会在我出发前，把一个挺厚实的信封塞进我的装满书的书包里，夹进书页，并小心嘱咐我一路上要看牢书包，到家要立即交给娘。我当然知道那个信封里装着的是什么。

我与弟在小舅的大力支持下，读完了高中上完了大学。在那个女大学生还未司空见惯的年代里，我在一大群村同龄人的羡慕的目光中，走出了墨城坞，走离了那个背朝天脸朝田地的湖畈村子，成为跳出农门后的不多见的女大学生之一。

日子顺畅安稳，小舅最后的工作地便安定在了次坞镇政府。工作之余，酷爱拉二胡的小舅常常在晚饭后，在面对着乔松公园的镇政府宿舍，他闭着眼睛左晃右摆地忘情陶醉在乐曲里。

从一线下来后，他在临近退休的几年里，承接了镇里的文书与工会工作。闲暇时，他看看报、写写字，或给乡镇搞一些培训活动。小舅依然喜欢走乡串户，在次坞上山头、大院一带，俞兆安的名字也真是无人不晓。2017年末，小舅离退休还剩下三个月。他似乎在落寞中努力而享受着最后的工作时光。也许是这种情绪缘故，小舅身体出现小恙。感冒、咳嗽伴随了他好长一段时间。过年结束正月落，2018年2月，小舅正式退休。

印着"光荣退休"的金色台碑，明晃晃地放在小舅家的显眼处，小舅的内心满是失落与惆怅。3月初的某天，小舅突然大流鼻血，怎么都止不住。小舅后来和我说，他来不及擦拭只能大口地吞咽着喷涌而来的带腥味的液体。在舅妈的手忙脚乱里，小舅来到镇医院，再辗转来到诸暨人民医院，这一天刚好是三八妇女节。

小舅觉得这样的变故有些莫名的滑稽，他躺在病床上，依然坚持穿着自己的红竖条衬衣，对前来探望他的亲友不停调侃着这样一件突然发生的鼻血事件。小舅不顾医生的劝告，偷偷地吸着烟，他甚至还写了一首藏尾诗戏谑自己："知足常乐笑颜退，随遇而安何处休。难得糊涂去居住，淡泊名利入梦院。（退休住院）"小舅当然不知道，这一次进来后，漫长的时光竟要浪费在不断更换的医院与病床上了。小舅也不会知道，这一进来，尽头竟然是天堂。小舅勇敢地接受了一切检查，包括骨髓穿刺等。他想着只要不是癌症，自己的病肯定无足挂齿。当然小舅不会知道，这临床上的读起来拗口的"骨髓增生异常综合征，骨髓纤维化伴随样化生"，甚至是比癌症更棘手的国际性疑难杂症。小舅不知道，这种血液病，会带来贫血、出血、感染风险，一旦出血，后果不堪设想。

小舅乐观地在人民医院住了整整一个半月，不见好转，于是在亲人劝说下，终于答应转院到浙一医院。专家医生会诊后，结论是需要化疗，小舅有点确信自己病症的麻烦性了。他一度以为只有癌症病人才配得上这两个字。无奈与哀伤之余，他坦然接受了化疗。三次化疗，历时近三个月，小舅的身体时有起伏。七八月间，小舅好几次陷入昏迷与高热，情况更加让人担忧，他好几次在鬼门关转了一下，又艰难地挺了过来。

小舅觉得自己的经历让人唏嘘，他一次次写着文字，问天问地问菩萨问神灵。他眼睁睁地看着身边得了白血病的病友化疗结束开心地回家去了，他疑惑为什么自己不能和他们一样走出这限制他自由的几平方的病房。躺在病床上的小舅显得焦躁与不安，脾气逐渐暴躁，他显然有些不耐烦甚至恼怒自己的身体。

在一次次的抽血、化验、输血、化疗后，小舅的身体大幅瘦下去。原先红润的脸苍白枯干，原先饱满的肚子塌陷干瘪，只剩一副皮包骨。

医生断言，小舅活不过2018年。

可是不知情的小舅还在惦记着家里久不见主人的两只拉布拉多犬。小舅想着，钱花了也无妨，只要自己能正常生活与行动，他都无怨无悔。尽管身上伤痛难忍，尽管他对医生的抽血与检验噤若寒蝉，但一想到或许配合治疗就能挺过去，他就勇敢坚强地去面对，他甚至已想好以后要多行善事来报答劫后余生。

小舅变得更加相信一切虚空的东西，神仙菩萨、祖宗大人。他求上苍开恩，求佛祖庇护，求医技精湛。小舅绝不会想到如今他艰难地走着的每一天，活着的每一分钟都只是在等着他的最后期限的到来而已。

这样的煎熬一直到11月28号早上。

再次化疗后的小舅身体更加虚弱，他坐卧难安行走不能，他感觉到身体的每一个部分似乎都有东西在噬咬他的皮肉，吸吮他那少得可怜的精血。小舅再次陷入了昏迷，眼皮不自觉地合上，哪怕医生打下强心针，哪怕舅妈在床边大声呼喊他的名字,小舅还是永远地闭紧了他的眼睛。

小舅曾留下遗言,不留下他的任何实物,包括他的照片。他只留下一只雕像的鸡,背后他亲自刻了他的生辰:1957年农历十二月二十一。

而从这一天起,我便永远没有了舅舅。这个世界,没有不会结束的生命。任何人,都逃不过。而我的两位舅舅,被迫逃离显得有些匆忙。

闭眼就是天各一方,此一去便是生死两别。

人走茶凉,或许只是一种人生的过程而已。

但愿在天堂的舅舅能够记得前世今生的相遇与交集,我喊着你们舅舅的欢喜模样,你们欢喜叫我外甥女的快乐时光。

爹的绍剧

爹守护着他心爱的绍剧,几近一生。爹今年七十九,对于绍剧的钟爱,深入骨髓。那真是发自内心的愉悦,一个人如此愉悦,大凡有两种境界,一是饱,一是滋润。爹说,他属于第一种,彻底来自内心的滋润。

生命中,总有如我爹一样的人,安然而来,静静守候,不离不弃。

祖母说,爹八九岁的时候,因嘴多且家贫,不得不去生产队赚工分。那时,爹只上了一年多的学,便无奈停辍,随祖父一同上山下田,祖父锄地爹放牛。放牛的日子简单而空洞。在山冈上,或乡野间,有青草的地方,爹将牛绳拴在附近的树上。牛沿树身一圈吃、啃、嚼、吐气、扬天一声"哞",爹于是起身再给牛换一棵树拴上,每轮历时约两小时。爹于是有大把的时间可以挥霍,草地上捉虫、挖蚯蚓、抓螳螂,上树掏鸟窝、抓知了,又伴随煨番薯、嚼野果。

长长的一年又一年,乡村的童年如此单调,爹的心中很落寞。爹属狗,村里的人都唤爹"小狗"。在放牛的空旷的山野里,"小狗小狗"的呼唤响起,爹应声从草间钻出,遥遥回应:

"在这呢——"又响又亮。同村一个年纪稍大的牛阿伯,有一天和爹说:"你的声音学绍剧肯定不错。"于是在放牛的大把的空隙时间里,他开始教爹唱绍剧。

没道具,便用随地拾捡的树条;没长衫,便将祖父腰间的长条汗巾,一端绑手上,左旋右甩,自得自在;没有妆粉,灶粉锅黑脸上一抹,三分似真,也乐在其中。爹于是爱上,一发而不可收。

绍剧的腔调不像越剧那般轻柔温婉,婉转动听。绍剧吐字铿锵,抑扬之间上蹿下绵,一字与一字空隔距离悠长,尾音波断密集,拖至几分钟不停息。爹的天赋极佳,对于戏的唱念做打,逐渐上瘾。爹常说,真感谢这段艰苦的放牛生活,如果不是它,如何有他一生挚爱的东西!

爹的童年、少年、中年,于是和绍剧结下不解之缘。

爹二十六岁那年,娶到了我的娘。尽管家徒四壁,但爹这嘴上技艺却在生产队里挣得了好口碑。爹常常随周遭村落的合成班子四处演出。农忙的时候,这些演员的身份是农民;而年头年尾,时近腊月隆冬,日子有些呆板寂寥的时候,他们的身份才是演员。小时的冬天,真正配得上寒冬凛冽:北风呼呼,大雪肆虐。村路上的雪能吞没当时五六岁的我的大半身子;冰条子在屋檐廊下悬挂着,偶尔在阳光下发出晶莹而幽寂的光芒。爹常常是在这样的时节,随剧团穿村入乡,搭台游走。

儿时的冬季,家里往往只有寂寞的娘仨。娘在烧灶火的时候,也偶尔咿咿呀呀地哼上几句,有时是《三打白骨精》里悟空的唱段,有时是《三国演义》中刘备抑或阿斗的唱词。潜移默化,耳聆心受,姐弟俩沐浴在这样的环境中,也会装腔作势般地来几句,拖字长且不换气,逐渐有了对绍剧最初的了解。

爹的剧团偶尔缺跑龙套的小兵拉子,这些角色不用说话,只需在剧情里"叫屈升堂"的时候,近十人在台上站成一圈,以示衙门的威武。因剧团演员不多,有时主角不止一人,全班人马都上场也凑不足数。某一次,在后台看管戏服的六岁的我说:"我上。"大家哈哈地耻笑我,爹抱起我说:"兵拉子也是要有动作的,你会吗?"我说会。爹放下我。我随身拿起身边的塑料偃刀,右手拿刀,微高,上扬,左手叉腰,在后台咚咚地转了一圈。大家都说走台还算标准。爹兴奋异常,说:"阿囡,这么聪明,啥时学会的?"时间紧迫,来不及细问,我穿上齐后脚跟长的前后都写有"兵"的红底黑字的兵拉子戏服,跟随在大人的后面,最后一个出现在戏台上。那是在自己村里的演出,我的出场,惊动了整个村子。"小狗囡六岁,戏文都会做了啊!还很像模像样!"……

那一晚的报酬,是八角钱。爹从团长手里接过来的时候,说:"是我六岁的囡赚的钞票呢!"反复很多次,激动与自豪溢于言表。那是1982年的正月,六角钱,可以买十四包火柴,买三包爹抽的大红鹰……

爹常演的角色是大花脸、黑脸,角色正、反派均有。我模糊记得,花脸上如果白色占多是奸臣,黑色占多是忠臣。于是我十分期盼爹多演脸上是黑色占多的角,诸如黑脸的包公。还有一类,背上插很多旗的武将,身材魁梧的爹也常常演。

　　爹的喉气很响，出场的时候，"不见其人先闻其声"，躲在幕布后先来一段长长的唱词。台下的村民已经在呐喊："小狗长佬出场了……"我在台前最近的位置，着急得不得了：爹咋还不出来？纳闷很长时间后，爹终于出来了，穿着白底黑帮的戏靴，走一脚停一会，迈一步再停一会，其间唱词伴随。到台正中，忽然一个翻身跳，拔出腰间的刀来，舞弄一番。有时，还要纵身跳到正中的桌子上，再唱几句，忽地，再一跃，稳稳地翻身落到戏台中央……台下的鼓掌声、叫好声、议论声，长时间不息。

　　"这是我爹。"我自豪地和身边的伙伴说。于是，从小我的名字、娘的名字甚至祖父母的名字都被"小狗囡""小狗嫂""小狗娘""小狗爹"替代。因为"小狗"是名人，全家人都因沾了名人的光彩而自豪。

　　绍剧伴着爹走遍邻县，以及富阳、萧山、金华、宁海等。爹逐渐在戏里老去。流逝的岁月、人、戏，退后的风景、掌声，邂逅不断的人、地方，在爹长长的年华里渐行渐远。

　　一场往事一场忆。再忆起，满面泪痕。爹这样呢喃着。

　　某天，爹抚摸着上了年岁、绸面微黄的戏服，长时间没有一句话，只有轻微的叹息声。爹肯定在想念那辗转的三四十年，甚至更远的只属于他与绍剧的故事。

小狗道士

诸暨乡间做道士的,往往是身材高大魁梧的男子,他们做的工作是被乡人请到家里去为亡人诵经、帮助入殓、夜间唱和以示热闹度诚,甚至接引亡魂过升仙桥、做法事、引领众人送亡人入土为安等。做道士的人,不仅要懂得这一系列的仪式流程,甚至扎花圈、童男童女、纸花样,更需要有响亮的喉音,唱的都是带有哭腔却洪亮的地方戏,以绍剧居多。

墨城坞一带的道士在诸暨也还算是有些名气的,因为墨城坞一带早年时,农闲时去客串做绍剧赚钱养家的男人很多。随着地方戏在乡间日益没落,这批男子几经辗转与改行之后,摇身一变,成为"道士"群中的异类。与道观里信奉道教、养生炼丹、诵经云游的道士不同,村里的道士们,只担当给亡人服务这一项工作。

爹是众多乡村道士队伍里的一个。因爹属狗,"小狗道士"的名声不胫而走。在墨城坞周围方圆三五十里一带,乃至绵延到山下湖、湄池、店口,小狗和墨城坞道士的口碑传至七乡八镇。

道士的工作听起来清闲,其实不然。

爹常常会在午间时分接到同行的电话："小狗，今天我们
要去……"放下电话，"小狗道士"便走进里屋，整理他要出门
工作的若干行当：道袍、道冠、铃铛、白色仙掸、众多经文等。
并给一路陪伴他的电瓶车充了电，检查了茶杯、晚上换的鞋、
雨具等。一切妥当之后。爹走回灶间，和娘碎语唠叨着关于
下午出门的地点。

道士的工作主要集中在傍晚和半夜。工作一成不变，程
序井然，时间固定。入殓仪式结束后，爹往往会捧着自带的茶
杯坐在主人家的某个角落里，默默地吸烟喝茶，打发、消遣，表
情沉重，显得怅惘和落寂。

一行道士围拢过来，话东说西冲淡了亡故人家的一些悲
意，爹的脸色也慢慢舒缓开来。晚饭结束，收拾停当，工作开
始，爹换上道袍，手抚仙掸，嘱咐当家人一些需要配合的仪式
与动作。爹是引头带唱的人，他的喉气最响，领头唱的绍剧铿
锵有力，声震村野。敲锣的、吹号的、拉二胡的顿时沉浸在各
自的角色里，爹引头唱的剧无外乎《血泪殇》《高平关》《哭祖
庙》，偶尔是《宝莲灯》里"劈山救母"一段，唱得惊天地泣神灵。
守灵的亲人即刻被这些引头戏的氛围浸染，匍匐跪在亡人灵
前，忆及故人生前的种种慈祥、亲切，悲从忆来，泪水涟涟，伤
心喟叹。

爹的演唱字正腔圆，抑扬顿挫。唱至高潮处，爹自己也老
泪纵横，不能自已。"山南山北初雪晴，千里万里月儿明，胡笳
啊声声愁，心啊啊啊呀啊痛绝……"用情至深，尾音拖沓却气
息绵长，恰如其分地映衬了失去亲人的跪拜在地的那些人的

悼亡心情。

乐声咽,唱人哀,伴者伤。

这大概是能给予亡者最好的缅怀吧,也或许是给生者最大的慰藉吧!

"小狗道士"的工作一直从深夜持续到凌晨三点多。

早饭后,道士们的舞台从屋内搬到了村里的大操场上。爹和其他几个道士一起在场地上扎好棚子,做好架子,等待着上午最隆重的一场"演出"。

演戏是需要有观众的,而观众往往能够做出公允的评价。

村里闲暇的以老人、妇女居多,热闹的场合也需要乡人的支撑与配合默契。

"小狗道士"手抚仙掸走在前头,一边唱戏,一边引领。后面跟着的都是亡人的亲人,他们或扎着白头巾或别着白色胸花,面色憔悴、神情凄然,步履蹒跚,跟着"小狗道士"走完一圈再走一圈。他们一边走,一边也在参悟,人生的所有盛典与荣耀、悲苦和无奈,不过是这样一圈圈的轮回,转瞬万事皆空。也或者,在这样与亲人的告别仪式中,他们也会明晓,青春尚在的时候,三月桃花两人相伴,即便浪迹天涯,也总比如此天人相隔好得多。

无论是父母子女、长辈小辈,一同欢笑聚合,同甘共苦,真的不只是一场交会。那些人和事,曾经在我们的生命中,无端而欢喜地遇见,又在刹那之间的离别,总让人记忆深刻。无论如何,爹和众道士的唱腔与表演,不能不说,给活着的人带来了昭示与启迪。

爹脱下道袍塞进工作包,结束了"小狗道士"的身份。

他在中饭后回到家,摩托车正散发出奔波的热气,他从怀里把日夜赚回的三百元悄悄地压在娘看得见的餐桌边。他的脸上并没有喜悦,他闷闷地坐在屋前的石板上,吸完了一根烟。

做"小狗道士"的日子里,爹的神情总显出无奈与失落。娘捧着爹的茶杯悄悄站在爹的身后,陪伴着爹这短暂却需要回转的落寞时刻。

他们知道,故人笑比中庭树,一日秋风一日疏。人总会老去,也会分离。人生无常,最终是繁华过尽,悄然谢幕。

而"小狗道士",留给我们岂止是一个身份或一种角色呢?

我相信,人在世中,美景良缘,琴瑟和鸣,珍惜与扶持,爹其实比我们懂得更多。半生的道士生涯,他一定明白与亲人和乐相守是最奢侈的。

"清辉照衣裳,幽映每白日。"

"小狗道士",就是我的爹!

爹的国庆

　　国庆假期,爹禁不住我三番五次的"盛邀",答应来城里和我们小聚。国庆节那天下午,"秋老虎"依然热情高涨,爹踏着方步走进我家小院的时候,十岁的小女儿笑笑正在厕所里,她听到爹的声音,急忙赤脚从卫生间跑出来,跑近爹身边的时候,小家伙蹑手蹑脚,突然张开手从后面环抱住爹的腰说:"公公,公公,我想死你了……"爹慈爱地一把抱起她,把她举得老高,说道:"重了重了,公公真抱不动了。"

　　爷孙俩的笑,穿透小院浓密的石榴枝叶,摇得树叶刷刷作响。

　　笑笑急忙喊过一旁兴奋蹦跳着的金毛狗,和它说:"哈哈,你看看,是公公来了……"狗伸长舌头知趣地坐在地上,它仰着头张着嘴斜眼瞅着爹,模样似乎在傻笑。

　　爹仔细打量着小院里的一草一木,他抬头看到凌霄藤缠绕住了石榴枝,便指着它们说:"靠别人攀高有什么本事,你要靠自己向上走才是真本事。"一会儿,他低头看见脚下的几株金橘,地上杂草遍地,便卷了裤脚拔起了草。

　　"爹,等天凉我会清理的。"我解释。

"等天凉了,这几棵金橘树就彻底营养不良了。你看看,树的周围都爬满了杂草,你三下两下可以清除的事情,要一拖再拖,它们都朝你在哭叫了呢!"爹十分怜惜地指着这几棵瘦弱干瘪的金橘埋怨我。

爹黑瘦的手,在杂草间挥舞,他弓着身子神情却异常专注。

不一会儿,院子显现出它先前干净的样子。

爹洗了手,擦了裤脚沾上的泥粒和草碎,脱了鞋进屋。

笑笑拉着公公到她房间看墙上贴着的一排奖状,爹认真地眯起眼睛一张张一行行看过去,时不时摸着笑笑的头说:"我们笑笑这么聪明啊!"

爹看见笑笑的书桌有一块漆皮掉了,椅子也有些摇摆,便让笑笑找出家里的工具箱,熟练地摊开,房间门口响起了"乒乒乒"的敲打与翻动的声音。

爹把家里的椅子桌脚都做了细致的检查,还查看了厨房里的抽屉拉手,他一拉就知道哪颗螺丝松动或滑轨了。最后他还检查了水管与电器插头等。

爹瘦长的身影在孩子们眼里那般伟岸高大,他用最朴实的行动给孩子做着老一代父辈的美好示范,这是不是就是生活的一种积极的教育?它似乎和物质无关,却用饱满、平静的肢体语言,向孩子展示着一种丰富的含义。

晚饭后,大女儿馨子一定要陪爹去看电影《长津湖》。馨子告诉爹,这是国庆档最火爆的影片,讲述了抗美援朝的历史。爹顿时来了兴致，喝了半碗同山烧（平常一碗一餐），扒了一高脚碗饭，便匆匆上车赶到电影院。

电影院在青悦城五楼，馨子一刻不离地挽挽着爹的手，上了保利影院的电梯。爹第一次走进这样的电影院，觉得很新奇。他边向四周张望着，边喃喃说道："这电影咋在商场里放？我们乡下是在晒谷道地上放的，白幕布一拉，村里人长条板凳整整齐齐摆好，时间一到，放映机一开，就从假映到正片。小娃们在前面席地坐，老人带了水杯啊瓜子啊水果啊，赶集一样地从各个角落集结到白幕布前面，那场面真是热闹。"

我早在"猫眼"买了票，离开播还有一段时间，爹踱着步子在每一张电影宣传画报前面驻足停留。馨子指着演员和爹说，这是主角吴京，这是演毛泽东儿子的黄轩……爹指着一个人的头像说："这应该是演彭德怀总司令的吧。"他激昂地讲到彭德怀总司令指挥中国人民志愿军跨过鸭绿江和联合国军作战的英勇事迹；又指着黄轩饰演的毛岸英说，他牺牲是因为一张作战地图，才二十几岁啊……爹的脸上显现万分痛惜的神色。

电影整整放映了三个小时，平常总憋不住小便与烟瘾的爹却戴着口罩紧盯着银幕一动不动。冰雕连的雪地壮举，雷炮手的壮烈献身，冻土豆的凄婉情节，伍千里的坚毅果绝，杨根思的同归于尽，战士们的团结一致，彭司令的目光如炬……那个黑暗里一直默然观看的爹，内心如何激荡，我并不知晓。

到电影结束，片尾几行白字出现的时候，爹盯着它们和我们说："朝鲜与中国，相依相靠，我们牺牲生命帮朝鲜打美国就是帮自己啊！这些牺牲在朝鲜战场上的十九万七千多年轻的志愿军啊，在那个年代就是我们心中的英雄。你们下一代永远不能忘记这些先辈为我们守住的江山。"

爹的话很真诚，因为爹经历过饥寒交迫的年代，那些年里这些年轻的英勇人物，对当时还是少年的他，肯定影响巨大，榜样的力量也无穷无尽吧。

爹只在城里留了一个晚上，第二天便嚷着让我送他回乡下。其实爹在乡村里的生活很简单，除了和乡下的空气、房子、溪流为伴，偶尔也会思念城里的我们。

我禁不住他的执拗，只得送他回了老家。

车上我和爹说，等疫情过去，我带你去北京看天安门瞻仰毛主席，爬长城，走颐和园。当然也带你坐高铁乘飞机。爹立即掏出一支烟点上，打开窗，呵呵地眯起眼睛朝着窗外笑。

到家下车的时候，爹轻轻和我说，他在我家长沙发的缝隙里塞了一点钱，让我给孩子们买糕点水果吃……

大脚布

现在想来,世界上所有的事物,都是平庸的、细微的、琐碎的,也是值得在回忆里细细品尝的。比如说爹与他的大脚布。

想来,大脚布应该是 20 世纪江南一带农民最常相伴的物件,普通且硕大,是务农的老少汉子们最不可或缺的。大脚布约二米长,七十厘米宽,原是白色,却在经年累月的日晒雨淋中和农民的脊背一起,泛起土黄的光。一块大脚布的前世今生,或许也是一个农人最普通而朴实的一生。

爹的大脚布总是固定地搭在门背后的一根长竹竿上。长竹竿在与大脚布年深日久的紧密接触中,长长竿身也泛起黄灿灿的亮光,通体浸染着劳动后的气息。爹每次傍晚从田间地头劳作后进门,便一把摘下大脚布,顺手搭在门后的长竿上。大脚布摊开的时候,是它一天中最舒展的时候,散发着浓郁的男性体味。在那并不宽绰的岁月里,大脚布成为劳动者辛勤努力的见证者。

第二天清晨,爹吃过娘的蛋炒饭,在跨出门槛的时候,一把扯下竹竿上的大脚布,麻利地围系在腰间,打上一个松垮的结。这动作娴熟简单却一丝不苟。大脚布经过一个晚上的酣畅淋漓,将昨天爹劳作后浓烈的汗水味及兴奋感,风干在夏夜无尽的穿堂风中。儿时的我无数次拿起大脚布嗅闻,透过这味道,仿佛依稀瞧见赤着一双宽厚有力的大脚在连七湖田里汗流浃背的爹,以及他那黝黑的脸与结满热腾腾汗珠的胸膛。他全神贯注地在自家五亩水田地里渐渐弓成了一道雕像。

人在年少时往往是不得要领的,也常常会对世间朴素的情感缺乏怜悯、珍惜或是尊重。

爹的生活总离不开田地。一年三百六十五天,他总与田地打着各种交道:翻地、除草、拢秧、放水、匀田、拔秧、播种、补苗、施肥、割稻、扎草……无论酷暑还是严寒,他日出而作,日落而归,形影不离陪伴他的便是这块大脚布。

大脚布越来越黄,越来越硬,表面也越来越滑腻。娘在溪坑里用劲地刷啊洗啊,也洗不净大脚布上的油腻。爹说:"大脚布是把我的气味融进缕缕布丝里了。"终于,大脚布伴随着晨曦与暮色,开始破烂了。

一个小破洞开始无限制扩大。傍晚的大脚布依旧搭在同样泛黄的长竹竿上,随着穿堂风努力飘扬。顽劣的孩童便揪住这个小破洞撕扯,大脚布的一端便在孩童的嬉笑中零落破碎。

爹的吼声在背后凛然而起,他的大手一把打在我的小手上。我大声哭泣,娘闻声赶进来,瞅着这一幕,一边安慰着无助的我,一边仔细观察着遍体鳞伤的大脚布。有了娘依靠,我便仰起泪眼,朝爹喊道:"不就是一块破布吗?不是已经破了吗?"

爹大口吸着烟,默不作声,手里紧紧攥着被我扯玩成碎片的他的大脚布。

入夜的白炽灯下,娘从箱奁中找出一块淡乳色的床单,剪下一方,比画着大脚布破碎的一端,开始小心缝制。娘的动作很轻柔,她仔细地将它们互相贴紧,然后穿上线,开始进行修补……

第二天大清早,爹照例吃过娘的蛋炒饭,换上劳动服,再自然地顺手牵上门背后的大脚布。爹突然发现今天的大脚布比以往粗重。他猛地想起什么,却见昨日被我扯破的那端已经被完全修复,娘的针脚细腻而匀称,补上的从床单一角剪下的那块布,丝毫不突兀。爹凑上鼻嗅了嗅,满意地系围在腰间朝连七湖田出发。

爹系上大脚布的身影伟岸而挺拔,在清晨的阳光下,那样自然而美好。

日子不知不觉过着,十年之后又是一个十年,一晃过去了四十年。

爹不再是年轻时苗壮伟岸的爹,也不再一日三次往着连七湖田奔忙。而大脚布呢,晾在老屋门背后的那根残破的竹竿上,在数十年的春秋轮回中,在穿堂风与它相伴的无尽寂寞里,在缺失爹朝夕相处的陪伴里,渐渐地从曾经热烈的生活中,消失不见了。

时间是2019年的中秋,爹从城里回到老家。爹弓着背从老屋的这头踱步到那头,婆娑着眼,仔细地抚摸着老屋的柱子与家什,最后,爹的目光停留在门背后那根腐成乌黑色的长竹竿上。爹伸出嶙峋的手,轻轻地擦拭着竹竿上的灰尘。这根风烛残年的竹竿在爹轻柔抚摸中,突然坠地,落成一地的碎屑。

爹轻轻掩上老屋的门的时候,中秋的穿堂风吹过。爹扬起的手,仿佛与它们说着再见。人世间,人与物的相遇都是一种印记,就如爹与大脚布,时光能摧残一切,但是回忆却可以唤回盛年时他和大脚布的芳菲故事,这点点滴滴终可汇成人的一生。

娘的草鞋岁月

老家的屋顶上一直不和谐地悬挂着一张木制器具,像椅不像椅,似榻不是榻。好几次我回老家,在不经意抬头的瞬间,就目及这屋顶上明晃晃悬挂着的木制笨重家什,感觉很不协调。我嘟囔着和爹说:"这么破旧的东西,为什么不扔进灶门里呢。"

爹猛吸一口烟,朝着烟圈的方向,抬头看了它一眼,拉紧脸,小声呵斥我:"你懂什么?!"

我是不懂。

座上珠玑昭日月,堂前黼黻焕烟霞。我真的不懂这张破旧发黑的木制器具这样招摇地挂在我们家最明亮而耀眼的地方,到底是因为什么。

盛夏的午后,下了一场酣畅淋漓的雨。乌云逐渐散去,雨霁天晴。

我看见爹坐在门前的青石板上,正寂寞地看着桥下猛涨的溪水,兀自发呆。

我喊了声:"爹。"

爹指指他旁边的小石板示意我坐下:"你出生的时候,我三十岁,你娘二十八。你娘在嫁给我四年后终于生了你。"

四年,很漫长。在那样一个期望子嗣的寿氏家族,远嫁而来的娘,那些年月里会承受怎样的鄙夷与不屑,我没法想象。

爹吸了口烟,又长长地吐了个绵长而柔和的烟圈。

"你娘二十四岁嫁到墨城坞这个水畈之地。她不会农活,种不了田,下不了地。生产队里,她的工分在墨城坞一大堆的女人中总是最少的。你知道那时候工分意味着什么吗?"

我摇摇头,我真不懂。

"工分意味着有饭吃、有衣穿、有尊重和承认。"爹不自觉地抬头透过窗棂朝屋里的那笨重的家伙深瞅了一眼。

"那时候,赚工分的农民上山下田总有做不完的活:锄地、开渠、挖塘、培苗、下种、耘田、下肥、除草、收割……有一年6月凌晨,浦阳江安家埠要决堤了,我们所有生产队社员一听到公社的鼓鸣声,都光着上身赤着脚从床上爬起就直冲决堤口,随身拎走的就只有大脚布。那次救堤我们三天两夜都没回家,日夜轮值在堤埂上。我的脚被锐石割破,当时鲜血直流也顾不上。一直到三天后回家才发现,脚已溃烂发肿不成样了。

"你娘开水泡、盐水浸,针刺,终于把伤口的碎石取出。她把我的脚用纱布包扎,等着其慢慢愈合。

"那个时候,这点伤算什么。第二天我依然出工生产队。"爹是家里的主要劳力,不出工,上有老下有小,那一家子都依赖着他赚工分来养活呢。爹黑沉着的脸上闪出丝缕难见的苍凉。

"你娘却捧出一双草鞋,轻柔地递给我,说,穿上!

"一双草鞋,鞋面上你娘缝了一块破雨鞋套的皮面。我缠着纱布的伤脚踩上去,因没有草面的摩擦而硌痛,既不生疼也不吃力,走路起来软和贴肉,舒服又透气。

"那是你娘一个晚上不眠的手工品。她知道第二天要出工的我会带着伤脚去硬撑,她怕伤脚沾水会溃烂生疼。"

这双连夜特制的草鞋让爹的工分并没有因脚伤而落在他人之下。

生产队的男人们都说:"小狗,你的草鞋做得真当不错,脚不会受伤,而且草鞋穿烂也不肉痛。"

"生产队的男人当时多么羡慕。一听是你娘编的,就纷纷索要。

"一晚上才做这样一双草鞋,你娘要编出来哪能那么容易啊!

"晚上和你娘一说,你娘说,只要有个编制的简易工具,一晚上做三五双应该也可以。于是我和你堂阿伯叮叮梆梆地把家里的猪棚顶拆了,就照着你娘比画的样子,做成了一个坐式的草鞋编制器。唉,就是你说要把它劈柴烧灶的这个。"

"它是编制草鞋的?"

哎,这朴素的东西,却还曾有过那般光辉而怀念的岁月。由此,我才点明白,这挂在我们厅堂的器物,就像一首单曲循环的歌,不是因为它外表的朴实无华,而是因为它是艰苦岁月的见证。我想象着,它在那样艰苦卓绝的年代里,安然、恬静、寂寞、单调地迎合着同样朴实的娘,悄无声息地听着娘内心最真挚的心语,一圈一圈,一周一周,一双一双地从它的身上绕过。它的身上有娘窃窃的喜欢，也有岁月涩涩的馈赠。尽管它的制品会卑微地踩着泥和沙，但我相信它和娘的内心一样，踏实而勤勉。终有一天，美好会在这样日日反复的吱嘎声响间隐秘生长。

"你娘的草鞋在生产队有了人气，社长就到家里和我们商量，想以生产队的名义向社员发放草鞋，这样不仅能提高出工效率，也能得到大家的支持，并且同意你娘每做成一双草鞋，便记半分工分。"

工分，代表一个成年人在那个时代的生存价值。

娘的草鞋从一个生产队传到了另一个生产队，从几双到几十双。

娘日夜伏在那个坐式器具前，借着窗口幽暗的光，她粗大且泛满水泡的手，不停地搓啊搓。搓绳、盘面、曲形、打结、加固、翻绳、漏空、收拢，娘的动作相当娴熟，走绳的速度让爹大为诧异。

后来，娘的"工作室"被允许设在公社的大廊顶下，女人们和农闲的男人们偶尔也来看娘搓鞋。大公社时期，娘的"独门创作"也曾在乡人中流行了很长的一段时间。

时间永远是旁观者，所有的过程和结果，都需要我们去见证或者镌刻成文。

"后来，日子好了，草鞋不穿了，制鞋工具也就失去了存在的价值。"

爹又倒出一支烟，点上，抬头朝屋顶上方凝视了很久。

"房子翻新了三次,从草房到平房到楼房,它也跟着我们一路颠簸辗转。冬天夜长夏天夜热,你娘手上的草鞋一双双成形。看着它,就会知道,生活不能忘本,所以,人不能只单单用眼睛去看世间万物。"

爹的话有点深邃,但我能明白的是,用岁月浸润出的这张草鞋编制工具,是很珍贵的。关于那个年代,关于曾经艰难的生活,关于坚韧的娘,关于如今被无情地洗刷与抛却的一代又一代。它有泪点,有笑点,更会戳中爹内心的痛点。

我起身仰视它,搓着草鞋的娘的样子,像极我们这个时代崇尚的骑士或侠客,她正迎着风奔跑、憧憬。而这张制鞋器具,就像她手中的亮剑。即使在美好的时代,被搁置在寂寞的屋顶悬梁,它也仍闪烁着特有的荣光。

属凤凰的母亲

母亲出生在农历十月初二,她的名字里的"仪"借了土话的谐音"二",凤凰是吉鸟,于是"仪凤"便成了母亲的名字。都说"有凤来仪"是古时吉祥的征兆,我一直很欣慰有这样的母亲。

幼年时家里八仙桌的上方,就有一幅凤凰的花纸图案。那花纸上的艳绿发光的凤凰伸长了尾羽,高傲地转过它修长的脖颈,悠然啄着那身鲜亮的羽毛,而头顶上三支凌空飞舞的翎毛,实在美艳至极。

母亲总是虔诚地对凤凰喃喃私语。好几次我偶尔在窗外抬头,总看见母亲合着手低着头在那张花纸前面沉思或者低语。后来,当我知道生肖这概念的时候,我总感觉母亲的生肖是十分奇特的,她肯定是属凤凰的,不像我们属狗属猪属蛇。

上学后,关于此类话题,我的独到理论却在现实中遭到了同伴们的耻笑。十二生肖里根本就没有凤凰,我竟如此愚笨。不管我在同伴与同学前如何理直气壮,总也改变不了凤凰不在十二生肖行列的事实。

一个深秋的傍晚,受尽了伙伴们奚落的我跑回家委屈地向母亲诉说。而忙碌的母亲在灶火间却无暇顾及我,她正拎起热气腾腾的锅盖,为即将到来的晚饭忙得不亦乐乎。

"娘,你到底是不是属凤凰的?"我央求她。

"和你说了一千遍了,我就是属凤凰的。"母亲笑盈盈地回答。

"可同学们都说是我们胡编乱造的,违反常识,还一个劲地讽刺我。"我有些难受。

"那就甭去理他们。你娘啊,就属凤凰。"灶间的热气将母亲的脸颊蒸得通红,在弥漫的水汽中,母亲的眼睛晶晶亮,笑容分外灿烂。

我不知道母亲为啥非得说自己属凤凰,而且对那花纸上的凤凰也表现得很虔诚。谜团一个个涌进来,简直要溢出了我的脑袋。

这一年临近过年,爹破天荒得到了两张好看的花纸,簇新喜气,是童娃娃捧金元宝的图案。在找墙壁张贴的时候,我强烈建议把那张旧塌塌的凤凰花纸换下来,贴上这幅崭新的寓意更美满的花纸。我手脚敏捷,一下爬上了八仙桌,三下五除二就把那张旧花纸扯了下来。在撕扯过程中,尽管小心翼翼,但是花纸的一只角还是被扯破了。爹正想告诫我,奈何为时已晚。爹小心地将残破的另一小半按在原位置,却也拼不成原来的完整模样。爹蹙着眉,紧盯着凤凰花纸,颇为无奈。他有些恼怒地瞅着我,小心地将它团成一卷,搁在堂屋中央悬挂的相框的背后。

那一晚,母亲的脸果然阴沉得可怕,对爹一顿埋怨,家里的气氛瞬间凝固,过年的欢喜也因这个小插曲多少受到影响。

不就一张花纸吗,母亲未免有些小题大做了吧。我很不解,为什么这张花纸会在她心里掀起如此的轩然大波?

我有些懊恼地进了里屋睡觉,而外屋剩下他俩。

母亲依然在灶间忙碌,爹在灶下帮母亲烧火。

"我明天重新贴上去,孩子不懂事,再说要过年了,你也别太较真。"爹耐着性子在宽慰母亲。

"你们都以为我神经病,对一张花纸这样上心,当菩萨一样供着,是吧?你知道的,它在我心里就是菩萨一样的神灵。"透着热气的一番话,钻进了我的耳朵里。

"1948年11月2日,农历就是十月初二,对,就是我的生日。那天早上,我娘大着肚子在上山头的番薯地里拔番薯,突然,肚子绞痛,就知道要生了,连连喊不远处的爹。我爹听到喊声,扔下锄头跳过来,孩子已经露出半个头了……等把我娘抬到家里,接生婆前脚跨进门槛的时候,床上的我娘已经把我生出来了。那个间隙,我爹正回地里去取农具,听到屋里的啼哭声,就知道我平安生出来了。他一激动,跪倒在番薯地里向着上山头那座最高的山使劲地叩头拜谢。他说当时他深深地伏下整个上半身,头都贴实了番薯地。他的行为是真诚的,他的叩拜是发自内心的。一下两下三下,当第三次长跪起身的时候,山顶的那边就飞起来一只大鸟,羽翼丰满,尾巴修长,头颈滑溜好看,顶上三支翎毛凌空飞起。爹定睛地看了很久,那只大鸟不飞走,就落在山顶上,悠闲自得。阳光照着它啊,金光闪闪,这不是神仙鸟吗?这一幕可不是我爹瞎编的,当时山脚里干活的农人好几个都看见了。大家都感叹,这一天肯定不平常,会有大事发生,而且一定是好事情。

"果然,那一天的好事情接连而至。听说我们那一日解放了东北,辽沈战役大获全胜。东北解放军攻占了沈阳,东北全境都获得解放。

"当然,这件大事情是之后通过生产队的广播才知道的。于是,我爹在我满月的那天,把我的名字正式定为'仪凤'。外公有点文才,他对我娘说,娃出生在这样一个特别的日子里,兆头很好。古时有一句,'至人受命,则凤鸟至,河出图','有凤来仪',这女娃的命里有凤护佑,会平安顺畅,会福禄寿禧。这就是我名字与凤凰的渊源。

"自懂事起,我们家里总贴着凤凰图。爹只要看到有凤凰图案的,他都会想尽办法带回家。有些花了他的烟钱酒钱,有些是他出工帮别人干了半个多月的活换的,有些是他拉着灰窖车去隔壁生产队得来的。

"所以,我嫁给你的时候,箱奁里没有白银大洋,没有锦绣罗缎,只压着几张折叠齐整的花纸。这几张花纸都是我爹用汗水换来的,他说,凤凰喜庆祥瑞,他相信,会陪伴着我过上富足美满的生活,子孙满堂,家庭和美。这是我爹对我最大的期望。"

母亲在灶头间一番掏心掏肺的话,让烧火的爹闷声不响。我在里屋悄悄透过门缝,只见爹迅速从烧火的小木凳上起身,急急地从堂屋的相框后取下那卷花纸,默默地摊平在八仙桌上，不停地抹着糨糊。不一会儿，他又取下我与他一起张贴着的那张童娃娃花纸，将凤凰花纸重新端正地贴在了堂屋八仙桌的正中央。

那一瞬间，我明白了母亲为什么倔强地认为她的属相是凤凰。自此以后，我们家的那幅凤凰旧花纸再也没有扯下来过，一直到它发黄了，自行剥落了。它陪伴着我走过了童年、少年，一直到考上大学的第一年。

我无意在大学附近的一家书店里发现了一幅裱着相框的凤凰旭日油画。那旭日东升，红光满道，那凤凰高飞，羽翼丰满。画面热烈奔放，透露着在从改革开放到全民奔小康的路途上，全国人民向着胜利的曙光正昂首阔步的精神。我喜不自禁，和老板软磨硬泡，几乎花了近一个月的生活费，买下了这幅油画。我想象着它悬挂在我们新建不久的宽敞明亮的厅堂中央墙壁上的模样，那和新房子的气势是多么相得益彰。

而今，乡村里的老家，城里的新居，那寓意美好的凤凰油画依然有着显赫的位置。古稀之年精神矍铄的仪凤母亲也依然将之奉为神祇，而我们呢，和许多努力奔走在幸福大道上的人们一样，对未来的愿景更有信心，更有期盼……

娘与广播

　　七十几岁的娘精神矍铄，如果不是几年前的那次骨折，我相信娘一定会在闲暇的时候穿乡走村赶去看戏文。娘的爱好很单一，平时除了给爹与侄儿做饭洗衣服外，便是眯着近视加散光的眼睛看看一些杂志，当然最大的爱好便是听越剧。

　　或许我的孩子已经无法想象我娘生活的年代里，戏曲对她身心的浸染力。幼时的记忆里，娘总是有忙不完的家务活，灶间一待就是大半天：烧饭、洗锅、煮猪食、拌猪食、烧锅、凉灶，舀汤罐水、灌开水壶、加凉水……然后，又转身进入灶头间背后的猪圈，扫、冲、洗、擦。我家的几头猪啊，每次出圈在村里逛的时候，村里人总说小狗嫂养的相貌最好，雪白干净，清清爽爽。他们不知道的是，我家的猪一到冬日，晚上是睡进灶头间的柴堆里而不像村里人的猪是躺在湿漉漉的猪圈里的。娘怕它们在猪圈挨冷受冻，便安置它们到灶间烧火的地方，还铺了一席稻草给它们暖身，我家的猪便打着呼噜一觉睡到天亮。

　　我出生的那年，"文化大革命"刚刚结束，百废待兴，只有广播是那个年代家家户户必有的电器。六点整，广播喇叭清脆地响起来,躺在床上的大人们便睁开惺忪的眼,跃起来开始一天的忙碌。娘更不例外。准时起床是一个农村妇女最基本的生活习惯。娘起床的时候广播还没有响,冬日里,小木格子窗外还是漆黑一片,娘便摸索着起来,不开灯怕吵醒依旧鼾声激越的爹与做着美梦的姐弟俩。黑暗里,娘迅速穿好衣套上了裤,蹑手蹑脚地开了房门来到外面的灶头间。我们偶有几次听见灶头间里传进耳朵的锅碗瓢盆叮咚作响的声音,翻个身便又沉沉睡去。一直等到广播里洪亮声音开启了"新闻和报纸摘要时间",娘才推开紧掩的房门,和姐弟俩说:"赶紧起床,吃早饭读书要迟到了……"

我们一骨碌起来,发现猪早已拉完大小便重新圈进了猪栏,而我们则盛了汤罐里的温水在门槛外刷牙,又舀了半脸盆水放在门口的石板上洗脸。冬日寒凛的清晨,姐弟俩呵着气慢腾腾地做完这些事,娘总是板着脸指着八仙桌上方的广播说:"听听听听,都过去多少时间了?上学不要迟到啊?"姐弟俩这才倒了洗脸水进屋,然后捧起小方桌上娘早已盛放的两碗番薯粥,知趣地"呼哧呼哧"以很快的速度落了肚。娘偶尔也会从外汤罐里捞出两个土鸡蛋,暖烘烘的,让我们姐弟带在上学路上吃。每天清晨,当七点整的广播响起的时候,我们基本已经出门或者即将背起书包迈出门槛。儿时的心里,广播似乎是神圣的东西,你看,它似乎控制着我们的生活起居。甚至我家的猪都在这样的潜移默化中也逐渐懂得了广播给予它们的某种信号:啥时得出门了,啥时得回猪圈了,啥时又可以回灶间柴堆里了……似乎娘与这种来自广播的声音,给了它们某些暗示。

有段时间,为了能多睡会儿懒觉,我怂恿年幼的弟弟剪断了墙壁上的广播线……那一次,依然大清早起来做好早饭的娘,迟迟没听见六点的广播响起,便转头忙其他的家务活了。几圈转下来,心里犯嘀咕的她便觉察出了异常,她急急打开壁橱,定睛看了那口钟,就知道广播坏了,所以不响,所以爹出工的时间过头了,孩子上学的时间迟了,等等诸多事实。她心急火燎地喊:"小狗小狗快起来……""阿飞阿奇快起床……"爹弄清原委后开始骂骂咧咧。姐弟俩虽然破天荒地在该起床的时候睡了个大大的懒觉,可这一次因为迟到时间过长而双双被罚站在墨城小学教室外的长廊上了。当时一溜站着十几个孩子,除了几个不爱读书经常迟到的外,便是我们姐弟俩了。教室长廊外面就是村里人的晒谷场,冬天早上的晒谷场,那个热闹非凡啊。村里人走过去走过来就开玩笑说我俩:"今天小狗这对子女也开始书不要读了啊……"当时,恨不得挖个地洞钻进去算了。于是弟弟埋怨我的馊主意,我呵斥弟弟真是不识好人心——多睡懒觉的还不是你自己!懊恼之余,还在担心午饭回家怎么应对早上怒气冲冲出工也迟到了的爹。

挨骂免不了的,只能态度诚恳保证下不为例。那次的惩罚是不能吃上热辣辣的夜饭了,姐弟俩耐心地待爹吃完,便窝在灶头后猪睡的柴堆里胡乱扒了一碗冷饭头。爹喊了村里的电工,用黑色胶带接通了广播线。傍晚时分,广播响亮地发出了声音。娘在灶头间边听着广播里的新闻,边起劲地刷锅洗碗炖猪食。晚八点半后,广播电台会有一些娱乐时间,有时候是小孩子爱听的故事,很多时候是大人们爱听的戏曲。

主持人柔和的声音响起:"接下来是戏曲时间,观众朋友们,我们继续昨晚上的某某越剧片段,请大家一起欣赏……"娘系着围裙,娴熟而自然地擦着灶台,一边竖起耳朵用心地听广播里的越剧片段。越剧经常是《红楼梦》或《梁山伯与祝英台》,按序规律播放,一场一节,限时限段。老戏骨王文娟、徐玉兰、袁雪芬、范瑞娟清悠优美的声腔,一出现在广播上,便让当时很多与娘一样的村里妇人痴迷不已。这也是如今他们这一代喜欢听越剧的原因。娘在灶头上边干活边跟着哼唱,甚至还特意停下手中的活凑耳到八仙桌旁来听。祝英台的勇敢与聪慧,让娘钦佩不已;梁山伯的痴情与贫困,让娘怜悯万分。也只有在这样的时候,娘脸上的那种神情是陶醉的,似乎暂时忘却了那个年代里每日为生活奔忙与辛劳的滋味。甚至在灶头后柴堆里的两头猪的鼾声也是那般轻柔细腻,好像它们在长时间的生活里,也已深深懂得:它们的主人唯有此时此刻是最愉快的。所以它们都不忍用厚重的鼾声打扰这样温暖而静谧的时光。

有时候,上午九点后也有戏曲时间,如果不在田头地里,娘便会在溪坑里洗东洗西。傍着溪水,扬着棒槌,广播里的越剧让娘挥舞着棒槌的弧度那样柔美而富有节奏。就着淙淙作响的溪坑水,越剧的凄婉清丽让娘沉浸于其中的缠绵悱恻。

于是,收听广播里的越剧便成了闲暇时间里的娘最大的爱好。娘跟着广播哼唱,几遍十几遍。她在灶头间烧饭菜的时间哼唱,在清扫猪圈的时候哼唱,在寒冬腊月里双手浸泡在冷水中哼唱。她哼唱的时候,爹帮着娘烧火,姐弟俩在八仙桌上做作业,年迈的祖母从门口窗台下经过也那样静悄悄。村里人驻足静听,暗自称赞娘模仿的生动形象。

后来《五女拜寿》被拍成了电影,也上了广播。娘为剧中人的悲而落泪,为剧中人的愤而气恼,为善良的丫头叫好,为平反的冤案欣慰。广播上播放了几次,娘便一次不拉地听了几次。我想,而今娘之所以能把有些唱词倒背如流,与那些年里这样单一而执着的爱好有着千丝万缕的联系。

娘沉浸其间便情不自禁地哼唱剧中人的唱段,竟是如泣如诉,如怨如慕。我与弟弟帮她干活的时候,她会将唱词做一番简单的解释,比如祝英台女扮男装去杭州读书碰见寒门子弟梁山伯。她埋怨祝英台自作聪明私订终身害得年纪轻轻的梁山伯送了命。说着说着,娘便红了眼眶不免喟叹遗憾。当然,对剧情研究深入之后,她便也会从另外的角度去分析梁祝悲剧的原因,比如祝员外过于看重门当户对之类。那时候我们都年幼,但懵懂中对这种地方戏曲有了最初的爱好启蒙。如今人到中年后的姐弟俩也对越剧情有独钟,不得不承认是受了娘的言传身教。此外,也离不开那个时代里这家家户户都有的小小广播!

而今,广播遁影,娘也老去,唯一不变的是我们对越剧的喜爱。

饭后茶余,娘总埋怨一刻不停捧着手机的我们,说:"我们那个年代啊,有台广播真是件开心的事情。有期盼就会珍惜,懂得珍惜就会更加用心地对待我们今后的生活。"娘说这话时,总对着老屋子旧时八仙桌上方的那个角落——那个本是小小广播该有的位置而出神。我当然知道,娘怀念的何止是广播啊,而是与广播交织着的那段艰苦难忘的岁月。娘从沙发上起身的时候,一边哼唱着《二堂放子》里的一段:"我彦昌自别圣母后……"留给我们落寞的背影和张派唱腔铿锵有力的声音。

杨绛先生说得好:人生最曼妙的风景,竟是内心的淡定与从容。我相信,那个年代里的娘,尽管岁月里有窘迫与匆忙,而广播与越剧,就是她内心深处的慰藉。这种清澈与安然,我想,或许也是生命中另一种大美的境界吧。

狗大叔

孩子她爹属狗，之所以喊他为大叔，好像是前几年接连受韩剧的影响，所以时髦地喊家里男人是"欧巴"或者大叔。这儿想写写狗大叔与他工作单位的渊源。

1996年的6月，大学毕业后的第三个年头，大叔毅然不顾家人与师长的谆谆劝解，辞职踏入当年的私立学校——荣怀中学的大门。那时候，单位所在的袁家村还是一片沼泽地。他便在那样一个平凡却不平常的六月天，因缘遇见了她——新奇、雄浑、初生的荣怀。

就像一场爱恋，没有早一步也没有晚一步，一见钟情、从一而终。他的教学生命便在荣怀璀璨、放大、茁壮成长。而今，荣怀廿七岁，大叔亦走过了人生中最好的青春华年。

那一年7月，他们几个"新荣怀人"便开始着手荣怀最重要的工作——招生。7月的夏天，乡村小道、绿杨荫地，他们跋山涉水，翻山越岭，穿乡过镇，从诸暨到绍兴达义乌，和一辆喘着粗气的三卡车一起，轰鸣地奔波在泥土路上。头顶着酷暑烈日，汗流浃背。大叔身上的黑色公文包里，有一沓沓学校的宣传资料。那时候，通信远没有如今这样便捷，电话还没走入家家户户。对优秀学生进行家访,除了登门拜访外别无他法。大叔与同行的老师在某个村口开始询问,轻轻地叩开某一家的木门,迎着陌生却热情的脸,开始他辞职后初入荣怀最重要也最具挑战的工作。

这场遇见可以归结到初生的校园里的一把土、一片瓦、一张课桌椅、一棵新栽的树、一杆高耸的国旗。他奋臂扬起锄,在这块最肥沃的土地上,挥洒着汗水,也挥洒着青春与热血。

那一年,站在荣怀中学校门口的时候,他的满头乌亮的卷发和腰间别着的松下的 BP 机,是那个昂扬发展的年代里最时尚的标志。那一年,他二十七岁。是的,遇见真好。

在荣怀的前几年,大叔开始着手体育组的建设与学生体育健康达标课的有关工作。早操、课间操、晨跑、晚练,以及各类体育活动,诸如首届运动会的筹办,等等。初生的荣怀,犹如暨阳大地上空遒劲展翅的鹰,愈飞愈高。荣怀校园在新学年的初秋清晨,婀娜多姿,在家乡展现最美的风姿。

那时候,他用尽年轻人最蓬勃的精力,组建与培养了一支男篮队。课余的篮球场,挥汗如雨的对打与训练,他亲自示范与上场指导。站位、动作,狠、准、速。他大起嗓门来喊着,小伙子们不负众望,在组队后的第二、三年便接连夺得 2002 年绍兴市首届中学生篮球比赛冠军、2003 年省第九届运动会第三名。而大叔,也成了诸暨篮球业余训练的先进个人。

于他与荣怀而言,这用汗水浇灌成的荣誉,是他追求的目标,也是荣怀的师生们最大的渴望与向往。这样的付出与得到,让人感到温暖、积极。在荣怀工作的日子,他幸福且有悦意。

2002年,大叔接手高中部政教工作。千头万绪的起始点在哪里?他点燃一支支烟,着手制定了高中部政教德育的相关规章制度,包括值周制度、请假制度、班级考核制度、学生量分评价制度、各类先进评选活动等。他的办公室常常彻夜通明,大叔说当年像一个疯子一样痴恋着荣怀,荣怀的操场、荣怀的草坪,甚至荣怀的晨昏与四季。

政教处的工作十分烦琐,学生的违纪事件不可避免,他和学部的班主任一起,在办公室,恩威并施、谈心、教育、反省,面对学生一折腾便一整天。他说,当一个进来时眉头紧蹙的学生,转身出门时眉心舒展、笑容灿烂,真诚地在他面前鞠躬说"张老师,谢谢你"时,他内心会涌起强烈的满足感。

学校教育除了师生之间的交流,还有与家长的接洽沟通。私立学校,尤其是荣怀这棵在诸暨沃土上不断枝繁叶茂的教育大树,更需要得到社会各界的精心浇灌与大力扶持。多少次,为了家校和谐,他与一大群急切寻找最佳教育成果与教育方法的家长们一道,耐心切磋交流。因为他明白,教育的本质不是拷问,而是一棵树摇动另一棵树,一个灵魂能影响另一个灵魂。

学部里的青年教师是个大群体,但是高中部要强大与兴盛,必须要建立一支成熟、有责任、具担当的班主任队伍。建设这样一支队伍,培训与结对,学习与改进都迫在眉睫。

但令大叔骄傲的是,高中部使用的"学生十大禁令"、《高中部学生违纪处分条例》、《高中部学生量化考核评比标准及施行办法》及《高中部班主任量化考核实施办法》等管理制度，都是他那段时间冥思苦想的结晶。

只是，不见了他头顶那些茂密的黑发，而他爱的荣怀枝繁叶茂、茁壮向上。

大叔的政教工作一干就是十几年，从副主任到副校长，分工不同，主题相同。他说，最忘不了的是2003年"非典"期间身为副主任的他参与学校的教育管理。自己和一千多名学生吃住在荣怀两个多月，与外隔绝、封闭生活，真正以校为家，度过了艰难而卓绝的特殊时期。他还说，最自豪的是自2004年当主任以后，接连出了三个各级高考状元和许多清华北大的优秀学子。

他开始将荣怀的这种成功的管理模式与经验落笔成德育论文，紧接着发表在地市级的报纸杂志上。他戏谑，自己是用体育人的执着来书写荣怀人的精神。

2014年后，他转而负责学校的工会工作及体育组的团队建设，他带领体育组同事在荣怀的操场上挥洒汗水。体育课逐渐规范，从课前准备、器材检查、热身活动，到主体内容等，四十五分钟的体育课显得生动而紧凑。往往一节课下来，他与同事们的后背上热气腾腾。

工会的工作相对清晰，事情可以有条不紊。他着手制订工会工作计划，布置、检查、指导各部门工会和工会小组开展工作。下设学校的各学部分会，并专门召集分会负责人进行协商，明确职责与具体工作布置，和学校有关部门积极开展"教书育人、管理育人、服务育人"活动，并积极做好有关先进个人和先进集体的推荐、评选和表彰工作。此外,工会的最大职能还在于开展组织群众性的教职工娱乐活动和体育活动以活跃教职工业余的文化生活。节假前后,是工会最为忙碌的时候,他准备的小册子上,密集地记录着本校教职工的生日、年轻职工的婚嫁日、老年职工的送温暖日等,尽力尽心做好教职工的集体福利事业,做好送温暖、慈善救助、医疗互助、女教职工的计划生育等工作。

从二十七岁到天命之年,岁月流转便廿余年。那个曾伟岸魁梧、风华正茂的年轻男子,在荣怀岁月的辗转、轮回、变迁中,逐渐老么。人活一世,其实也是找一种与万物相处的方式,我知道他的人生便是这样四个词:选梦、遇人、择校、终老。所幸,所有他生命里曾有过的过程和结果,都与荣怀一同见证。无论传承与自信,无论未来与愿景,大叔走过的,荣怀肯定也都看在眼里。

导师王松泉

2022年的教师节,很不平常地遇上了中秋节。双节相合,我决定去拜访我的老恩师。九月清早的秋阳,依然灼热奔放。向师妹问清恩师小区的住址,我便驱车前往。

恩师是我本科毕业时的论文导师,说起他,在中学语文教育界有响当当的名声,他曾是当地著名大学的中文系主任,兼任全国高师语文教学法专业委员会秘书长,他出过很多本专著。迄今为止,对我教学工作影响最大的莫过于他的板书学研究和图示教学法。1998年初夏,我正处于毕业前的实习阶段,恩师亲临我的教学课堂,将那时我颇为得意的《胡同文化》的板书设计评判为"满目疮痍"。那一年,我真正懂得,文本的解读与板书的设计需要紧密融合并适当"脱离"——貌似分离实则串联。这一年,我用心研习做了十几大页的笔记,几乎把每一篇文章的板书从五十字精简为三十字到最后的十来个字。这一年,我的论文在经过数十次的磨合切磋中后,无悬念地得了优秀。

工作廿余年来,我一直秉承导师的教导——板书设计、导图教学须得与文本要旨有机"分离",又得与它适时融合。在跌跌撞撞的教学实践中,走过艰辛遇过坎坷,但是结局终让我欣慰。在高中语文的教学课堂上,我常常与同行们一道,在最平常的教材研读过程中,觅得一抹亮色,这为自己的教学生涯注入了强劲的动力。如果大学期间与毕业前夕没有恩师的口口相传,以及他将那些耳熟能详的经验无私分享,哪来今日我们这些学生油然而生的教学满足感与充溢着的自豪感?

气喘吁吁地走上教授楼,站在四楼恩师家门口的时候,我平复了一下激动的心情。自从大学毕业后,与恩师相见次数很是寥寥。时光真正如大江东逝,转眼他已是耄耋老人。对于他,最大的成就莫过于带出的学生而今能继承他的衣钵,如他当年坚毅伟岸的身躯一般,执着地握紧着接力棒,在三尺讲台上满怀热情吧。

我的恩师开了门,满脸惊愕与惊喜。"老师,我来看您。去年您来诸暨作报告的时候我就说一定要来看您。"恩师与我在书房落座,一杯醇香的咖啡,满室充栋的书籍,简单的问候,深切的交流。从生活到工作,从校园到社会,从课本到习作,从我到我们。

老师很自然地捋他的白发,看着我,与我交流读书心得。听闻我是作家协会与读书会的会员,十分意外与欣喜。他感叹着:"读书是长远的事业,更是一辈子不辍的事业,它贯穿生活与工作始终,它与人的物质生活、精神层面永远相匹配。人在世上,最不可缺失的伟大的事业就是读书。"

他询问我近期读的书籍,我将最喜欢的东野圭吾的小说如数家珍,还有曾阅读过的一些经典的人物传记。老师颔首,低头啜饮咖啡,缓缓抬头又和我交流起来:"中国作为文明古国,从《诗经》《离骚》到诸子百家再到诗词歌赋与明清小说,发展千百年来,成就斐然。有名的文人与无名的乡野客,铸就的文化精粹让后人在传承中发展、创新并发扬光大。毫无疑问,作为读书人,涉猎领域的广泛,采撷视野的无边,是拓宽认知最有效的途径之一。阅读本就不分国界,而涉猎古今中外,在自己感兴趣的文字里徜徉,是多么有情致、有趣味的一件事情。尤其是对于你这样在一线从事教育教学工作的人,有时间读书更难能可贵。但是,作为汉语言文学的专业人员,'汉'字为先,我们中国的优秀文学和文化是多么需要你们这些教育工作者来'穿针引线'。单就唐诗而言,它发展的四个阶段,无不与唐朝的历史息息相关。可以这样说,文字本身就为时代服务,时代孕育文字,文字折射时代。诗坛的风气、风骨、风格都有时代的影子。从这点上看,读诗读人就是读时代,这就叫'知人(诗)论世'。一个好的阅读者,肯定会去查阅文本之外的时代背景,否则含混晦涩,会不知所云,哪怕能了解到表面上的东西,也无法深入去发掘文字以外的内涵。"

我非常受启发,作为一个时常写点文字的读书人,此时竟有些脸红。平常读书,我总刻意去追求视觉审美效果的文字,读书总是求一时之酣畅,懒于去探求书本以外深层的东西,总难免一知半解、似懂非懂。一本著作产生的前因后果关联甚紧,绝非一时兴起,没有半点生活风浪的"情绪"。充满豪情的李白也有被嘲讽到引吭高歌、酩酊大醉的时候,豁达的柳宗元也有迁谪失意以致终日不问世事的漫长痛苦,更不用说忧国忧民的杜少陵了。一语点醒！此时此刻，我恨不得立即将那些与作家作品相匹配的时代历史收集起来一睹为快。

恩师似乎洞悉了我焦灼的内心。他笑意荡漾着，示意我端起咖啡来品尝，接着娓娓道来："读书过程中，除了匹配上述提及的生活与精神，以及作家所处的时代以外，还应注意的一点就是要匹配你的经历和认知。当然，每个人的经历都是不一样的，哪怕相同的年纪也有不一样的阅历。你想啊，你青少年时最喜欢读的肯定是爱情小说，唯美浪漫，男主帅气女主温柔，最后白马王子与灰姑娘有情人终成眷属。后来，你们成长了，自己也从生活中积累了一些经验，觉得以前读的未免太过理想，所以会选择现实性的书来读。再后来，结婚生子，过多了柴米油盐的日子，或者很多人被生活琐事缠扰，就想从一些文字中去寻找安慰。比如眼下很风靡的那部梁晓声的《人世间》，你肯定也读过了吧。它折射出的生活主题太深刻，也唤起了老一代、小一辈人的内心情感。待在父母身边碌碌无为的孩子、远在天涯事业有成的孩子，中国的老百姓似乎都从这部小说中找到了相合的人生位置。它之所以能获得那么高的评价，其中之一就是这部小说与大部分中国人的认知、阅历包括身份地位相匹配。居高位者有他的无奈，处低位者有他的苦恼，为人父母的有他们的困扰，相爱者有他们的顾虑，孩子有他们向往的远方。所以，读与自己匹配的书籍很重要，它对于你内心那根懒惰的神经，能即时起到一定的刺激与点燃作用。这个触发点，很热烈也很及时，它会帮助我们在读书的过程中获得极大的愉悦与最彻底的共鸣。好作品的力量是无穷

的，评判它的标准总在阅读者的当下时刻，而并不在作者的名
声或书籍本身所渲染的效应。如果能找到适合的书，对于繁
忙工作之余的读书人而言，这是多么省时省力！"

我无比震撼，这大概便是赫尔曼·黑塞所认为读书需要的
几个必经阶段吧。从一开始的懵懂到最后觉知上的清醒，在
数千年来不计其数的语言与书籍交织而成的斑斓锦绣中，会
有一些突然彻悟的瞬间，真正的读者会看见一个极其崇高的
超现实的幻象，看见由千百种矛盾的表情神奇地统一起来的
人类的容颜。我想恩师一定已经登临上这样的顶峰，他高屋
建瓴地帮我这个鄙陋的读书人梳理着读书经验，期望我在有
限的读书空隙中找寻到精准的方位，并持之以恒。

我琢磨着这些通俗的"金玉良言"，对眼前这位矍铄的老
人充满了感激。都说听君一言胜读十卷，我是多么幸运，能亲
聆教诲。

我起身和恩师告辞的时候，眼里蓄满了泪。出门的时候，
我站在恩师面前，弯腰给恩师深深鞠了一躬。为自己，也为所
有正在坚持着的读书人。

我导师的名字在教育界非常响亮，他就是——王松泉。

我的师父周红阳

　　我的师父叫周红阳,享受正高待遇的中学语文特级教师。我一直想写一写他,我认识他的时候,刚值2000年,师父也是初任高中语文教研员不久。

　　我在诸暨高中徜徉二十年,师父也在教学路上陪伴了我二十年。2018年,他退休后去英国女儿家居住,在诸暨忙碌穿梭听课的身影便从此消失了。

　　那年夏天,我初回诸暨,县里刚好要举行教龄三年以下青年教师的优质课评比。我在忐忑中报了名,事后便接到师父从教研室打来的电话。我在紧张中踏着小旧自行车前往老鹰山脚下的教研室找他询问比赛事宜。忙乱中在楼梯口停下自行车,埋头疾步冲上楼梯,在拐弯处撞到一个人的身上,这个人就是我的师父周红阳。

　　白皙严肃,是我对他的最初印象。

　　师父转身带着鲁莽的我上了楼梯,来到他略显局促的办公室。办公室里的资料堆积如山,地面上没有下脚的地方。师父从办公桌上找出了上优质课的有关注意事项与初选篇目,告知了我有关PPT的制作情况与上课流程。觉察出我的不安与无措,他严肃的脸上溢出了些许笑意,鼓励我说:"胆子大点,有创新的研习思路就上出来,不用怕的。"

这样的初见,让我对这位严谨且略显威严的教研员有了很多的好感。

初涉优质课评比,准备工作琐碎而忙碌,在学校老教师的帮助下,一次又一次磨课,上完了同年段的六个班级。从新课导入到问题提示再到环节设计,力求完备而细致。比赛日,异地借班上课,抽签决定顺序,散文《有一种树叶叫茶》同课异构,每个青年语文老师把"茶的韵味"演绎得淋漓尽致。在一大批权威评委老师的注视中,我穿着"台绣"的淡蓝色套装,流畅而顺利地在下课铃的叮咚声里结束了课程。台下师父朝我笑意盈盈,让因紧张而憋红脸的我镇定不少。

这之后与师父之间的接触便日渐多了起来。学科比赛比如教案评比、论文撰写、课件制作等,我有机会参与并得到学校内外一些名优教师的指导,当然包括我的师父周红阳。

真正从"周老师"改称"师父"的时间是2004年我评上中学一级教师的那个夏天。

那天,我去师父办公室,说:"师父,我要和您结对,正式做你的入门弟子。"师父说:"好!"经过学校推荐等一系列的程序后,我正式拜于师父门下。

市里很多高中学科老师都说,我的师父周红阳,一脸清高,不苟言笑,不可亲近。这是大家的第一印象。师父凶得很,徒弟研课的时候,我们一个个上台去试课,他捧着听课本在底下正襟危坐,台上的我们一哆嗦,便容易出错。有时候,语文研习各抒己见，字词揣摩更是如此。为这，师徒几个往往会争论不休。很多时候，我只敢在底下小心嘀咕，冷不防被师父听见，他便瞪眼直瞅过来，说："你起来说说看。"我站起来突兀地站在那里，不知从何讲起……对于我们这样的窘态，师父是习以为常的。奇怪的是他也不批评我们，而是开始阐述他个人的意见建议。

当然，对于知识性错误或过于偏激的文本解释，师父会毫不留情地进行驳斥。2005年11月的那场高三调研课，至今回想起来仍让我心惊胆战。我精心准备了一堂关于标点符号巧用的课，在自己的反复琢磨与修改后，自信地搬上了高二调研的课堂。师父与校内一大批同行端坐在教室后面，我娓娓道来，师生配合相当融洽。四十五分钟的课堂节奏舒缓有致，气氛热烈。踩着下课铃声的节奏，这堂课完美落幕。

捧书走出教室的时候，我的笑容是欢畅的。我准备迎接师父赞许的眼神，听他对我的鼓励和评价。然而师父竟然一声不吭，脸色铁青，从我身边走远。

我的课以失败告终，在校长面前汇报的时候，师父竟然丝毫不顾及我是他徒弟，毫不留情地将我的课批得一无是处。落寞与伤心笼罩了我，内心把这样较真而无情的师父埋怨了千万遍。隔一天后，情绪稍缓，我接到师父的电话，他的第一句话就是："情绪发泄得差不多了吧？"然后他在电话那头细致地评价了这堂课。电话这头，本来委屈万分的我，在这样的"洗礼"中慢慢平静下来，也深深认识到了这堂课最欠缺的部分。之后我认真做了修改，对师父的冷漠与不留情面也有了深刻的认同与理解。原来,我自视完美的复习课犯了最大的错:脱离了高考考纲的范畴。自此,每回备课前,我首先做到的就是研读教纲与考纲,摸清知识点与掌握清单。

2006年5月,又迎来了全市高中语文教师的素质大比武与优质课评比。师父深谙散文研习之道,重词句揣摩与关键句赏析,我在其引领下一次次登上教学研究的舞台,成长迅速,进步飞快。那几年的春色特别美好:绿色的火焰在青春的校园草地上摇曳,花朵努力地伸出头来,暖风吹过的时候,你眺目远望,看这满校园的景致多么美丽。

之后的每一年,我都用心地给自己设定努力的方向:教坛新秀、学科带头人、学术报告、学科竞赛辅导、名师参评、论文研习与发表、中高评比。师父很少给我赞许,他走在我前面的背影伟岸而挺拔。我跟在他身后,朝着他前进的方向,昂首阔步。

师父不烟不酒但喜茶,除此,便整日整夜埋头研究。他研究最多的话题是——高考论述作文如何写作。从话题作文到新材料作文到论述文,几十年下来,形成了颇具特色的周红阳作文研习体系。师父的文本细读,将我们这几届中青年骨干教师培养为诸暨高中语文教学的中流砥柱。在他的带教中,我们从文本中延伸、拓展,似乎真的找到了语文教学的春天。这样的春天,灵魂和身体永远清明晴朗,没有被教材所限制与格式化。我们特立独行,解读与研习不是简单的复制,也没僵化。师父用他的教学科研行动告诉我们,不仅要让自己精神有光,更要让我们的学生灵魂有香,爱上语文与写作,真实地表达对美好世界的热爱。

2018年下半年，师父到退休年龄，准备定居女儿所在的英国。退休前他便把所有教研室的工作做了交接，不久，新任教研员便接手了师父的工作。一个月后，师父飞到英国与家人团聚。

师父肯定不知道，日子悄然而过的这两年里，那个我再熟悉不过的教研室大楼，我再也没有去过。没有师父在身边的日子里，作为徒弟的我们，对他是多么想念！

2019年末2020年初，新冠疫情肆虐。我们都很挂念异国他乡的师父。一次次短信问候递过去，"平安勿念"的回复便很快来到。每次收到师父简短的回复，内心都很澎湃。师父肯定不知道，每次简短的几句话，潮湿的何止是我们的眼睛？

2020年夏天，我重新回归公立学校，从高中教学转到小学教学，角色落差很大，有很多复杂的情绪包裹其间，无人可诉，怕无人能懂。8月最末的那日午后，师父的短信在3:08分出现。他说："莫负选择莫负己。日月快，光阴老，慢慢过便好……"认真读完，情由心来，眼泪夺眶而出，在无人的小办公室里，我竟哭得不能自已。我想师父肯定知道，我对高中语文教学的浓烈挚爱与不舍，那些浓稠的欢喜与热情，那些日积月累的光阴与不为人知的孤独，都在庚子年的夏天戛然而止。哪怕我装作用温和坦然的心情，接受在乡野村落的时光里，等待眼角的皱纹与衰老的来临。哪怕我以欢喜的模样努力适应新的环境与新的工作。但，真的怕只有您理解与知道。

夜已深,眼望着远处的万家灯火,想念我远在英国的师父周红阳。我感恩二十年的遇见。纵是无声也动容,纵是无言也默契!师父,祝您在异国他乡一切安好!

老王

老王其实是我大学的班主任。

说起他，最让人钦佩的莫过于他把一双儿女都送进了清华大学的校门。据说，这使得老王在当时颇有名气，大小电视台都争相采访过他，请他传授培养儿女的锦囊秘籍。

于是老王接连被"提拔"，从高中校园一直被"提拔"到大学校园，然后成了我们大学四年的班主任。

1998年9月，当我们踏入大学中文系的门槛时，一眼便见到了在校园门口蓝色大伞下摇着折扇的老王——淡灰色长裤，白色短袖，扎着皮带，皮鞋锃亮，招呼着五湖四海齐聚在此的他的第一届大学孩子。

大学的第一个晚自修，当我们还来不及收拾心情的时候，老王便在班级里发表了他热情洋溢的开学致词，精髓有三——踏实朝前看，努力向上走，坚持从头越。老王有句话一直被我奉为圭臬，他说："每个人都需要有个特别体面的年龄阶段，不仅外表要堂堂正正，内心更要光明开朗。而你们正处于最具生气的阶段。"也就是从那一刻起，我暗自下决心，一定要在中文系这个大舞台上做出一番惊人的成绩。

机会说来就来，全校的大型运动会在10月隆重举行。作为运动爱好者，在别的女生百般推脱的时候，我率先报了最让女生们胆怯的项目——一千五百米与三千米。

因为高中时期长跑积累的诸多经验，我在这个更大的田径场上有了更强的表现欲望。那日风和日丽，身着淡黄色运动装的我，从容且镇定地站在起跑线上。发令枪响起后，我信心十足地跑进了内道，在大家的注视下，一圈两圈……七圈，当最后一百米冲刺的时候，我更是铆足了劲向终点奋力冲去……全场响起呐喊声和来自中文系同学的鼓掌声。

我从三千米终点走向班级休息区的时候，同学们齐刷刷起立，老王站在最前头，他们用最热烈的眼神迎接"王者"的归来。我的出色表现无疑让我们这个新生班级在赛场上出尽了风头。老王咧着嘴笑弯了眼，竖着大拇指用劲地拍着我的后背："寿可飞，你真是太棒了！你知道吗？你遥遥领先的时候，我们都快把眼珠子瞪出来了！真是太不可思议了！真棒真棒！"老王的夸奖绝对真诚，他大声表扬我的时候，唾沫星子四溅，他手舞足蹈的模样让我顿感十分荣耀。最后，老王从他上衣口袋里掏出两张菜票，塞进我的手心，说："王老师一定要犒劳你的，好好去食堂吃一顿，荤菜可以随便吃的……"

那是我进大学后吃过的最丰盛的一餐，顺带着两个最好的室友也大快朵颐了一顿。

这以后，走在校园，尤其是中文系的走廊里，总有人会露出羡慕的眼神，并指着我："看看看，那个小女生就是跑了很多圈的长跑女飞人……"

中文系，最重要的莫过于读与写。读很多书，古今中外；写很多文，随笔札记。当然，这过程中也顺便可以谈场恋爱。那时候，师范大学校园里是不能明目张胆谈恋爱的。我们中文系的学生在这方面往往表达含蓄，语意委婉，所以，外系的男生想来中文系寻我们做女朋友或谈场恋爱的特别多。

我就被外系的男生"盯"上了，于是趁傍晚不上晚自修的时候，偷偷地跟着他们去看电影或者溜冰。周末班级搞舞会的时候，外系的男生也换上了整洁的衣裤，来宿舍楼下的传达室门口等着女生去跳舞。几个星期下来，关于某某有男朋友或者有女朋友的传闻就多了起来。有一次，因为和室友约了外系的男生去溜冰，我正着急慌乱地从中文系二楼冲下去，赶紧去车棚取车，到学校附近的溜冰场和他们会合。我冲下楼的速度飞快，冷不防撞上了一个人，抬头一看，正是老王。老王疾声喝住了我，我只得在楼梯平台上停住疾行的脚步。"王老师，我要去外面。""你等会儿，到中文系办公室来一下，我有话和你聊聊……"老王自顾自上了楼，我一下子不知道该下去还是该跟着老王上去。

我忐忑不安地坐在老王的对面，老王给我倒上了一杯水，冒着热气。老王笑盈盈地开口道："你是不是要做一个目标明确的优秀学生？不光学习要全面发展，思想品德也要突出。你要知道，以后评上优秀毕业生，才有择优录用的机会。而优秀毕业生有个条件，得是学生党员。你想不想做那样优秀的学生？在同学中有威信，在老师中有口碑。王老师觉得你有这样的条件。你看看，运动场上你一马当先，已经有了一个很好的开端了……"

老王一番话，语重心长。这让我着实吃惊——我总以为相对于紧张枯燥的高中学习，大学应该是自由奔放、随性发展、我行我素的。老王的话语此时让我豁然开朗，让我意识到之前的"浑浑噩噩"确实有些虚度光阴，浪费青春了。我又似乎听出了老王话外之音，因为我正从心底萌发出恋爱的情愫，决定开展一场琼瑶式的"恋爱"，等待着小说里那样的谦谦君子的出现，甚至我都已经做好了迎接"他"突然出现的准备。老王的一番肺腑之言，让我决定暂时放弃美好的憧憬，决定"改邪归正"，如老王所嘱托的那样去争做一个优秀的学生。

于是我思想上有了更积极向上的劲头，参加了系里党章小组的学习，第二学年又加入了学校的党校学习班，不久又成了学校的入党培养对象。作为入党积极分子，所有为系争光的事情我都抢着去做，所有苦累的工作都争着去干。在学校迎接上级部门卫生大检查中，洗床板、刷屋顶、运垃圾、锄烂地，哪里有脏活哪里就有我的影子。老王甚是欣慰，他总会在给我们上书法课的间隙，顺势给大家讲他年轻时的苦难，他的坚守，他的信念，他的勇往直前。

入党考察持续进行着，而我也在努力备战着大学生运动会。那段时间里，我与同届的体训队大师兄相交甚密，一同训练，一同吃饭，一同出校园去溜达。进进出出的次数多了，引来很多人异样的目光。大学期间，异性之间亲密，总会遭到路人的猜忌。流言时不时出现，飘荡在我与师兄身边。有一段时间，我突然发现师兄与我刻意保持了距离，仿佛被人施过魔咒般,在体训场上他冷漠严肃,结束也不再喊我们一起去吃晚饭或者出去散步看电影了。出于自尊心,对于他的反常行为,我非常气恼,决计与他划清界限,"老死不相往来"!

大三的"学雷锋纪念日"(3月5日),我与中文系的八名学生加入了中国共产党,成为组织队伍里的一员。表决会议上,作为入党介绍人之一的老王十分欣慰,他对我认真学习的态度,不怕苦累的精神大加赞扬,他希望我保持本性,昂扬豁达地对待未来的学习和工作。

毕业前夕是忙碌的,论文撰写、答辩、试教、实习、汇报成果等,让人无暇顾及其他。待到事情一桩桩完成,已到了6月毕业前的最后几天,校园里顿时有了离别的气氛。古他社的同学在学校的梧桐树下忧伤地弹奏着"村里有个姑娘叫小芳,长得好看又漂亮……"。旋律唯美悠扬,而有着两条大辫子的姑娘啊,终究要和所爱的人天各一方。而此时,许多听着曲调的毕业生,心里泛起的离情别绪瞬间浓郁了。

师兄在音乐教室前的花圃里等我。上回我们几个体训生去拜访教练的时候,师兄约我们几个今晚见个面。他和我们在长椅并肩坐下来,抬头看着夜空宁静,星光闪烁。他询问我们的毕业志向以及择业的区域。嘻嘻哈哈了一阵,末了,师兄伸出手,对我说:"祝贺你,师妹,评上了优秀师范生了,一切都很如意。"三年专科学成的师兄(我是本科)说他准备回老家的母校去任教,他说他会在那片他热爱的土地上砥砺前行,为家乡培育更多的栋梁之材。说罢,他打开一听啤酒与师弟们对饮起来。此时,我本想斥责的话语硬是没有说出口。

在闲聊中,我才得知师兄当时和我们刻意保持距离的原因,是不想被周围的同学怀疑有恋爱的倾向。因为师范生入党,如果证实有恋爱倾向,便会被一票否决。师兄举起啤酒和我说:"师妹,你们的班主任老师对学生真是细心哪!你知道吗,那个傍晚他在食堂楼下语重心长和我谈了半天,我才弄清楚他找我的原因。我当场拍了胸膛答应他,绝不'牵连'你,绝不会让他人误解而影响你的前途……"说完,他一饮而尽。

夜幕下,我紧紧摸着胸前的那枚亮闪闪的党徽,恍然大悟。

很多年过去了,二十多年前关于老王带给我的感动,清晰的只剩下了这两件。润物细无声,只是忆起的时候,总难免心潮起伏。

感谢你——敬爱的老王,感谢你在我青春的时光里督促我扬帆起航!

叁／

碎
片

明月多情应笑我,笑我如今,
辜负春心,独自闲行独自吟。

吟唱

跨过今天，便成昨天。

今秋已逝，落叶枯黄。

比如四十岁的韶光早已逃远，容颜已老，白发初生。微博上说，一个人有这样的现象：一是逐渐不喜欢灯红酒绿的生活，二是喜欢结交相同志趣的朋友，三是开始关心心态健康，四是越来越喜爱宅在家里，五是饮食注重清淡生活趋于规律……别以为精神升华，只是你初老症状显露。

我一生总是这样，渴望妥善被人记忆、安放，并细心保存，总害怕有一日会四下流离，会无枝可依。总保持一颗年轻的心，企图做个简单明亮直爽的人。早起，忙碌在院落的每一隅，植草种花，除尘扫秽，享受晨曦。黄昏，收衣铺被，敲碗暖锅，与孩子伴侣，团坐食饭，然后，坦然送走一日的光景。

最喜欢的样子，是推开院落的篱笆，坐在摇椅上安然开始清早的阅读。屋内，那滚沸的清水以及白粥的香，袅袅飘荡。这就是我想要的生活的样子，安然恬静、优雅静好，对忧伤充满免疫力，对生命负责，却丝毫不沾染亵渎的成分。

我抚摸孩子的笑靥，搓洗一盆的衣物，素颜面对清晨的风,对着邻屋的老人言笑。满足于这样的一方天地,然后,愿意做一朵幽处绽放的白色水仙,婉约细致,无欲无求,轮回静守,领略平淡生活的快意。

我总是对未来充满童话般的幻想,用笨拙可笑的想象力,想象着十年、二十年、几十年后以后的样子:老态龙钟、气喘吁吁,然后借一根拐杖,蹒跚地迈步,清冷地笑。这该是最美的神情,它从过往的岁月中挣脱而出,内心却纯澈清晰直白。我侍弄着满院子的花草,淡定如水的心境,在这样一个未来的早晨翩跹起舞。淡定,是怎样一种拨云见日的境界呵!它原来是生命终老时的豁然开朗。它需要时间和生活的积淀与净化。人老了,心静了,然后,安于天涯,哪怕只一隅。

这些心底的吟唱,出自初冬的某天。洗衣机里衣物搅动的声响,邻居饲养家鸽的呼唤,远处孩子短笛的悠扬,随着清冽的风,一直灌进屋子、我的耳。又随即,秋声渐远。远望去,枯叶铺地,风味渐凛。

怀抱着雪团似的猫,踏在银杏叶满地的路上。看着邻居家孩子牙牙学语,伴随着缠绵的音乐,让我感觉幸福。

这世上有两件事让人幸福:一是遇见,二是忘却。

遇见我最想遇见的人,比如我的孩子、亲人、爱人、挚友,这是缘分更是宿命。满足,是最熨帖的一个词。

有时候,我们苦苦放不下的不是一个人或一件事,而是一段时光。每个人的心中,都有一座回不去的城,人的痛苦在于,烦扰与解脱都不能彻底。无论时光如何苍老,都会如这眼前的缱绻秋景,即将远逝,你无法用这一季的忧伤来渲染你心头的角落。那蔓延的不舍，就恍若，我青涩的文字，如何也止不住我对青春的留恋。但青春逝去的收获，却是孩子与母亲的幸福交集。你的回首与凝眸，其实也能让自己更珍惜当下。

大学旧友寄来一叠《校友会》，我用心翻阅，或许只想寻找与自己有关的那段呼啸而过疾速而去的青春。我抚摸着导师的熟悉的名字，暗中感动。现在才明白，那些岁月如今只能凭记忆临摹。我在往事中沉淀，那些青葱的日子，如女儿玩具屋里的多彩海洋球般，滚出来，一直滚到我的喉头、脑海、眼眶。那些为文艺梦想奋发的日子，那些携手并肩的伙伴，那些跳跃而升腾的身影，一股脑儿地涌入我的心。

回忆确实是一种奇妙的东西，它生活在过去，存在于现在，还能影响未来。但一万个美丽的曾经与过往，都抵不过一个温暖的现在。现在，我正蜷缩着腿，全神地读着《校友会》上的文字。我其实很明白，日风磨砺，秋寒盖瓦，只要身上一直充满阳光，便淡然、从容、释然。书上的文字，其实纪念着一个纯净的世界。喜怒哀乐也好，酸甜苦辣也罢，都是人生体验。我惊羡于他人的成功，失落于自我的平庸，嘟囔着，甚至埋怨着，然后，陷入呆滞……

生命不是用来比较的，而是用来完成的。每个人的路标不同。或于而今的我，只闻花香，不涉悲喜，喝茶看书，不争朝夕，诚然是最大的财富。高峰对于攀登它而不是仰望它的人来说，才真正有意义。

其实，质朴得如一条被子也真正是好事。你看它，不是躺在床上就是暖暖地晒在太阳底下。而它——这一床温暖的棉被却能酝酿一个人的好梦,能慰藉很多不如意的我们。你的缱绻,他的酣睡,孩子的甜美,在被子的下方,安静地裸露,幸福便展现无遗。

状态

懒怠或许是我的一种状态。

一位嘉兴的老板朋友,今年五十有三,活得洒脱异常。他喜欢约驴友徒步穿越密林,不停歇地骑几天几夜的赛车;喜欢茶艺,行话可以脱口而出;喜欢 K 歌;喜欢晒每天的行程或状态;喜欢吸褐色的粗雪茄烟。

认识他是因为在体育馆内开美容店的小叶。

有一次,朋友开着宝马来到诸暨。然后在小叶的美容店内给我打电话,一听到我"喂"的一声,他便响亮地招呼:"嗨,寿老师,你要的教鞭我帮你带到了!"

说到教鞭,还挺有渊源。我无意中在网上说了句想要根教鞭示师威的话,他当时在台湾,便在台北"故宫"附近带了根银质的红木头柄的教鞭,装在一只红漆包装的楠木盒里,一路送到诸暨。

他认识小叶,是在青岛一个美容部门的展览会上。小叶说,她当时拿着一本《秘密》,在会场角落闲看。然后,他发现了,便上前与小叶握手,说:"能看这本书的女人真鲜见。"于是他们成了朋友。那一次,他的公司将小叶的柜台上的展品买去当作福利,展品即刻销去了一大半。

小叶于是热情邀请他来诸暨游玩,说:"诸暨有美女啊,有五泄啊。"

我与梅子、星星,还有文静都在邀请之列。我们都是老师,小叶是一家美容店的老板娘,因为相同的趣味,将我们这些女老师与这位嘉兴的老板联系在了一起。小叶说:"有你们在,我与他的生意会成功一大半。"

于是便有了 2009 年 12 月圣诞前夕的第一次见面。接下来,我们常常在网上聊聊天,或晒晒各自的状态。

老板姓李,他开的公司是有关环保设计的,公司在嘉兴市区二环路上的一间大厦里。随小叶去过一次,令我惊叹不已。他的办公室一流的雅致,欧式的白漆沙发一套,上面包着红绸布艺;红木的书柜三面,从门口到柜台上,堆满的全是书。凌乱,但却是一种景致。门口一张黑白夹杂的虎皮,仰面躺在地上。角落的台面上都是镜框与花瓶,镜框内是老板在各地的旅游照,花瓶内的是粉红色的玫瑰。

我素来对有修养且随性的男人很敬重,而对那些冠名为老板的男人很不屑。这次相见多少有些意外。他的书,让我看到老板的另一面。

他的见识更让我惊叹,他知道我所有知道的文人,包括喜欢的三毛、安妮、六六、虹影,也包括我稍了解的韩寒、郭敬明等。我喜欢的书,他竟都能说出一二。我终于确定他不是在敷衍我,确信他对很多的文人或小说都有涉猎。

老板喜欢穿各类军绿色的衣服,戴雷朋太阳镜和圆角的粗边帽,用尼康D100的单反机。他活得很健康、积极,也让我看到,一个男人的品位,原来可以反射在一间办公室。

他的夫人是记者,晚间吃饭的时候,他夫人热情周到,让我们很自在。

有一次,我说突然有些懈怠了。他马上批评我,一个人懈怠成习惯了,意味着某些器官正趋于衰老,要赶快让自己的全身都处于积极活跃的状态,才能青春常在。

我觉得挺在理。他还说,高调不是错,高调的人与低调的人话不投机才是错,大错特错,这会永不调和。他又说,人会吃能喝、会唱能跳、会走能游,是一件多么幸福的事情,切不可因外界的种种而失去它们。他的第五条微信消息用了一只酒杯和一朵玫瑰,告诉我,酒如男人,花如女人,有时候这样的融合时刻极尽完美。他说,你不妨试试?

某个晚上,我将酒柜里最好的一瓶红酒取出,装满了一只硕大的酒杯,然后一口气喝下大半杯。又将院子里开得零乱的月季摘下,浸在酒杯中,发给他,问,是不是这样的画面?他说,很美,不是吗?我让大叔欣赏。大叔说,这样的相融确实很协调。于是我对老板的话深信不疑。

我总喜欢隔一阵写一些文字。有心情的时候,默默地整理后发给杂志社。隔一两月后,稿子会在某个地方刊出。同时,我会给老板传送一节其中的片段。有一天我突然收到一个快递,打开一看,我的片段文字,已整合成一本装帧精美的书籍了!

在扉页上,与他夫人各留了一段话:小女子的世界,大人间的精彩。我也终于知道他的真名,李修宁。

积极的状态,本身应该是高调的。你们看到一个这样的我,是因为我还正年轻,或在不一样的人生阶段中显示青春的心理。仅此而已。

节假

　　节假里,女人要做的事情总比男人多,比如无尽的家务:擦地板与搓洗衣物。

　　下午四点以后往往能得到空闲时间,我会对着空落的院子,泡一杯茶。

　　这样的时刻,是不需要其他人的。我会仔细看着对面马路上的花农拖着装满花盆的三轮车缓缓驶过,满车都是洁白的茉莉与栀子。

　　阳光逐渐褪去,我想出门了。我会在出门之前,在脸颊上涂抹桃红的胭脂,或给水晶杯里的兰花装上清水。篱笆门"哗啦啦"地合上。对面孩子友好地唤我"姨",我微笑。嘴角上扬,会有一道好看的弧。

　　我拎起硕大的包,里面有大大小小的袋子,装着各类卡、化妆品、口香糖、钥匙。

　　节假日,女人们热衷的主题是逛街、喝咖啡。

　　我开着车拐进一条热闹的巷子,很多特色的服饰招摇地向我笑。我会无目的地闲逛,会在一家瓷器店驻足,看着一只青花碎蓝的罐,和店主不断还价。末了买下,小心翼翼地放入包里,然后走出小店。

弄堂里无由头的风,会让你想起安妮的样子。她喜欢银饰、瓷器、发夹、包、书,我想找个机会送给她一只银饰的小碗,想象她将盛满的心事装入小碗的样子。

于是,心里一下子满了起来。

小巷子的尽头是家手工面店,店主是一对夫妇。我喜欢他们的面食,他们做出来的手工面,用大火烧开,装入事先放好排骨、麻油、葱花的搪瓷碗,仿佛回到了20世纪的旧上海。

等待的时候,我会翻起桌上零乱的报纸、广告传单,看店主的女儿入神地做作业,看老板娘麻利地烧排骨面,顺便听他们絮絮叨叨地聊天。

巷子里不断穿梭着学生模样的青年人,一对对的,似情侣。有车不断地来往穿梭,人群涌动,口音熟悉,他们的面目与节假似乎没有任何关系,但这条巷子却让人着迷。

吃完,起身。付钱的时候,不断地夸赞面食的味道,店主的脸上堆满笑意。

继续闲逛,前面的大饼摊前围聚很多人,是发生了争吵,言语很肮脏。于是我钻进那家常去的银饰店,与银饰店干净的老板娘交谈。她是短发,穿简单的裙子,套长长的马夹。谈话的时候,会不断比画手势,热情,不内敛。她右手上有三枚戒指,有一枚很硕大,闪着迷人的光。

我说,这枚很独特。

于是老板娘摘下放在我手上,我仔细打量,将戒指放在透亮的灯下,那上面被时间和情感洗刷之后的温润古朴,牢牢地留驻着。我出神了,似乎瞧见了温柔的岁月、慈祥的爱,以及满是笑意的脸。

我重新把戒指小心地套上她的指头,瞬间让她显得无比尊贵。

夏至

2014年的五六月份，于我，是人生中最繁忙的岁月。山教授说，任何事只要目标明确，哪怕过程艰辛，也很值得。

我的孩子们一天天茁壮，像院子里的小藤条，枝丫伸展且满世界疯长。

小女儿，常常带着笑盈盈的表情，抱住我的腿，我弯下腰才能与她对视。孩子的眼睛里盛满纯真与爱，她的双眸清澈透亮，像一汪清泉，却让我暖意洋洋。她是我的作品，是岁月给的礼物，也是让生活日渐生动有趣的精灵。她过了昨天，已满二十七个月。

大女儿，出落成大姑娘，即将小学毕业的她，常常留很多的空白给我，比如她的理想与未来，比如她的热爱与兴趣，比如她的朋友与伙伴。这样的空白，我无力填满与想象，它只属于她的世界。

她们的世界迥然不同。比如，夏至这天，大女儿正慢慢地收拾自己的书桌，然后转过脸，和我正经地说："妈妈，我要认真迎接我人生的第二阶段……"

6月的节日一个个接踵而至。孩子的六一节，爹的父亲节,孩子的毕业季。

我在空间翻阅学生的文字,有些还记得高三那年我给他们过的六一节,当时他们嚷叫着"小寿的红手绳""小寿的棒棒糖",也有学生私下给我看毕业留言。他们说,永生难忘。

父亲节那天,我给木讷的父亲过了丰富的节日。爹腼腆地笑,然后娘杀了鳖,野生的,爹咪一口同山烧,咬着鳖腿,笑容自得。子女的一点孝顺,在父母眼里,便是黄金千两值钱。这让我深受感触,应铭记在心。

2010年,我的第六届高三毕业生走出高中校门,分赴各大高校。至今,大多数的他们也将本科毕业。

姚八票在他的日志里提及了他到高中部时见到我的情景:"第一次踏进零班的教室,里面站着一个戴着珍珠耳坠的年轻漂亮的女老师,好像就是传说中的寿某某……"那时的他们如今已然是男子汉了,而我依旧在课堂上着我的课,接待着一届又一届的学生。我的年龄渐渐增长,我的美丽也逐渐沦丧,而他们的面容也逐渐成熟,连他们初见我时的那对珍珠耳坠如今也不知去向……所有的美好瞬间,依次走过,在记忆里停驻。

夏至,夏满即至。它的特征,是下不完的雨。一阵阵溅起很大的水珠,操场上与空地上,都形成巨大的水花。植株因雨更加翠绿,叶子丰润,根部肥硕。小池塘里的鱼开合着嘴,呼吸着雨天的味道。一切如此盎然,我会发很长时间的呆。那雨水溅湿我的裙角,或拖鞋,让它们有了泥巴的影子,有了湿漉漉的成分。我却毫不在意,乐在其中。

"若我白发苍苍,容颜迟暮,你会不会依然如此,牵我双手,看我眼眸,倾世温柔。"这是书里的句子,更贴合男女的缱绻深情。而此刻,我想形容的,是人与自然,人与世间,我与它、它们。

七堇年说,生活是一种瘾。先上瘾,再过瘾,然后慢慢戒瘾。极对。人对生活的欲望,从来没有停止过。小至一本书、一根烟,或孩子的一款网络游戏、一部风靡的电影、一段好听的音乐;大至一段铭心刻骨的爱恋、付诸精力的事业。

生命确系由无数的瘾构成。每人每得,各人各瘾,深浅不一。我们总从这个瘾中撤退,又无助地陷入另一个瘾的旋涡中,于是书上便又多了一些文字:放弃、懂得、挣扎、难舍。

我们终究是凡夫俗子,对孩子牵挂,对家庭眷恋,对爱人在意,对父母赡养。生活,便是懂得并与瘾们一个个交手,胜利、微笑,失败、收拾残局。活得坚韧,不叫屈,也不趴下。在一段段的交手中,一次次上瘾然后再戒瘾。你看看,生活,其实就是构筑一座城堡,你不计后果地构筑,最后巍然屹立,顶端的你,获得成长的欣慰。而这一段成长的过程,就是"过瘾"。

农家田里的果实,河塘的睡莲,还有城市公园里大片的绿地,以及雨露沾湿郁郁葱葱的台阶上的吊兰,这样的风景,便是夏至。

一些痕迹来来往往,留下了生机与希望。生活其实是种情绪,你微笑它也微笑,你幸福它就幸福。生活中的美好,不是偶尔相遇,它是你努力改变的结果。

"孩子,孩子。"你会不断呢喃。

孩子应该是生活的重心,你的怀念与牵挂里少不了她们的笑靥,她们的嬉笑嗔怪就是最好的风景。不是最好的时光里有你们在,而是有了你们,我的世界才有了最好的时光。

孩子,我的笑笑,常常出现在我的寂寞的时间里。她哼着不成调的儿歌,歪着脑袋和我说,这是"妈妈歌"。她捡一些不知名的石子、果子、树叶,然后放在干净的沙发上。她认真地看我给花草浇水,自己拿着小水壶,添满水,嚷着要给妈妈的花草喝水。她自己吃饭,桌上几粒,地上大片,她小心地拾捡起来,放至桌上,吃力地叹气,央求一旁的人人:"爸爸捡……"然后跑开。她拿着电视遥控在频道键上一个个按,经过漫长按键的过程,终于找到卡通频道,认真地看"光头强""熊二"。她面对一柜子的衣裙,坚定地告诉我:"囡囡要穿这个裙裙。"

她会在我上班前紧紧地抱住我,大声哭嚷着,喊着:"妈妈我要,妈妈我要……"

我终究敌不过夏满即至的瘾,我的时间沙漏里也盛满了无法逃离的牵挂,我的心终究是一片海洋,闪耀着深不见底的想念。而假期在望,美好即至,我期望的时光,马上到来。因为幸福是需要比较的,要有对比才能感受到它的珍贵。

三年前的夏至,回想起来心很暖,因为岁月里的只言片语能够表达我内心的丰富与爱恋。无论是今天,即2017年的夏至,抑或是几年前的夏至,我懂得的生活里,都需要有一种情绪不断点缀,它的名字是——爱。

断奶

这真的是一段漫长而令人纠结的岁月。

我将其定位为"岁月",是因为这段时间漫无边际地让人发了狂。

2012年的11月12日,也是我的笑笑离开我的视线、我的怀抱——断奶的第三日。

断奶的过程,让我的心疼到了极致。我发疯地想着我的笑笑,却不能离她很近。在触手可及的校园内,我从高高的教学楼五楼望下来,触及笑笑所在的宿舍楼,我目不转睛地注视着,希望看到我的宝贝的身影。

大叔偶尔抱着笑笑出现在篮球场,他发信息给我:我与女儿在教学楼下的操场。于是我奔到四楼的窗台。我不能去二楼,怕笑笑发现我。隔着四层楼,我仿佛亲到了宝贝的小脸小手,我仿佛揉捏着宝贝的小脚逗她。可眼下,我只能远远地望着他们。

大叔抱着笑笑看飘扬的国旗,看孩子们在球场上东奔西跑,看鸟儿从低空掠过,也看高出校园围墙的货车疾驶而过。

有一次,我情不自禁地使劲喊了两声:"笑笑,笑囡!"

我猛然意识到自己的失态，下意识捂住了自己的嘴。我分明看到远处的大叔怀里的宝贝突然躁动不安，她扭动着身子，小脑袋左右寻找，她肯定听到了这声熟悉的呼唤，这是我独有的对她的昵称。

大叔示意宝贝听见了，让我噤声。我看着宝贝，嗨，我的笑笑，我在你头顶上的窗户里呢，你找不着我，你肯定很伤心，对不对？

我的宝贝，你或许想着，我怎么会突然离开你，并且那么久，晚上睡在你身边的人突然不是你熟知的那个人了，你也纳闷吧。

我突然意识到自己的残忍与自私，意识到八个月断奶是一件荒唐且不明智的事情。我太后悔了，我与笑笑咫尺却天涯。这种难挨与心痛，怎一个"忍"字能了？

三天的时间，恍如几月。大叔总安慰着我，看，多快，一天又过去了。

每到晚上，我总絮叨："笑笑怎么样了？会不会想我……"

为放松心情，我们还破天荒地去了KTV。但这样的喧嚣，是城市独有的，能巧妙地掩盖住一个人的内心。有时候，疯狂的外表下，那颗脆弱的心，却愈加疼痛。

我坐在嘈杂的环境里，不断翻看手机上笑笑的相片，一张张，好像怎么也翻看不完。视线慢慢模糊，有大滴的液体无声地落下，夹杂着周遭嘈杂的谈笑声，响亮的K歌声，还有酒瓶相碰的对饮声，慢慢滑下。

眼睛如开了闸的水库，泪水喷涌而来。我蜷缩在一个角落,不想这样的时刻与人分享。我的思念疯长,我甚至想,我是不是一个发了疯的母亲,为爱痴狂。我这样真切体会着为人母亲的种种心绪。难言,难诉,无人能懂。

这样的滋味,真的不好受。我知道断奶的不单是孩子,还有我自己。

但每个母亲都有这样的经历,这也是人生的一种体验。

我扳着指头过日子。我希望这十天,像阵风儿一般,瞬间消逝。度日如年,便是这个味! 只愿我的孩子,在暂离我怀抱的日子里,一切安然,便是我最大的心愿。

那年

日历已翻到了 2023 年，记忆深处的 1998 年，如汩汩流水，和着绍兴水乡氤氲而朦胧的气息，喷涌而至。

我的 1998 年，我的绍兴呵！那时，我才刚大学毕业。

那个年轻益然的 6 月，狄得优秀毕业生的我，在不懈的努力下，很自豪地留绍在绍兴市区延安路上的单位任教。学校规模不大，是所中专技校，风华正盛的我便任教电子技术的中专班，当了新生班的班主任。我的学生刚初中毕业，我和他们亦师亦友地度过了工作之初最快乐的两年时光。学校学生是全省统招，所以我的学生来自全省各地。而今，他们事业有成、家庭幸福，或出国定居或成社会栋梁。

大学毕业前夕，名叫《泰坦尼克号》的电影风靡全球，我在一个外系男生的邀请下曾去鲁迅影院看过一次。绍兴夏夜的月色很迷人，水乡的风吹皱彼此年轻而欢快的心。我们在鲁迅影院对面的小店买了一支雪糕，甜蜜无比，和着越国古城夏夜的清风，惬意满足。而电影里，杰克与露丝一见钟情、史诗般的爱情，在那样一个渴望美好爱情的正值芳华的年代里，毫不留情地收割着我们钦佩与爱恋的眼泪。

　　毕业前,在毛同学和黄同学的组织下,我们去了上虞盖北的同学家摘葡萄。那晚,因着毕业带来的无限感伤以及对美好未来的无限向往,我们在 KTV 狂欢歌唱。唱哑了嗓,也唱碎了心。当晚我意外地收到一个男孩的表白,却因为青春的专一与执着,婉言相拒。而那个男孩,在鲁迅中路喝了一晚上的酒,那些啤酒瓶在古城河的涟漪中,叮咚碰响。而这个男孩,在酒醉的马路上拼命地流泪难受……

　　那一年,我和我相处三年之久的初恋男友还保持着密切的书信往来。三年里,我的写作水平突飞猛进,来往信件足足有半皮箱。句句温暖,字字熨帖。记得我刚工作的那年 9 月,他探亲回来,在延安路的学校传达室等我下课。也是同一年,母亲命令我必须和要在遥远的宁夏沙漠当兵十三年的他断绝关系。我独自一人蹲守宿舍里,整理那些炙热无比的信件与记录了他魁梧而挺拔身姿的军装照片。整整一下午,我一边伤心抽泣,一边与它们进行最后的告别。心如花凋,情似叶零。和男友断绝关系后的那一年的冬天,寒冷无比。

　　那年冬天,在绍兴的同乡阿哥还给我安排了一场盛大的相亲,对方是诸暨老乡,憨厚稳重。众人纷纷撮合,当晚,他吱吱作响的自行车后座上,多了一个秀气纤弱的我。他送我回宿舍,中兴路的路灯啊,氤氲迷离;那晚的夜风啊,温和不语。他蹬着车的宽厚后背,与我局促踢着脚的羞涩模样,成为那一晚寂静街道上最清澈的风景。

　　那一年,单位招了四名年轻老师,我们经常结伴而行,或拼桌小吃,或出门娱乐。当时溜冰最受年轻人的喜爱,绍兴市区从天上(即酒店顶楼)到地下(地下室)的溜冰场,无论木地板还是水泥地,我们都曾涉足。溜冰场上几乎都是青年人,尖叫与狂欢充溢着整个场所,相互搀扶与放肆畅笑成为工作初期最明朗的主旋律。

那年,留在绍兴的我,周末经常会去老师家蹭吃。老王是我的大学班主任,亦父亦师,于是老王家俨然成了我的娘家。师母总是提前买很多菜,红烧肉是必有的,满满一大盆。色泽红润,香气扑鼻,是我这辈子吃过最好吃的红烧肉。以至于我工作之后的这二十几年里,每每有红烧肉,总是情不自禁想起师母从厨房端出的那盆红润的食物。当时我们留绍的一批同学总借着团聚的名义去老王家蹭饭。有时,回到大学校园散步,我们也总可碰见可敬的老教授们,沿府山公园跑步或骑车经过的时候,在府山脚下还可以意外碰到敬爱的老院长和顾教授。

那年的冬天阳光很足,我在教师宿舍的阳台上晒棉被,对面的政治教授远远地看着阳光下劳作的我,在问及了我的年龄后,诗人般地发出赞叹:"多美好的年龄,多美妙的人生……"这句话令我刻骨铭心,二十多年了一直未曾忘却。

那年,我和我的破旧自行车以及腰间的松下传呼机,穿遍了绍兴的大街小巷,从春天到冬天,从和畅堂到水沟营,从府山街到前后观巷。绍兴那些浸润着人文与灵动色彩的街巷啊,曾无数次接纳过这样一个热爱而眷恋她的年轻人。而我欢快的身影,在每一个水乡的路面上丁零作响,经久回荡。

那年,我安心地准备在这个我努力奋斗过的古城,度过幸福而恬静的一辈子。我用心而虔诚地工作,古城的温和与丰厚的底蕴始终激励着我。

那年的春晚,王菲与那英的一曲《相约一九九八》唱柔了所有期待美好1998年的中国人的心。她俩的搭配相得益彰,王菲歌声灵动飘逸,那英沉厚干净。这首华语乐坛史上经典的二重唱,把扎着高高发辫的似天真孩童的王菲,唱进了我的内心深处。于是这一年里,我拥有了王菲式的笔名,一直沿用至今。

那年,心中有过很多感伤与怀念。或许,人生就是一个不断选择的过程。也或许,经历才是最美的旅行。人,一辈子就是一场缘分,短的是遇见,长的是人生。

当重新听到《相约一九九八》时,我知道,人生本就如一片海洋,而我终究像是一条鱼,在里面才会酣畅无比。

"来吧,来吧,相约一九九八,相约在甜美的春风里,相约那永远的青春年华。心相约,心相约,相约一年又一年,无论咫尺天涯……"

痕迹

到底如花美眷,终抵不过似水流年。

我将此话献给我精彩而远逝的大学四年。它离开我,已经二十多年。

时光流逝,我回想了很多,关于大学的很多碎片、痕迹如影伴随,能够脱口而出。记忆是根长长的线,在我走过的路上缠绕。我沿着它的痕迹一路狂奔,一路徘徊,一路隽永,看见琐碎的记忆。我安静地走在岁月的大马路上,身后的影子模糊拉长,像老相机的黑白胶卷一样,让人感到沧桑。

碎片如秋叶飞舞,缓缓从空中撒下。

大门口,依稀记得写着八个大字:学高为师,身正为范。十九岁的我,踏进您的怀抱,这样八个苍劲有力的大字,无数次振奋了我的小小师范梦想,在我青春的岁月里,口号式地回荡。

鲁迅铜像目光深邃,身躯伟岸,双手苍劲瘦削,那样凛然地站在我们的校园中。我的中文系,如今的文学院候友兰、王松泉、顾郎川、何仲生、寿永明、王柏训……我的导师们,你们如今是否身体康健、精神矍铄?课堂上是否依然神采奕奕、激情昂扬？你们的学生，自毕业二十多年后的今天，回忆起你们，依然眼角湿润。

我多少次畅想着文学梦想，绕角走廊上，愿意做一个小小的文艺青年。我与我的小伙伴，齐聚在中文系背后的小花园，创作、畅想、闲扯、发呆、静默。我们从容走过的时光，花语草香以及午后慵懒的时光，温暖着别后的我们的心灵。都说青春回不去，昔日光景，斑驳一地，斗转星移，与如今废弃的花园一般，只剩半世离殇。

年华老去，有时候，回忆需要以适当的方式打碎，重新拼合。因为打碎之后，人才会有新的体悟，而那种破碎与体悟，正是人生的体验。

田径场，记录了我飞奔的身影，你跳跃的姿态，我们的欢呼与呐喊。在分别后很长的日子里，这些画面一度充溢在我的胸口。训练、夕阳、淌泪，那个有灰暗的煤堆的田径场上，多少次我跌倒爬起再向前，多少次我的眼泪与汗水润湿了地上的草坪，多少次想着放弃与离开。但我坚持下来了，拼搏是生命的点缀，人这一生，总要做一次飞蛾，若有一次扑火成功，也是光亮的印迹。昔日的战友们，你们是否记得我们宏伟的誓言？我们说，人生只会苦一阵子，不会苦一辈子，坚持就会成功……毛宇峰、张金林、丁宇鹰，如今安然生活在各地的你们，是否记得我们年轻时的约定？

回忆越想越多，越多越醉，往事溅起我们内心的忧伤。彼岸花开，又逝华年；荼蘼花落，岁月蹉跎。

已故去的敬爱的陈祖楠校长，您的"慎独"一直陪伴着我。

从您在黑板上写下这两个遒劲大字的那天,到二十多年后的今天,我的手中一直握着一根"慎独"的教鞭。我挥着它,从初为人师到成熟为学科骨干,"慎独"从您手中传承到我、我的学生手中。一辈一辈,代代不息。您的语重心长与叹息、忧虑、期望、憧憬,如今,在我们这一代人心中,扎根、生长、茁壮、茂盛。您肯定知道,爱教育、爱自然、爱高山流水、爱空旷芬芳、爱微笑缄默,就与您的"慎独"一样陪伴着我们今后的教育之路。但愿在天堂的您,会感到欣慰。我知道,您是最有力量的人,因为您的笑容里有着慈爱的期望!

文字与我的生命一样璀璨多姿,我庆幸走出校门以后,我一直视文字若珍宝。生活应该经得起平静,方知淡泊宁静的意义。我相信文字,最禁得起流年的侵蚀与考验。成长、成熟,走出大学校园后的历练。我庆幸学校的图书馆,以博大的胸怀包容有脾气与性情的我。当时哪怕再无聊透顶的时光,而今看来,有了图书馆的陪伴,也绝对是限量版的记忆。人的谦卑,得益于浩瀚图书的教养。人应该宛如一棵小野草,不取笑外面的世界,也不在意世界对自己的嘲讽,在自己的天地里,浅吟低唱,踉踉跄跄地经历,又跌跌撞撞地坚强。

在五十岁的门槛前,我终于明白,人这一生,一半是为生存,还有一半是为证明。证明经历,证明曾经,证明誓言,证明成绩。我不知道我的证明,是否对得起大学四年对我的栽培与教化?

时间是贼,偷走了一切,却在背地里窃笑。我怀念被时光偷走的岁月,那些年,我们单纯得没有烦恼,我们简单得没有忧伤。我们相拥挤在 6607 的那间小寝室里,八个人,八个故事,八份经历。我们静静地看着发黄书页的名著,《静静的顿河》《战争与和平》《丰乳肥臀》……即使在最失魂落魄的时候,我们也揣着几元钱的零钞,在大云桥那条小巷子里,一遍又一遍地经过、微笑、奋发。

我愿是海子,为您写下诗,我的大学,我的青春,我的岁月痕迹。在大地苍茫、河水流淌的时候,用我以后的二十年为您掌灯,愿意看着您稳固地矗立在古越之都,笑盈盈地静守。

离歌

1998年秋，当他一身戎装出现在我刚毕业工作的单位传达室的时候，我正在传达室对面的一楼教室上着我的语文课。我从二楼玻璃窗台瞄出去，看见他正和传达室里值勤的那批纯真的学生亲切地交谈。那些学生，仰着头，眼里尽是对他的钦慕。

下课后，我匆匆跑去传达室，他瞧见欢喜的我，立即向疾奔而来的我行了一个标准的军礼，威风无比。我的心即刻被融化了。而这样的幸福有点短暂，母亲已经不止一次反对过我与他的这桩感情。母亲的心理，我不是不能理解，对我这样一个大学毕业便孤身留在他乡工作的女儿，她多少希望我能得到一个青年男子的细心陪伴和照顾。而他，似乎并不合适。

水乡初秋，霜未落。望西山一寸，修眉横碧，古城日落，天青江白。

我与他在单位旁寻得一个小餐馆坐定。面前的他，依旧浓眉大眼，脸上漾着笑，亲和热情。他深情地看着我，而我深深低下了头。慢慢地，他觉察我神情不对，敛了笑，追问着缘由。

"我母亲极力反对我们在一起。"我嗫嚅着，终于说出了这句话。

他的神色有些黯淡，握水杯的手有些颤抖。"我知道。我不怪她。"

"我们该怎么办？"我反问，"你在那个风沙苦寒之地，要待十三年，她不安心啊。"我有点委屈，因为事情的结局，不是我能决定的。

"我母亲说，我们在一起后，我独自生活在这里，万一晚上灯泡坏了，都没人帮我修……"我吐出这些琐碎却现实的问题。

我们陷入沉默。这餐饭，与先前他来大学校园探望我的氛围大相径庭。那时候，我们满怀温情，远离现实，是青春式的无忧爱恋。

"你，你是怎么想的？"他小心又沮丧地问。

我真说不好。爱情多么甜蜜，更何况这是我人生第一场纯真无瑕的爱情！而触碰到现实，却显得不堪一击。我真的缺乏继续浪漫的勇气，对于刚刚工作、涉世不深的二十二岁的我，要做出选择，有点残酷与狰狞。我该怎么办呢？

我不断揉搓着衣领，揉得手有些生疼。

那一刻，我宁可孤独都不想违心，宁可抱憾也不想将就。矛盾桎梏着我，拷问着我。选择两难，母亲的话语回响在耳边："你想要跟他一起，那以后碰到任何困难你都不要打电话和我们来诉苦。我就当没有生你这个女儿……"

有东西逐渐模糊我的眼，滴在我的衣襟上，慢慢散开去，成为一朵没有形状而苦涩的花。

"这世上，父母是唯一的，而男朋友可以再找……"我惊讶这样的话出自我的口中，它那样冷酷，撕扯着我几近绝望而无奈的心。我起身逃离……

落魄地回到宿舍，一把拉出床底那只暗红色的皮箱，打开。三年来，我们往来的书信装了半箱子。多少个日夜，我窝在宿舍床头，一遍遍温习信上他那些不肉麻却真诚的语言。他的字并不好看，弯弯扭扭，读起来挺费劲。信纸，渗透着彼此的柔情与渴望，陪我度过一个个炽热而向往的时刻。他在沙漠的那头，我在古城的这头，而它们，是维系我们感情的唯一方式。我就这样呆呆地握着他留给我的这些东西，一下午，落寞感伤。

夜色升腾，这个在我心底住了三年之久的人，以后，要慢慢地消失在我的生活里了。秋夜长秋夜长，何人浅浇红尘陌。心已凉心已凉，何人能守这片殇？

那时候，我独守着我的苦痛，他那头是如何的，我不曾想过。

而那样的他，一身戎装在我对面站定的他，便消失在了1998年的秋天里。

而与他相连的记忆碎片，却在二十几年后的某天，影片式地串联、放映。回忆若有气味，就是樟脑的香，苦而稳妥，像重逢时刻的快乐，像忘却时候的忧伤。这段往事，便是这种涩涩的清苦滋味。

1994年6月，高考前夕，故事中的他恰好是我高中文科班两年的同窗。当时,高中生会考结束,可以自由选择是否参加7月的高考。同班同学中,有一小部分或是惧怕高考而过分紧张,或是漠然于大学的精彩,会考一结束便离开校园,从此踏入社会,留下身后奋笔疾书、埋头苦学去走独木桥的我们。

他离开高三文科班的时候,带来一只硕大的蛇皮袋。会考结束后的第二天上午,他依然踩着破旧的自行车进入校园,然后很平静地走上四楼来到教室,一丝不苟地把课桌上的书籍悉数收入了那只蛇皮袋里。他匆匆下楼,都来不及和留待高考的我们告别。我急忙冲出教室后门,倚在四楼的栏杆上,依稀见得他匆匆踏上自行车离开校园的身影。那一刻,很落寞也很寂寥,但我根本不愿在心底承认对他的好感。一个月后的高考如重山般地压着我,哪里容得了我对他的片刻遐思。

高考复习这一个月,艰苦卓绝。早起晚睡,打着手电窝在被窝用功的日子,真是印象深刻。我心中那个远走的他,身影逐渐模糊。

高考终于结束,等待录取通知书还需要一段时间。这段时间,我们几个"臭味相投"的同学便互相走访了各自的家乡。其间,也隐约打听到他准备赴外省当志愿兵的消息。录取通知书在两个月后飘到我手上,我在父母的陪伴下,迁户口,去县城,置办上大学的物品,忙得充实,也满是憧憬。

这年9月上旬,挑着行囊的父亲带着我如期到师范大学报到。初来乍到的新鲜感之后,我被深重的陌生感包围,开始想家,想同学,认真地想他。

辗转得到他的地址,我决定给他寄出第一封代表自己心意的信。那封信写了好几天,写了撕,撕了写,改了涂,涂了改。颤颤抖抖,小心翼翼,想表达内心的情愫,但又感觉不能过于直接。信,终于在初秋的某一天里寄出去了。那天,在大学校门口的暗绿色信箱旁,我徘徊了很长时间。我谨慎地把这封写满四页信笺的信藏在斜背包里,瞅着校门口来来往往的同学,就是不敢把它塞进那只咧着嘴朝我呵呵打着招呼的信箱。旁边有两名学长,他们也在寄信,目睹我的踌躇,就鼓励着我说:"不就是一封信吗,没什么大不了的。"我急忙掏出包里的信,扔进信箱便大步跑离。在教室坐下的时候,心里很是不安,就像做了一件羞人的事情一般。

大一生活很丰富,9月的迎新会、朗诵会,10月的运动会、报告会,把我的学习生活安排得满满当当。那封信的困扰逐渐抛于脑后。

大半个月后的一天下午,阳光很好,从教室南面的广玉兰树枝上漏进来,洒在靠窗读《外国文学史》的我身上。生活委员温柔地递给我一封信,信封照例是土黄色的,封面上写着我的学校、专业和名字,右下角是红色印字,两行,一排写着部队名,一排是他的名字。

我有点忐忑,不知是该打开看还是不看,我有点猜不准他的决定与打算。都说伸手只需要一瞬间,而牵手,呵,这个问题,多少有点羞红我的脸。

他的信不长,只有一页,且尽是描绘他在宁夏中卫的工作情况,以及部队生活。这样的文字终究让人新奇。沙漠?造路?炊事班?这似乎与设想中那些威风凛凛站岗放哨行着军礼的军人形象有些出入。我的疑虑在一封封往来的书信中逐渐得到了解答。

感情交融变得顺理成章,我描绘大学生活的精彩纷呈,他诉说部队生活的单调清苦。我们信里描写的生活刚柔相济、文武张弛而相得益彰。我们的谈话轻松而快乐,等信成了那个时候学习生活中最大的期盼。

同学们总是高举着他的信问我们的种种情况,或骗去一串和畅堂的臭豆腐,或拐走一张旱冰场的入场券。总之,有他的陪伴,大学生活异常丰富与生机盎然。

1995年11月,他回来探亲,回家卸下行囊便匆匆奔赴大学校园来见我。傍晚,我下课,走下了中文系大楼,楼外他正挺拔地等着我。

仿佛电影场景,男主人公露着痴情的笑,双手插在军绿色肥厚的裤袋里,女主人公一脸欣喜与惊诧。

"你怎么来了? 什么时候回来的?"女主人公激动兴奋,笑容可掬。

那个年代,师范大学校园并不主张学生谈恋爱,更不必说拥抱甚至接吻了。我与他随即走出大学校门,拐入学校附近的一条小巷子,紧张与局促便少了许多。他拉起我的手,放在他温暖有力的手心,一齐送入他肥硕的裤袋里。这是他表达温柔的方式,我已记不清多少次他把我的手放进他的裤袋里了。

我们在小巷子里的面馆吃了面。不说话,对视,傻笑。他不自觉地摸了摸我的脸。那一刻,温情脉脉。

　　既然选择了远方,便只顾风雨兼程……既然钟情于玫瑰,就勇敢地吐露真诚。汪国真的诗,激励与鼓舞着文科班出来的朝气蓬勃的我们。

　　那一晚在古城小街头走路的时候,他那宽厚的胸膛传递过来的温暖,让我迷恋万千……

　　一个月后,他又特地过来和我告别——他明天要归队了。目睹着一身军绿色迅捷地跳上公共汽车,我内心的空荡无边扩大。再以后,书信依旧是我们表达刻骨铭心的思念的重要方式。我们互诉衷肠,互相鼓励。他穿着草绿色军装真是魁梧英岸。苦寒之地的磨砺,让他更加从容与坚韧,也更且阳刚与浩气。我把他的照片偷藏在日记本的最前面,仿佛我在日记本写下的每一个字,他都能第一个并且会心地阅读与领略。

　　听说,冬季雨天,最适合听三味线与尺八。因为贴着冬雨的冷峻,苍凉空灵而粗犷凄厉的尺八能让人沉醉。怀旧是需要氛围的,当然,也需要及时惊醒。

　　"别后不知君远近,夜深风竹敲冬韵。渐行渐远渐无书,故歌万声字里寻。"

　　一别往事二十五载,寒冬又至,朔风飘荡,那欢情,早在往事的水中央。而彼此安好,应该是那场铭心难忘的情感最好的结局吧。

简单

日影飞来,字入心中。想起一个词:简单。

我觉得这个世界很简单,只是人心很复杂;其实人心也简单,只是人与人之间很复杂;人与人之间的关系也简单,只是世人想法很复杂。其实每个人的一生都算是清明,只是一路行来,很多人将这条路弄得不坦荡。

虽说路上也不尽是坦途,却也无须在刀尖上舞蹈。

于是又想着,人生虽然有太多纠葛,但也无须涂涂抹抹。岁月因为简单才有些许缺憾,有了缺憾才会完美。这样简单的道理,却不太有人懂得。

不管多少沧桑与伤害,我还是崇尚简单;尽管被讥愚钝与肤浅,我还是膜拜简单。人生之简单,就像生命巨画中的几笔线条,有着疏朗的淡泊;是生命意境中的一轮薄月,有着清凉的宁静。没有城府与世故,更无嘈杂与迷惘。

天地有大美,于简单处得;人生有大疲惫,在复杂处藏。人只有在简单的时候才会任由思绪泛滥,将岁月中的那些泛黄的往事读了又读。怀旧是需要从简单处得到的。但是简单不同于孤芳自赏的高雅,也无须将自己低到尘埃才算是对生活的妥协。一个人要简单，需要内心清澈干净，无论面对多么险恶的世俗，都可以宠辱不惊。任由世事纵横万千，我们所经历的依旧只是似水流年，所过的日子也会简单得像寻常烟火。

人，可以轻巧地往来于梦与醒之间，出尘入世都收放自若。人，一简单就快乐，但真正快乐的人寥寥无几；一复杂就痛苦，可痛苦的人却不在少数。要活出简单来很复杂，要活出复杂来却很简单。

人小时候简单，长大了复杂；贫穷时简单，变阔了复杂；落魄时简单，得势了复杂。有时候，一个人可以一眼望到底，不是因为他太过简单，而是因为他太过纯净。一个人，有至纯的灵魂，原本就能撼人心魄。这样的简单，让人景仰。有的人，貌似简单，其实自私自利，这种简单，是险恶人性的虚假外化。

人，说到底，简单得只有生死两个字。但由于有了周围的人，便有了黑白、冷暖、浮沉，简单的过程才变得跌宕，纷繁。

我们常常比喻人生是一盘棋局，日子是棋子，步步惊心。因为棋错一着，则会满盘皆输。没有谁的一生会如行云流水，一路行走，总是沟壑难填。这都是不简单之故。

简单，其实是生命留给大家的美丽形式，也或许是生命永远无法打捞的幽远的梦境。

人活一世，诸多变故，而每个变故都是人生的转弯。这一生中，很多事很多人，是你过河必须投下的石子，是你煮茗需要的薪火，也是你夜归照明的路灯。但是这些人和事终将成为过客，甚至连同自己，有一天也要将生命交还给岁月。这样便应懂得，人生，其实简单才是真谛！

情缘

　　我小心翼翼走进你的怀抱的时候，是 2004 年的那个温润的 5 月午后。

　　那个午后，荣怀高中的楼校长眯着小眼睛，和蔼平和地看着教务处徐主任领着一个纤细而精干的女子微笑地在他面前站定，说："楼校长，我和你说过的那个极好的班主任人选，今天我带来了……"

　　这个女子便是我，我对荣怀的印象极好：校园美丽平静，领导平易近人。

　　我在新的环境又开始了我的高中教学生涯。

　　那时候，我不知道，我这一待，竟然会长达十六年。

　　我接手了一连串的班主任任务，2005 届、2006 届、2007 届、2010 届、2013 届、2016 届、2017 届……

　　荣怀的日子恬静而让人愉悦。每一个黎明到黄昏，荣怀沐浴在阳光中，岁月恬淡，春的花秋的果，使我茁壮而健康，富足而自豪，这一切胜过一首首美妙而温和的诗歌。年轻的我用心而虔诚地工作，早起晚归，和学生厮守。

　　高中班主任的生活艰苦而有规律，我却不亦乐乎。一起早读,一起晚自习,一起吃饭,甚至很长一段时候里,我会在女生寝室里和她们一起午睡。

学生对我,有绽不完的笑颜悦色;我于学生,有诉不完的人生经历与浩瀚知识。

来荣怀第一年,那个换了五个班主任老师的高三毕业班便交到了我的手里。翻看学生的情况,违纪、逃课、主科五门不及格,甚至有些老师在教学中途便因学生的"联名上告"而被替换。我第一次站上讲台向他们做自我介绍的时候,全班五十四双眼睛齐刷刷地打量着我。我从很多学生的眼里和脸上,读出了鄙夷漠视的成分。

那年的运动会,在 2004 年 10 月 23 日,这个日子让人难忘。

三(3)班的学生在跑道上奋力拼搏,陪跑的不是学生,而是我——这个才当了两个月班主任的年轻老师。我嘶哑着喉咙,一边跑一边鼓励。无论有无名次,我安慰与勉励着他们。递水、毛巾、食物,一天十二小时,我紧紧跟随。

下午的运动场上,我悄悄地带来了一只很大的蛋糕,和大家说:"来来来吃蛋糕。"一边吃一边告诉他们今天是我的生日。

学生们说要好好送我一件生日礼物。

那一年我们的运动会成绩全校第三。此前,这个班级从来没有参赛人员获奖。

领导宣布总成绩的时候,整个班的男生把我托起来高高地抛到了空中。

那一年,我和我的三(3)班收获了绍兴市级优秀班集体。

同年进荣怀的姚姓校长,因其曾是高中语文教师,我的语文课堂气氛以及研习的方式让他颇为赞赏,我的教学成长环境变得美好而无比温暖。2005年,我的两篇论文获得市级一等奖;2006年,我获得诸暨市优质课评比一等奖;2010年,我顺利晋升中学语文高级教师;2012年,我被评为第十届教坛新秀;2014年,我成为市名师培养对象,同年成为市第七届学科带头人……

风柔日薄春犹早,夹衫乍著心情好。

那个时候,对荣怀的情感日益增长。每次走过魏珍奶奶的雕像边,我都不由得掌心合十:感谢奶奶一手创办的荣怀学校,让我在这样一片沃野之上,收获教育教学的快感与慰藉。

这样的日子一直持续着,我的内心始终充满感激。有时候,人的感激对象可以有一大串,甚至可以没有主次,没有轻重。若没有我高中班主任徐利兴老师的引荐,没有楼高行校长可亲的初次印象,没有魏珍奶奶开辟的这片校园土壤,没有姚观峰校长的培养,没有荣怀十多年踏实而勤勉的日子,怎么可能换取今天我三尺讲台上的自若、从容以及谈笑风生呢?

小城秋霜未落,我站在怀真楼的五楼,望周围红墙白壁。

荣怀十六年,见证了一个学校从几千师生发展壮大到两万多人,见证了一个高中从十七个教学班"膨胀"到近一百二十个教学班。

荣怀四季分明,春来秋去,昼夜轮回。留下的何止是荣怀的岁月变迁与博大强盛,还应该有我一样的荣怀人的青春年华与难忘时光。

拙笔难描心中事,独留花月缀枝头。

我的荣怀啊,我爱你只因岁月如梭,永不停留。如此十六长载,方可编织我对你的情感万千与你的华丽面容。

人间的温暖,在于巧遇和善遇。十六年的相守,我只是一个驻留在原地静默而固执的女子,而你的朝气焕发,无尽蜕变。那些日子里,你对我殷勤的款待,都写在我的眼角眉梢。

荣怀日子,寻常岁月,等闲谈笑而工作,称意即相宜。爱不是热情,也不是怀念,不过只是悠悠岁月。而在你怀里的十六年啊,已成为我生命最厚重的一部分。

办公室里一盆久未盛开的水仙,一朵朵洁白芬芳,像极你淡雅而素净的容颜。

华年

　　2013年10月,运动会结束以后,我决定告别十多年的班主任生涯。

　　这届运动会,我的孩子们取得了不错的成绩。最后一天,男女4×100米接力赛中,我的孩子们竟然分别取得了全年段第一与第四的好成绩。他们都说,要为我的结束时刻铸上辉煌。接力的那个时刻,我悄悄地躲在树荫下,看到运动场上奋力奔跑的孩子们,激动得热泪盈眶。

　　第二天,我捧着书本,拖着笨重的身躯走向课堂的时候,我的孩子们端坐着。全班六十人鸦雀无声,他们的目光一直盯着讲台。他们似乎早已明晓我的"退隐"决定,没有一名学生私下与我来"交涉"。他们仿佛理解我的决定。这样的沉重或是理解与周遭严肃的氛围井然一致,我感觉到了分别的时刻正那样激烈而平和地迎了过来。

　　他们的饯别方式简洁而深刻。

　　他们早早地在后黑板的最高处挂上了三面奖旗,这三面鲜艳的奖旗上凝聚了我与孩子们齐心协力的心血。它们齐刷刷地挂在后墙的最高处,那样鲜明地、张扬地、直白地与讲台上的我对视,却无言。

那一刻,我真想落泪,我知道孩子们有太多的话和太多的感情凝聚在这些鲜红的旗帜上。

一年半的时间,我与他们每一位都投入了太多的感情。无论批评或是赞扬,处罚或是奖励,我的孩子们对我偏激而过于热烈的行为总表示由衷的理解与无声的认同。这样的契合真是难得!

很多时候,我其实都会与其他老师一样想到班主任工作的艰辛与烦琐,甚至有颇多怨言。而每次想收手的时候,却总那样不舍。

我一直认为,班主任老师,是最应该一直与孩子们并肩前行的且是那个领路人。十多年的教学教育生涯,让我已经很习惯与他们朝夕相处:从早读到晚班,从激情的课堂到无声的自习,从满当当的教室到空荡荡的走廊,这样的足迹,太熟悉,我也太愿意这样走下去。

很多时候,我也想,如果我只是、只单单是一名任课教师,我怎能走进他们的心灵?怎能与他们进行各式的沟通?怎能体味到教师这职业中的悲欢与酸甜故事?

我的似水年华与他们的似水华年,在选择这份神圣而艰苦的职业时,就早已注定不可分离。

我看到了土逍宇同学。他的大名赫然地印在高二楼梯口的显眼处,他凭着自己的努力和我们的鼓励,奋然挺进年段前十名。他孜孜不倦地苦攻数理化,不满足于考试所取得的九十几分。他的脸上总是浮现出"渴望"这个词,总是严肃地对待作业,总是紧盯着老师讲的每个重点,然后对疑点提出执着而多样的理解。

在寝室,王逍宇总是与室友一起在激烈地争论着某道理科题。我推门进去的时候,他们的寝室里总是洋溢着热烈的气氛,面红耳赤,甚至焦头烂额。但于我看来,这是一幅生动而真实的画作。画作上赫然立着两个大字:奋发!

我们的班长盼盼同学,无疑是我最热情而努力的助手。你以优异的成绩进入荣怀高中,用努力与坚韧在托举自己的那份承诺。

有次你深夜打电话过来,表现很兴奋。你告诉我你的收获,你告诉我你去了一所高校后发觉自己与他们的差距及今后要努力的方向。你说,一定要好好地学习他们的钻研与自学精神,你相信功夫不负有心之人……

来自嵊州的楼亚青同学,总是默默地为班级做很多好事。比如晚自习下课后,你总是最后离开教室,一扇扇的窗子被你轻轻地合上。你切断饮水机的电源,检查教室的门锁。然后,你会仔细地环绕四周,熄灭教室内外以及走廊、厕所的电灯,然后背着书包默默离开。你一直都这样暖心,一直如此行事踏实而毫无怨言。

…………

还有很多这样的孩子,涌现在我这么多年的教师生涯中。

在我的年华里,我会一直记着这样的东西,它们弥足珍贵,是我普通职业生涯中的崇高时刻。

姿态

二十几年的教师生涯，让我在学生面前更加从容。从某种程度上讲，我是将自己充实而有趣味、努力而能勤勉的姿态展示得更为淋漓尽致。

风和、日暖、书香。伸一伸胳膊，久坐的身体容易疲劳。站起身，眺望远方，诗里也有你心仪的方向。

不要在口头上炫耀生活的绚丽多彩，我如此告诫我的学生，多读书、多旅行——带着明亮与发现的眼睛看世间，热爱天地自然，珍惜一事一物，自然有人会尊重你的价值。一个人应该喜欢很多东西，植物、动物和孩子。它们会带来情感积累，你看见它们的成长，内心会愉悦。讲台上的我，笑容会更美丽，这份美丽会展现我热爱生活与生命的本质。这难道不是对学生最直接而有效的"爱的教育"？

太久不握笔或写得太少，心会荒芜狼藉。

工作与写字一样，需要时时历练。而教师的工作有持久性与重复性的特点，就和谈恋爱一样，需要互相适应。面对孩子们热情如阳的脸，你是笑容相对，还是漠然离开、擦肩而过？如果你是一个蚌，是愿意受尽痛苦而凝结成一粒珍珠，还是宁可不要凝成这粒璀璨的珍珠，选择平淡地活着？如果是后者，这种僵硬而无趣的教师姿态，多么令人遗憾。

我常常会在工作空当里掩卷而思：我们追求的到底是什么？课堂里声嘶力竭，办公室奋笔疾改，但学生目光呆滞、神情淡然，我们彼此间缺少的是什么？缺的或许是一种愉悦感。教师与学生，若双方都内心丰盈，便会风情无限。

我最喜欢读的书是图文并茂的集子，丰子恺、汪曾祺的文字段落中，不经意间出现一幅简单却生动的插图，让人感到美好。生活需要不单一，你的心到底被多少世事占据？丰子恺用一幅插图告诉你，四样：天上的神明和星辰，人间的艺术与儿童。天上人间，富足与美丽浸润其中，自然、亲情便是生活的主题。

我们偶尔要学会想象与想念，可以很琐碎，只要令自己愉悦。心情会传染，所以我们更需要常常调整与自控，因为我们面对的是几十双明亮而无瑕的眼睛。

你可以想念高原那场清冽的雨和雅鲁藏布江的风；可以想念新加坡林立的高楼与地面的纤尘不染；可以想念故乡的行人和地道的方言，甚至一棵村口的树、一片落下的叶、一朵飞扬的雪、一只高飞的鸟、一声洪亮的吠、一口年代已久的井、一首好听的歌谣、一条村道的发迹……你想念的时候，嘴角上扬，眼光发亮。你沉浸于这样的时刻，而这场心醉只属于你自己，与眼前生活无关。王蒙说，天真隽永，自在风流。间歇性的联想与想象本身就是文学创作应该涉及的重要手法。这些姿态，温和而湿润，会在心底蔓延，比如一场倾泻而下的时光，流年的印迹落在你身后,而你——那个站在学生们面前的教师,像个笨拙的孩子,把美丽留在了刹那的镜头里。

"老师,我在你窗前,守着你的四季,却独爱,你脸上绽放的春天一样的美丽。"

你看啊,美能滋养人,更能感染人。因为心会沉淀,人会努力。

所以,我们需在生活里,煮沸一壶月光,醉尽自己的欢喜,也美丽自己的人生。从一种姿态到一种人生,我们应该好好拥有。

春闲

生活可以很自在,我们的快乐享受可以来自很微小的事物。

比如,你欣喜地植下一株花草,它当初蔫蔫地来到你身旁,我的手碰到它的枝叶,用爱与温度逐渐撑起它本要落幕的生命。我精心地浇灌与呵护,像母亲对待孩子,充满爱和慈祥。它终于成长。在我不潦草的对待下,它在春日的某一天某一刻,傲然绽放。这不经意的瞬间,很日常,就像风拂过我的脸,就像脚下拖蹭着的人字拖。气氛平和,满是烟火气,你能真切地感受到这种用心料理后的生活气息。

在一个小城里,我是芸芸众生中一个极平凡的女子。喜爱穿素白简约的棉麻衣物,喜爱留黑直长发。我喜欢在这样一个三四月份的日子里,在房间的随意一个角落——地毯上、沙发里、床头,甚至台阶边、走廊间,不触手机,不看杂志,寂静无声,如庆生笔下常写及的"角落里静静的苔藓"。我愿意这样微小地活着,我觉得,这样很自我,也很真实。我甚至说,自己的孤单可以成为一座美丽的花园。花园的风夹杂花的馨香,扑面而来,我能感觉到绵长岁月里最熨帖的暖。

我曾在一个秋日走进一座城,那座城历史久远,建筑宏伟,浮雕精致。你看到繁华后的残壁断垣,兴盛后的沧桑巨变。我站在石碑面前,抬头,看高耸的树木,它纤细却有力地伸向不染尘埃的苍穹。我眯着眼,看阳光从树缝里洒落,那束光,直接、果断,从很高的天空,一直照到满是沙砾的地上,留下斑驳的影子。我蹲下身,内心世界弥漫着宁静、安心和很大的感动。

这执着的光影,带给我视觉上强烈的刺激。我感觉任何一个甜美的故事,都抵不过这样踏实的日常。无论这座辉煌的城,还是这束光,若最后能静默地在某一列里留下最爱的影子,与大地安心守候,都能带来踏实的感觉。

这座我在春日里依旧怀念的城,有个响亮的名字——吴哥;那束光来自塔普伦寺第一道石门的右手边,那时是午后两点,天空很蓝,而阳光正烈。我一直有个念头,再去看一次那束寺庙上空微茫的光。

我最近发狂地恋上与茶相关的一切事物:日式茶具、韩式茶道。爱好有些混乱,如一部小说中无数个错乱的人名与地名,总会莫名地交替出现。我其实对茶没有研究,只是喜欢茶的韵味,或者是茶事存现的样子,它们可以静静地、流淌式地表达与传递我爱的东西。动作温婉而干脆,荡漾着别样的美。我终于能闻出各类茶迥然的香,开始仔细观察茶在水里起舞的模样,分辨出茶的清汤颜色,对一只日式小茶杯兴趣盎然。我在茶的袅袅烟气中,微妙地领略人生中的美好与长情。

"长情莫问情归处,千里温暖共一茶。"闲静时,最微小的相伴者,便是手里握着的一杯茶。我俯下身,看蠕动的泥土里,蚯蚓在缓缓掘土;我抬起头,听藤蔓慢慢攀长。那种美好是发自内心的,需要我的专注与投入,如"雨天无阳,但心中太阳"的心态。如此,生活纵然琐碎,也能像"侍茶"一样,盛进欢喜,倒出忧伤了。

"茶醉只在花前坐,茶醉还来花下眠。半醒半醉日复日,花开花落年复年。"如此也甚欢喜。突然倦意袭来,我以为是春困,却已入立夏。

岁月不长,对喜欢的人、事极尽喜欢;对温柔的人、事还以温柔。岁月不长,很多浅淡的相逢与遇见,都是值得自己回味的情深。

忘却

某一刻起,有记忆衰退的"洪波"突涌:比如很多事情刚刚记起,却又会瞬间忘却。

娘说,这是你生孩子时用了麻醉剂的缘故。而记忆力下降,本就是自然而然的事情。

因此,我的桌上——不管是家里还是办公室里,都要端端正正地摆上一本台历,勾勾画画。红色标志的是这月的大事,比如说娘的生日、大叔的生日,直接且醒目。

每天上班进入办公室,坐下便能看到台历上那鲜红的印记,这该是一种提醒:不该忘却某个平凡日子的标志。因此,我一直保持着这样的习惯。

几年前,搬入新居,我的书籍和杂物浩浩荡荡地装了十几大箱,从永乐路的旧房子,用三四辆三轮车吱嘎吱嘎地一路拉到新居。师傅将箱子搬入的时候,有一箱的底漏了,杂物散落一地。搬运师傅瞧见,挺纳闷,因为散落一地的正是一些以往的台历。他疑惑地问我:"这一大箱的旧台历做什么用场?"

我一本本捡起来的时候,头也没抬,回答他们:"是一箱子的记忆。"

师傅翻开其中一本,2006年的,说:"这么多的记号啊!"我回答:"是这一年的记忆。"

这满箱子的旧台历,便是我的另类日记。常规日记有太多的秘密、隐私,许多事情发生后的感受,有时候只允许一个人当读者。它的藏匿之处也很成问题。台历于我更简便,它们被散放在书架的一格上,整整齐齐地,都是每一年的痕迹与记录。且日子清晰,回忆迅速,入题很快,发散很易。无须静心,甚至也不惧读者人数多。

这爱好很特殊。

大叔有时看到这些杂物,总抱怨,房子本不大,你却在每个角落塞满这些旧台历啊旧标签啊旧门票啊之类的无用的东西。男人或许不会懂得,女人喜欢怀旧或回忆,因为不能忆起是一件痛苦的事情。

有些事,随日历一页页撕去,遗忘,无论快乐还是悲伤,随风而逝,这是一件多简单的事情。只是我们或许不知道,回忆不起来的那种脑涨感,有坠落与无奈感。所以我一如既往,执着、收藏,一年,又一年。

比如,2012年12月8日,上午。

我的二十二个学生乘校车赴兄弟学校参加写作竞赛。孩子们奋笔疾书九十分钟,从大教室出来,开心地对我说:"老寿,我没有写离题。"

然后很开心地买来五十串(二元一串)肉串分给他们。他们狼吞虎咽,津津有味。他们开心地吃完,然后吐槽去年的男语文老师像铁公鸡,一毛不拔……

孩子们说说笑笑地从学校门口的店摊里拎来满袋的零食。很多时候，消费也是一件很快乐的事情。钱花了，不快与压力暂时忘却了，开心进来了，多值！孩子们的快乐，或许就是如此简单。

在等待孩子们参赛的空闲里，我与薇两人开着车子去体育馆横扫锦裕袜子。袜子品种齐全，长短厚薄粗细都有，样式丰富，价廉物美。我俩各种颜色入手了两种，穿黑或灰的打底裤，配黑色的棉靴或雪地靴，有些艳色的袜子当真好看又简洁！薇与我属同类穿衣风格，我俩拎回大袋的袜子，在路上开心地谈笑。

这一日台历的空白处，赫然写着一行字：今天上午带学生竞赛，和薇买袜子，两人穿小熊的格子大衣。

次坞

　　某一年清明时节，大雨滂沱。我冲出雨帘从快递员手里接过小舅快递来的一只包裹。里面是一大摞书，有一本最显眼，是《次坞镇纪》。

　　外婆家在次坞镇，这个小镇确实是有生命与感染力的。所有的记忆，随着《次坞镇纪》打开被重新唤起，我的内心充满了大片的次坞的印象：气味、声响、轮廓、温度、笑和亲人。

　　次坞是母亲的娘家，也是祖母的娘家，当然更是我的外婆家。因此我对这个满大村都是俞姓的地方感情甚笃，甚至儿时好几次写及自己的姓名，总喜欢把寿某某改成俞某某。

　　那个溢满我童年回忆的地方，总和在乡里当文书、乡长的小舅分不开。我的足迹，也总和小舅公干的地方相关联。20世纪80年代的次坞，其实叫大西，下辖六个公社，小舅曾经辗转云石、应店街、思乡这三个公社当过乡长。于是当时的我对大毛坞、小毛坞、任畈坞、紫草坞、凰桐、十二都等一些名不见经传的地名十分痴迷且熟知。

　　还记得云石乡前的那条村级小路，两旁是高大的梧桐树，我从路的这头骑着保管在乡公社大会堂里的旧自行车，迅速

地消失在路的那头。20世纪80年代的那些寒暑假,我多半是
蹭了小舅的"公职",赖在他工作的宿舍里,与小舅妈一起,吃
食堂的大盆餐,拎着几把竹编的热水壶去食堂侧旁的开水房
打开水,又回到三楼的宿舍,整齐地放在面盆架下。夏天,拧
开乘风牌电扇吹凉;冬天,则偎着大桶火炭取暖。那段日子,
我丝毫不记得母亲在家的种种艰苦。我成天笑呵呵地、大模
大样地爬上公社干部的办公桌,趁他们去食堂或午间不在的
空隙,偷偷地塞回来一大摞报纸。然后在宿舍的阳台上,静静
地阅读,打发时光。

那个时候,房间中有一盆水仙模样的花,一朵一朵,沁人
芳香。

还记得思安乡前那几座连在一起的大煤矿。小舅与小舅
妈恋爱时,总爱在这条宽阔的煤渣路上散步,男人在一头,女
人在另一头,他们不间断地说话,又静静地走完一遍又一遍。
我对他们这样的走路方式并不感兴趣,只觉得好笑,为什么有
话不能在干净的宿舍里聊呢?

煤渣路左手边那个冒黑烟的高入云天的烟囱,我时常在
距离它十米远的地方,使劲地抬起头仰望,然后细数从囱底到
囱顶的那几十垒黄泥砖。数着数着就乱了,只能不断重复。
我每日数砖层,最后脖子泛酸眼睛发花。

那个时候,煤矿前面总有一大群捡煤屑的孩子,友好地和
我打招呼,眼睛明亮,笑谈清脆。

那个时候,次坞总和一个人连在一起——外婆。

杭金线,塞满了太多的回忆。因为它,表弟的名字是金

杭,两个表哥的名字是开杭与明杭。每次,车驶入应店街,我静静地按下车窗,瞅着窗外一路掠过的村落,应店街、徐坞杨、上俞、上河,一直到大院上山头。

上山头就是外婆家,那个时候,我从墨城坞坐三卡到城里,再七弯八拐步行十里路,到坐次坞车的地方,将大包小包扛上次坞车,坐定。我一路上处在兴奋和期待中,车一路颠簸,我的眼睛紧盯着那些叫上俞、上河的地方,按捺不住内心的激动。车转过上峰水泥厂的一排房子后,到了一个叫搬运站的地方,于是我便清晰而大声地对司机喊:"我到了,我到了!"

我带着大包小包从车上跌跌撞撞地下来,那个母亲一直念叨再熟悉不过的,名叫上山头的村子,便呈现在我眼前。我穿过小弄来到大道地,午后的骄阳正透过村头那株枝繁叶茂的老槐照下来,耳畔是次坞人特有的上仄音,亲切迷人。

"我是仪凤的囡,兆安是我娘舅。"我一路回应着上山头村人。外婆往往会在里间的背后喂猪,我站在那高坑头踏步的老屋前,大声喊:"外婆外婆……"外婆便疾速地从猪头间移出来,站在高踏步上,说:"小囡来了……"然后便将母亲捎给娘家的年糕土豆啊番薯啊等七包八包的东西拖进屋。

外婆家门口就是田,田的旁边有口塘,叫白果塘(白古塘)。从小与家乡溪涧打交道的孩子,看见塘或河,总是欣喜若狂。外婆于是告诫我,这口塘淹死过很多小孩,也吞掉过很多大人。外婆描绘得异常逼真,在那塘里不见的人的名字她一个个都细数详尽。于是我不敢靠近,只能远远地看着上山头的孩子们光着屁股在塘里扑腾。

外婆会交给我一只竹编制的小方篮，让我上山田挖野菜。这可难不倒我，我是连七湖野出生的孩子，割草、找野菜我最在行，不到半个时辰，小方篮便装满了。我于是坐在山头看白果塘里嬉戏的村里孩子。高山、田野、河塘，我握着镰刀的这份坦然与羡慕、寂寞与空乏，和这群在白果塘里嬉水的次坞孩子似乎并没有多大联系。

很以后的以后，我明白那些关于白果塘的传说故事，外婆细致的嘱咐与告诫，并不是出于偶然。在我也成为母亲的时候，才明白面对一个顽劣孩童，保障安全，是多么劳心费神的事情呵！

清宵话"故人"，已负十年栖。

金杭公路上的车依然密密匝匝，那排古旧的破落坍圮的老屋，以及老屋背后那个不高的山顶上，长眠着我的外婆。我驱车经过的时候，时常盯着那山头出神，那个辫子很长、白发银丝、面目慈祥、萧山口音浓重的外婆，就躺在那里啊！车渐行渐远，我开着车的眼睛，一时间模糊……而那个叫上山头的村，那个小舅早已搬离的村，因为没有外婆，而成为我心中的一个苍白的村名了。人，总是要等到物是人非之后，才会格外懂得怀念的力量。

《次坞镇纪》合上的时候，有一句话始终萦绕在我的心里：无论是对亲人的追思，抑或是对次坞——外婆家的挚爱，我总会在你的名字里，读出你一路风雨兼程、稳步向前的模样。千山环翠只为你，钟灵毓秀凤凰栖。

湄池

　　湄池中学的老校园里有一片参天梧桐,它们四季傲然,岿然不动。流水与微风,掠过你的耳畔,而它们,脚下踩着卑微却踏实的泥,每一天都从容地汲着校园的书卷气,隐秘而快乐地生长。

　　20世纪90年代的一个9月里,第一次走进湄池中学老校区(现在已改为小学)的时候,我与爹那分别载满米桶铺盖与书包用品的自行车就停在那安着银灰色钢结构的大门前。爹一边用大脚布擦拭着额头上渗出的汗滴,一边和我欣喜地说:"到了到了!"我俩显得有些拘谨,似乎与这所学校自由出入的师生很不搭。大门一侧高挂着一块匾额:诸暨市湄池中学。白底黑字,楷体,苍劲有力,很好看。右侧下落款:何东昌。从此,那年秋天里,我也成为这所学校的一分子了。

　　高中的日子那样欢喜而憧憬地开始了,来自姚湄地区的少男少女们满含着对理想的期待,羞涩地坐进了教室。我的班级是高一(5)班,一楼,靠楼梯左侧。那时身材矮小的我理所应当地被安排在第一排靠近门窗的角落位置。我落寞地安顿好,便看到爹坐在教室对面隐蔽的花坛边上,静静地吸着

烟。爹朝我努嘴微笑,挥手让我安心,不一会儿便跨上身旁的
自行车,缓缓地驶出校园的水泥路,驶出校门,消失在湄池镇
的小巷街道上。

我有点孤独,十六岁的女孩背起行囊又一次远离家乡,要
在更远的地方求学三年。王光明老师是我的高一班主任,刚
报到的时候,王老师便和我说:"哟,我们是同乡啊!"这小伙子
刚分配,笑容可掬,嘴角有对小梨窝,在他简短的开场白后,我
立即消去了初来异乡的慌张与无措感。当然,王老师说的同
乡,便是我们都属于当时的连湖乡,我们村与王老师村子相隔
二十里路。陌生感,终于在王老师亲切的话语里消失殆尽。
王老师是英语老师,他的课堂生动幽默,对学生的提问总是鼓
励大于斥责。于是我们都有些疯狂地爱上了英语课,我的英
语成绩也在那段时间里飞速提升。我总期盼上英语课,王老
师流利而有点翘舌的口语在我听来真正是天籁之声。我如痴
如醉地浸润在自然而有活力的课堂里,真正开始领略高中生
活的无限魅力。

蔡芳燕老师是我的语文老师。那时候的蔡老师年轻、瘦
小,爱穿高跟鞋和半身裙,她常常在大星期放假的日子布置学
生做摘记或写作文。从小我对阅读与涂抹文字有些兴趣,家
里小人书的空白地方,全部被我密密匝匝地涂满各种评论,比
如对打虎的武松的评价。因为小时候常常被娘用"家背后的
扎架山上有只大老虎或大狗熊"吓唬,所以在小人书的空白
上,我写过"武松住在我们村里该多好"的评论。蔡老师常常
在我们回校当天晚自修时,亲自来班级一个位置一个位置地

收取我们的作文。交齐后,她便在隔壁办公室里奋笔疾书。记得其中有一次作文本子发还给我的时候,蔡老师写了这样一句评语——你是一个对自己要求严格、坚持写作的学生,希望你继续努力,在文学上有一番天地!这样的话语,蔡老师用娟秀整齐的红笔工整地落在末尾,我看着它们、怔怔地、激动得一连好几天都会翻开来端详它们很久。我想自己对于文学的坚持,真的离不开蔡老师当初不经意间的鼓励。尽管多年以后,她或许早已尽然忘却,可是这样的温暖熨帖在我心里,已有三十多年。

后来,碰到了徐利兴老师,他是我高二的班主任。因为徐老师双目炯炯,而且不轻易批评我们,也从不让我们像蜡烛一样插在课堂上(罚站),于是我们都亲切地唤他阿兴。记得文理分科后,我们文科班美女如云,同班的或隔壁班的男生总有意无意地对文科的女生们表现出热情。有一次在阿兴的英语课上,后面的男生传纸条让我递给前面的女生,我刚传给同桌,却被阿兴看到了。他生气地张大了嘴巴,圆睁着眼睛,定定地看着同桌与我,径直朝我们的位置过来。他走到同桌前面,严厉地说:"拿出来!""什么?"同桌狡辩。"刚才寿可飞给你的纸条,拿出来!"阿兴的音量提高了一倍。"没有,就是没有!"同桌斩钉截铁,冷不防抬起手,把手里的东西一口塞进了嘴里,吞下。全班同学都在同桌的迅捷的"表演"中哄笑起来。阿兴恼怒:"你俩立刻去办公室面墙站好!"在阿兴的气急败坏中,我与同桌这对同谋者灰溜溜地去办公室面壁了。

办公室里没老师在,我们小心地面墙站好。一会儿,我们便就刚才课堂上的一幕热切地讨论起来,我表扬同桌真是眼疾手快,反应灵敏。我还问同桌是不是真把这纸条吞下去了。"真的,我吞下去了,千折百转,已经在肠里蠕动了,应该不久会变成大便排出来的吧……"同桌说到这里,我们哈哈大笑起来。全然没发现当时早已下课回到办公室,站在我们身旁看我们得意忘形、相互打趣的阿兴。我们慌了神,急忙敛了笑,笔直地站好。唉,我们连站了三节晚自修才消了他的"心头之恨"。

数学老师叫金兔,我们私下都喊他兔爹。我对理科一直热情不高,甚至有些排斥。兔爹的教学方法似乎与以前我接触到的都不太一样,他十分有耐心。文科班女生多,往往一个题目三遍讲下来问我们懂不懂,我们都还摇着头。兔爹换了一种又一种方法,等又一种方法讲完的时候,从黑板前转过头,看我们恍然大悟而满意地露出笑,兔爹擦着额头上的汗说:"终于弄懂了……"我们一下子喜欢上了数学里高深的立体几何、复杂难解的代数了。

一次期中考试,上午数学考试刚结束,我们便涌向食堂去打饭。湄池中学的食堂在教工宿舍楼下的道路尽头,兔爹在三楼宿舍的阳台上大声喊我的名字:"可飞,可飞。"我仰起头看着兔爹。"考得怎么样?"兔爹指的当然是刚刚结束的数学考试。我清脆地报了最后两个大题的答案,兔爹在阳台上给我竖了一个大拇指。

那餐中饭,我连吃了两碗二毛一碗的大豆腐,顿觉美味无比。

　　袁水英是我的政治老师，我从来没有碰到过知识点梳理得这么有条理的政治老师。她朴实而干练，皮肤黝黑，说话做事果绝。课堂上的板书整洁而清晰，我们在政治书和听课笔记上的摘记一丝不苟且重点突出。作业一交上去，往往第三节晚自修时，袁老师便抱着已经改完的作业本到教室里来分发了。有几本是她特别扣下的，她瞅准名字，挨个把作业的错误情况一一强调分析过去。我们对这样的袁老师充满了尊敬。袁老师有一双大大的眼睛，尽管眼睛外侧装上了"防盗窗"，但不影响她真诚而认真的美丽。

　　另一位袁姓老师叫柏青，是文科班的地理老师。他有一撮小胡子，两个脸颊胖极了，笑起来有酒窝，走起路来，那真是不紧不慢。我们打听到袁老师是年轻老师中年纪最大的"光棍"。当时一群女生私下里聊得最多的就是袁老师为什么没能交到女朋友呢。经过仔细观察，我们一致得出其中的根本在于——他是个老烟鬼。你看看，上课前他站在教室门口猛吸着；四十五分钟的课结束，他一出教室，便点上烟，大口大口，边吐着烟圈边满足而陶醉地走向办公室。袁烟鬼，这是我们给他取的绰号。因为袁烟鬼嗜烟如命，我们都不敢去问地理问题，怕我们的衣服上沾染上烟味，我们也怕因此而被周围的同学讥笑。说到袁老师的地理课，与他的走路速度一样，上课也不急不躁，他详尽地分析着每个重点难点题，标注、强调、画线，语速温柔。甚至有时候，他的声音一直小到我们听不见，而袁烟鬼却依旧沉浸在自我的世界里，全神贯注。

　　还有不得不说的一位是陈少华老师。那个在政教处里的陈老师啊,一双三角小眼睛,个子矮小,但是不苟言笑,我们每个人都怕他。他值周巡查的时候,我们远远看他过来,早就噤声端坐在位置上,甚至那些平时吵翻天的吵包也佯装认真地看书动笔。陈老师从我们的教室过去后,我们便收起了刚刚的矜持与拘束,后排男生搁脚的搁脚,谈天的谈天,趴桌上的趴桌上,教室里冒出了嗡嗡声。突然,前门"咳"的一声响,陈老师竟然板着脸像个门神一样凶恶地立在前面,吓得刚才还搁脚的同学都来不及拿下脚,被陈老师指着名字喊出教室站在门廊上。我也是,连眼睛里的同情都来不及递给那个被喊出去的一直在心里对他有好感的男同学。

那个年代最流行穿丁字皮鞋,可是湄池镇上不能买到这样流行且好看的鞋子。我做梦都想得到这样一双鞋子啊!它锃亮、精致、小巧,并漾着褐色皮质的光。于是我趁着隔壁宿舍的同学没发现的时候,偷偷把她晒在北面窗台上的丁字皮鞋套在自己的脚上穿了好几天。一直等到隔壁宿舍的女同学发现说失窃的时候,我也不敢把那双放在床底下纸板箱里的丁字鞋送还回去。有一次我经过政教处,发现陈老师正单独在政教处里备课,我怯怯地进去用最低最小的声音坦白了这件事情。最后,陈老师巧妙地把这件尴尬而重压在我心头很久的事情圆满解决了,不仅保护了那时候一个单纯的孩子的自尊心与虚荣心,也让我对这个平时不苟言笑且不近人情的陈老师产生了莫大的爱戴与崇敬。只是我高中毕业后再也没有见过陈老师,确实也是一种遗憾。

紧张而压抑的高三复习,使文科班的女生们在宿舍讨论谁班的男生英俊好看的话题少了。急匆匆的脚步往复在三点上，我们的生活只剩下了背诵、记忆、做题、考试，变得单调而枯燥。我们的晚自修终于不用陈老师严厉目光的监督也能在刷刷的笔尖摩擦试卷的时间里屏气凝神地流逝。上厕所的时间也终于不浪费在左顾右盼当中，甚至对校门口那一排排诱惑人的自行车也少了观察与留恋。

说到湄池中学的自行车棚，简直是自行车类别的大集结，各个牌子、各种车型、各种颜色的自行车应有尽有。我曾经垂涎于一辆粉色自行车，每次上厕所或去校门传达室拿信件的时候，我是一定要转悠到自行车棚里去抚摸那辆全校唯一的崭新的凤凰牌十六寸女式粉色自行车的。它就安静地站立在靠近厕所的第一排的最里侧，安静而恬淡，它望着我，我望着它。我们彼此打量着，我从它的车头抚摸到车架。它那样恰到好处地衬着我小巧的身材，一直到上课铃声响起，我才收回留恋的目光，一口气跑回教室。

自行车棚除了这辆我最心仪的自行车外，还发生过一件如今想来很愧疚的事情。

高一的物理老师是王晓勇老师，可惜我的物理，它根本不理我。从高一开始，我在那些神奇而复杂的力学啊电学啊面前已是个"聋哑人"了。王老师在讲台上讲得很起劲，我实在听得无趣，便趴在桌上呼呼睡着了。睡得酣甜的时候，有只手在我头上拍我，一下两下三下，我有些恼火了，一看，王老师铁青着脸正在喊我的名字。看我睡得口水都把物理书给沾湿了，他就当着全班同学的面讽刺着我："看看你，长得清秀，头上也绑着好看的蝴蝶结,可惜啊像一只白铜元宝……"后面的话我没听进去,羞愧、难受伴随着大滴的眼泪,消磨了我对物理的最后一点耐心。

于是我对王老师的恨溢满胸膛。听说王老师也是有自行车的,为了"报仇雪恨",我联合了两个也被王老师"羞辱"过的同学,专门观察王老师骑的自行车。功夫不负有心人,终于"破案成功",于是我们想从这辆可怜而无辜受牵连的自行车上下手,来报复那个辱骂我们的王老师。我们找来了好几个烂钉头,在晚自修结束的时候,悄悄地摸到自行车棚里。留一个同学在厕所边上放风,我俩蹑手蹑脚地钻进去,拔了王老师自行车的气门芯,并且掏出袋里的烂钉子,用尽力气向这可怜的自行车胎扎啊扎。深浅不一地猛扎后,我们便匆匆收起作案工具,着急忙慌地消失在夜色里。

第二天起床后,我就赶紧去看王老师有没有去车棚骑自行车。愣是等到这一天下午的课结束,突然同桌推搡了我一下,我抬头一看,哇,王老师正穿过教学楼往车棚方向走去。我们几个屏气,目不转睛地看着,都想象着他骑上车的狼狈模样,使劲地憋着内心的欢喜,等着看这一场蓄谋已久的好戏。果然,远远地就看王老师掏出车钥匙,开了锁,拉出了车,到校园的水泥路上,他蹾了车,一跃骑上去,车子弯弯扭扭,差点就连人带车摔倒了。我们"扑哧"一下笑出了声,先前所有的仇恨与怨气伴随着王老师的狼狈飘散得无影无踪。王老师骂骂咧咧地推着车向校门外走去,于是,这成了"报复"老师的最佳方法。校园里,总能发现某些老师的自行车惨遭毒手。如今,那些年里我们做过的荒唐却滑稽的"劣事"足够在同学聚会的时候,讲上大半天。

当然我是不会忘记待我似父亲一样的虞亦生老师的。虞老师的特别在于他对男生的过分严厉和对女生的特别呵护。语文课他是一定要提问的,提问的顺序几乎不太变,估计老虞自己也没有觉察这样的规律。每节语文课,当他开始提问,不能幸免于难的就是杨姓同学,然后下一个是姓祝的女生,再是后面几个吵包男生。这个祝姓女生是唯一常常被老虞提问的女生,因为这个,杨同学与祝同学被大家调侃成一对。老虞的普通话实在不标准,夹杂着诸暨方言,硬生生地把很多词语读出了他独特的语音。他还喜欢示范领读,一本正经地捧着语文书用高亢而清晰的独特语音读了一篇长长的课文,我们全班学生也竖起语文书认真地聆听他的范读,每一个人都深深地把头埋进书里掩饰几乎憋不住的笑……

对老虞印象最深刻的是另一件事。那时候,我体育非常好,高一报的一千五百米得了第一名,于是一千五百米成了我高中三年的必报项目。高三的运动会,我很不凑巧来了例假,但还是拼着劲拿下了女子一千五百米的第一,为班级与老虞争了光。比赛一结束,我就捂着棉被躺在宿舍的木板床上,发着冷汗。老虞大概是从同学那里了解了这一情况,便来宿舍看我。让人感动的是他端来了一碗红糖姜汤,热乎乎的,扶起床上瘦弱的我,让我喝下,再躺回去,说睡一觉,定会好的。老虞什么时候离开的我也不知道,迷迷糊糊醒来的时候,我才记起老虞方才是来过了。我舔着舌头边残留的红糖水味,想起五十多岁的老虞端着这满当当、热乎乎的红糖生姜水吃力地走上六楼宿舍的情形,眼里有热热的液体满溢着⋯⋯

　　湄池中学的故事,连着让我难忘的老师,在三十多年后的我的心中,还是留着很多思念的空隙。这空隙温情与恒久,是专门为我的湄池中学而存在的。人的一生中有的相遇与擦肩,如同我与湄池中学以及这些可敬的老师们一样,感情单纯、自然、热烈。

乐乐

2008年农历五月十四,你来到我家的时候,才刚出生两个月。那时,我和大叔在熟人的介绍下,穿过一路的村庄与田野,在山下湖赐绯庙的一家培育狗种的人家里,发现了你。圆滚滚的你在地上打着圈,绕到我的脚下。我蹲下身看你的时候,你张着明亮的眼,看着我并且轻柔地舔了我的手。

你于是成了我家的一分子,我们为你取名乐乐,寓意你快乐长乐。

我们的孩子一个个成长,在你长大的眼神里,在你持续的陪伴里。人总是觉得,平凡的生活会很长久,以为你的陪伴也是理所应当。我终以为,穿过夏天的栅栏冬天的风雪,你会一直与我们喜怒年华、琐碎人生交杂在一起。于是,我们常常忽视那些与你一起的时光。八年的相伴,倏然而逝。你一年年长大,老去。

我和我的孩子们,每年会回老家几次。车穿梭在村间的弄堂里,在离家不远处,往往就能听见你洪亮而亲切的唤声。

我们来不及卸下车上的东西,你的奔跑如此迅疾,你绕着我们,甚至爬上了我的后背。我干净的淡色衣袖上,往往有你留下的亲热的杰作。我和我的孩子从不怪你，轻轻地摸你的头，唤你，乐乐，乐乐。你摇晃着大尾巴，尾随着我们进屋，我们走到哪，你就跟到哪。等我们坐定，你安静地躺在我们身后的地上，伸长舌头，仰视着我们，态度温和虔诚。我看得见你的眼睛中闪烁着一种叫欢乐和依赖的情绪。你如此渴望我们回家，你等了我们多长时间，我真没有去细想过。

我和孩子在老家的时间往往很短暂，你看见我们忙着收拾行李、食物的时候，总是静静地立在远处的屋檐下，伸长脖子与红舌头，目不转睛地张望。我们喊你"乐乐"，你即刻朝我奔来，有时候，使力过猛，会推我一个趔趄，你依然摇着你的大尾巴，伸长舌头，笑呵呵地站在我前面。车发动的时候，你的身子在家门口最显眼的廊下，一直到我们的车子驶出村，一直到你听不见这熟悉的马达声。

八年里，陪伴你的是爹。或者说，八年里，爹和你相依为命。

爹从不让你出门，因为你的高大身躯会让周围邻居的狗受侵害，爹在家的时候，你便来去自若；爹出门的几天时间里，你只能在家前面的空地上活动，因为你的职责就是管家。

听说狗生病，自己可以医治。狗会自己跑到草丛里，吞下它可以咀嚼的草叶，然后坐在地上呕吐，最后身心舒畅，病愈。而乐乐仅有的老家的那块空地里却没有草。八年里，乐乐一直很健壮。我们以为它和别的狗不一样，它是牧羊犬，它或许不像土狗一样需要自我医治。我们不知道，我们都不在它身边的时间里，偶尔生病，它是怎样辛苦地度过这本需要我们嘘寒问暖的日子的。我们总以为它是畜生，远没有人那般娇贵，无论是主人的呵斥打骂，还是风霜雨雪，它仿佛都理应承受，仍独立而坚韧。

终于，乐乐病了，而且一病不起。从正月十六开始，它不吃不拉，肚子一天天胀大。爹在乐乐发病的第十天，打电话跟我说，乐乐生病了，他每天牵着乐乐去兽医诊所打针吃药。我们习以为常，总以为乐乐和平时一样，是吃坏了东西，打几针就会好起来。

乐乐一天天瘦下去，每天只是不断地喝水。爹再一次打电话给我的时候，我才意识到乐乐或许病得厉害了，急忙趁空闲的时候回了乡下。

再次见到乐乐，它正耷拉着脑袋趴在地上。见我们来，挣扎起来，没有往常的欢天喜地，只嗅闻了我们，便快快地趴回地上了。我俯下身，摸摸它的头，掏出家里带来的骨头，它闻都不闻一下。而以前，它都会急不可待地欢喜接纳。看着它，我的泪涌出。"乐乐，我带你去城里看病好吗？"

爹在院里抽烟，低头着喊了声："乐，来。"

乐乐吃力地起身，快快地拖着尾巴靠近爹，任爹抚摸它的头。乐乐的后脚抖了一下，身子便趴躺到了地上。爹对着它说："不吃不拉这么多天，哪有力气走路啊？"爹与乐乐说话的时候，爹的眼睛是发红的，而乐乐无神的双眼也是憔悴的。我目及这一幕，背过身，眼睛里的液体夺眶而出。

"爹，我们带乐乐去城里。医生说，拍片会诊后治愈希望会很大。"爹担忧的是，乐乐从没坐过车，这么大身躯的狗在车上闹起来咋办呢？爹拿出蛇皮袋说："要不套进去，露出它的头，一不弄脏你的车，二可以控制它闹。"

可是爹牵着乐乐靠近我车的时候，乐乐死活不肯上去。我们说："乐乐啊，我们带你去看看，看好了我们会回来的。"乐乐看爹坐进了车，便听话地在我们的鼓励下也坐进了这个叫"车"的交通工具里。

车出村庄，在公路上驰行，乐乐呜呜直叫。我安慰着它："乐乐，不要叫，我们马上到医院了，你躺着吧！"爹拍拍乐乐的头，乐乐躲在爹的脚下，发出惧怕的"呜呜"声。乐乐的头好几次凑上来闻闻我的手臂，听见我按喇叭的时候，它会惊醒，估计它觉察这声音就是它熟知的声音。

乐乐很乖。不闹不吵，二十五分钟后，车停在宠物医院门口。医生听诊、拍片、打针、开药。片上显示是"肠梗"，医生和我们说，保守治疗是吃中药，即时治疗是剖腹开刀，但手术有风险，要做好心理准备。

医生说出剖腹的时候，爹夹着香烟的手颤抖了很长时间。爹小心地问："存活概率多大？"医生说不能确定，或许会死在手术台上，因为乐乐年纪大了，可能逃不过手术的复杂错综……爹还是决定保守治疗，开回了一味叫大黄的中药，五十克，每天煎服给乐乐喝。医生嘱咐，狗不喝可以灌服……

爹和我带着乐乐回到家，爹开始熬药。露出笑容的爹对娘反复描述着，还有救还有救。可是，乐乐就是不肯喝药。爹灌它，它吐出；再灌，它便吼，龇着牙红着眼死活不让爹靠近……

乐乐处在弥留之际。娘离城回老家去住了五天,娘说,乐乐需要有人看着。娘每天陪着它看紧它。乐乐的肚子更大了,行动不便,体力不支,卧地不起。

娘唤它:"乐乐……"它睁开眼,温和地看着娘,又缓缓合上,呼吸急促。

娘的眼睛一直红着,她不让我们回老家,在电话里说:"乐乐要长眠了,要离开这个它生活八年多的家了,也要离开它认识且亲近的我们这些亲人了……"

电话的那头,娘长时间陷入沉默。电话的这头,我早已泪如雨下,伤心难耐。

"乐乐,乐乐。"

十天后的清晨。娘在边屋的地上,发现了身体已经僵硬的乐乐。它就像悄悄睡着了一样,安详且平和。

爹和娘用慎重而体面的仪式安葬了它,那个依傍着墨城坞的青山秀水的山坞,成为你的最后归宿,乐乐。

嘻嘻

　　嘻嘻是一只泰迪犬,我到后来才知道它是流浪狗的身份。2015年的夏天,我路过城市广场的吉祥宠物店,台阶铁笼里一只浅棕色卷毛小狗伸劲地向我叫唤。那种近乎凄婉的叫声,一下子捕获了我的母性。我便小心地蹲下身,伸出手朝笼里的它打了招呼,它红色的小舌头即刻舔了我的手指,呜呜地向我撒娇。店老板立即说:"看看,这只泰迪和你多有缘分,你喜欢它,它也认同你,你可以带走它啊!"打开笼子,小狗绕着我的脚轻声地唤个不停,我有些不忍,便问店主这只小狗多少钱?店主闪过狡黠的神色回复:"一千二,你带走它吧!"

　　我立即带它洗澡修毛剪指甲,小泰迪变得又精神又好看。乌溜溜的眼睛,棕黄的毛发,轻巧的身子。我把它捧在手臂里,它拿头靠近我的脸,欢喜地咧开嘴,笑了。

　　我于是给它取了个好听的名字:嘻嘻。

　　嘻嘻的到来给本有些单调的生活平添了很多的欢乐。从它的生活习性里,我觉察出它流浪狗的身份:它随处大小便的习惯硬是不可扭转;人打骂它的时候,它本能地龇牙咧嘴自我保护。书上说,经受了流浪生活的颠沛流离,狗的自我保护意识会比家养的更强。它从宠物店买来的时候已近一岁，那天是7月27日，我便把这一天当作了嘻嘻的生日。

家的小院成了嘻嘻最好的嬉戏地。它钻草丛挠树枝，或与蜂蝶追逐，或与鸟雀赛跑，甚至用狗爪刨地，成为小院最有生气的一部分。但它改不掉的随地大小便也给家人带来了很多的烦扰。

嘻嘻喜欢重复去撒过大小便的地方做记号，小院对门是别人家的草坪，那草坪上的树荫是嘻嘻最喜欢去做记号的地方。久了，便引来对门邻居的破口大骂，骂声中不乏对狗主人没认真管教的犀利言辞。我出去，嘻嘻也紧身跟在我后面，我和邻居正面理论，邻居的所谓理直气壮很让人愤慨，我的语气也激烈起来，嘻嘻见状，也高声吠叫。邻居拾起一块巴掌大小的石块朝嘻嘻扔过来，我疾声厉色地呵斥这样的行为，忙唤嘻嘻进了院门。至此，我少不了对嘻嘻"严厉教育"，无外乎"你再过去大小便要被他们打死杀掉，狗也做不了"的恐吓言论。嘻嘻每闻此，总一边骂骂咧咧一边迅速钻进笼子以求自保。

这之后，与对门邻居的杠子便因嘻嘻而结下了。进出门对面相碰，总是面色冷峻，目光尖锐，嘻嘻也夹紧尾巴疾步从邻居草坪跑过。而每回此番情状后，我总免不了从笼里拉出嘻嘻来进行一顿思想教育。

笑笑对嘻嘻却是相当温和，两个小家伙年龄相差不多，经常可以一起玩闹。可是嘻嘻护食，2017年的10月，嘻嘻正乐不可支地咬着一小根玉米，笑笑见状，便伸手去抢夺。嘻嘻毫不犹豫地在笑笑白嫩的手背上留下了几个牙齿印，有一处还划出了血丝。这还了得啊,笑笑的哭声惨烈而尖锐,嘻嘻自知做错了事情,缩进了笼子簌簌发抖。大叔说要打怕它。"咬自己人的狗还要它做什么?打死算了!"抡起扫帚柄要打。可怜的嘻嘻触犯了底线,在笼子里吓得不敢出来。一家人忙着上医院打针,忙着安慰与教育主动去招惹嘻嘻的笑笑。

此事落,嘻嘻在男主人的心中再也可爱不起来了。每次嘻嘻瞅见男主人阴冷的脸,便缩到看不见的角落了。

嘻嘻在我们的嬉笑怒骂中长大了。如今它熟知主人的一切脾性,哪怕一声咳嗽,它也可听出端倪。家附近的小区成了它最广阔的活动场所,它逐渐掌握了附近邻居的 些喜好:讨厌狗的人家它绝不走近;对它亲近的邻居,它会应和着摆尾摇首,甚至立起前爪以示友好。

七岁的嘻嘻便这样变成了全小区无人不识的狗狗。经过的人都会唤它嘻嘻,对没有呵骂过它的老人或小孩,它一律表示友好。然而嘻嘻在某一天的中午却突然失踪了。我前门后门到处扯着嗓子喊它的名字:"嘻嘻,嘻嘻。"

从地下车库到中心公园,角角落落都不见它的影踪。我突然悲凉地觉得我要失去它了,脑子里关于这几年来嘻嘻给家庭带来的欢乐掩盖了它所闯下的祸事。

我异常伤心,一边写"寻狗启事",一边暗暗啜泣。我在小区群里发了"寻狗启事":兹有一卷毛浅棕色泰迪小狗,于某日下午几点走失。希望知晓者提供线索,如有找到重金酬谢。我将"寻狗启事"打印出来,附上嘻嘻的全身照片和我的手机号码贴在小区的东南西北四个门框上。心神不定之余,静静地等待手机铃的响起。

　　难挨的一天一夜后,前院里传来几声叫声,似乎是嘻嘻的。我急忙出去,哇,是我的嘻嘻! 一把将它拉过来,抱在怀里,嗔怒地呵斥着:"你个死狗,你去哪儿了?"嘻嘻的呜咽声似乎在解释它所经历的一切。我感觉它被人拐了,或许这二十四小时里,嘻嘻的坚决抵抗与躁动让那个拐它的人最终屈服,放回了它,让它回到了我们的家。

　　哦,嘻嘻,你应该也认识到人性的不善了吧? 那么今后,请不要再离开我们的视线,无论是为了生存还是为了爱情。

哈哈

因为喜欢某些大狗的温顺,于是金毛哈哈于2019年7月7日来到了我家。

初来乍到,哈哈甚至比小身躯的嘻嘻还要可爱得多。嘻嘻总是欺负哈哈。吃东西,得嘻嘻吃完了才轮到哈哈。主人抱,得嘻嘻抱完了才让哈哈上来。如果不顺从,嘻嘻露出雪白的牙齿一顿怒吼,哈哈便退避三尺。于是,嘻嘻便更过分,它堂而皇之地钻进哈哈的笼子,咬哈哈的玩具,喝本应该属于小奶狗才可以喝的牛奶。只有我们在哈哈身边的时候,哈哈才能嗫嚅着走进它的笼子,以最快的速度喝光了牛奶。

哈哈总能以其呆萌憨厚赢得我们对它的诸多宠溺。因为嘻嘻身上的劣性,我决定要好好教养才出生一个多月的哈哈。首先,它不能破坏满院子的花草。它厚实的身子可以一屁股压断我的太阳花、多肉、紫兰、绣球,它抬起爪便可以随意扯断我的三角梅、双喜藤、海棠、蓝雪。初来的它,满院子打着滚,肆无忌惮地从一只花盆的缝隙钻出,又从一株树的枝丫钻进。它笨重的身子顿时让原本茁壮的植物遭了殃。我急忙拿了门口的拖鞋,狠命地抽打哈哈肥硕的屁股。它嗷嗷地大声喊叫着，东躲西藏，我趁机教育它"不能破坏花草"的这项重要事项。它张望着圆溜溜的眼睛，似懂非懂。几次三番，哈哈似乎对玩耍时脚下的花草有了很多的在意或是小心。接着便教育要它不能随地大小便。一看见它弓身或者抬腿的时候，我便一把抓过它拖到树根部，和它说："小便要在这儿，不能在那儿。"屡试不爽，成就感满满。最重要的是不能护食。我故意把诸如狗香肠等零食放在狗盘子里，它迅猛地扑过来，叼起零食哼哼哈哈地嘟囔着。我一把夺去，它龇着牙冲过来。这时候，我立即抓过拖鞋进行教育，直到它把狗头平躺在地上求饶才作罢。几次下来，汗湿衣衫，哈哈却常常不明所以，依然面对美食猛扑而面对我的苦心相劝漠不在意。有一次，哈哈护食的时候那咧嘴的狗头碰撞在我的脚上，我顿时"哎哟"一声叫起来，哈哈竟然立即放下美食，诧异万分且无辜地看着我，不知所措。它或许疑惑自己分明丝毫没有伤害到我，我为何喊出痛苦的声响？这之后，每当它准备护食的时候，我大喊一声"哎哟"，它便立即停止了一切动作。

哈哈越长越壮，越长越高，三个半月的时候个头已经超过了嘻嘻。它伸出的前爪扬起来就可以盖过嘻嘻甚至可以一掌摁倒嘻嘻的身体；它猛然吼一声，分贝顿时掩盖了嘻嘻的那几声稀疏的吠叫。嘻嘻先前常常自以为是老大，在突然长大的哈哈面前，瞬间一切扭转。

我照例分装好狗食，放在嘻哈面前。嘻嘻照例第一个冲上来，准备率先享用。哈哈却跃跃欲试，斜着身子也冲到狗食盆前面。嘻嘻发出怒吼的时候，哈哈将两只前爪迅速伸至嘻嘻的头上,即刻便扭打一起,伴随着哈哈粗厚的骂声与嘻嘻惨绝的喊声,厮打得很是激烈。嘻嘻破天荒地被咬破了嘴皮,它龇咧的嘴角有鲜红的血丝,它猩红的眼睛和发颤的身子,在猛然长大的哈哈的身躯面前,显得不堪一击。嘻嘻最终夹紧尾巴躲进了它的狗屋子里,它一定料不到先前在它面前唯唯诺诺的哈哈竟然不服从它的命令,翻身做了老大。哈哈得意地开始享用美食,它的胃口早已远超小身躯的泰迪,它也不曾料到有朝一日自己可以凭借实力"起义"做了这个院子的老大。

就这样,嘻哈的组合开始变得微妙。嘻嘻有了这样的遭遇之后,便把本属于自己的那片宽阔的前院领地让给了哈哈,而它,屈辱地沦落到后院狭窄的本属于哈哈的场所里去了。

又不久,哈哈在嘻嘻的带领下认识了家周围的很多地方:地下车库的竹地里可以去遛个弯撒个尿,那株遮天蔽日的大桐树下可以挖个坑拉屎,健身场所后面的草坪上可以吵个架满地打滚,等等。

就这样嘻嘻与哈哈成了我们家的成员,它们虔诚地守护着我们的前后小院。我们的上班日子,或孩子单独在家的时候,再也不用担心陌生人的入侵。某天,我在院子的入口处挂上了一块牌子——嘻哈小院。

丽江

我到过很多地方,有看山的诸如张家界、泰山、黄山等,也到过看水的诸如海南、大连、香江、九寨等,而我这次来到的是看山看水看城看人的地方——丽江古城。

富有诗意的丽江曾经那么多次呼唤着我的名字,让我那么多次在梦中徜徉在她那美丽的怀抱。而七月十九日,我终于怀着矜持期盼的心踏进了她的门。

友人告诉我说,丽江是一个悠闲而浪漫的地方,而我感觉到她应该是躲在我们祖国大山褶皱里的一处世外桃源。她是一个自然遗产城,也是一个文化遗产城,她更是一个记忆遗产城。

丽江的小巷很多,待到夕阳西下,那巷子可以美得让你落泪。在这个时间段里,你会明白荣誉、名利是这般的苍白,让你明白原来之前你的争夺是这般的无用。站在巷子里,你与时间对话,与世间对话,与自己的心灵对话,你一直不能搞清的东西,就这样在你面前与你对峙着。你可以在尺寸的围城内将心灵收缩,沉淀思绪,看清未来。

丽江的客栈很多。那些客栈都起了有个性的名字:比如老磨坊客栈,是因为客栈的院子里摆放了一座年久的木磨,它长久地见证了岁月的流逝;比如月半弯客栈,是因为月半弯的时刻,客栈主人两夫妻总是在自己的院子里望着那棵茂盛的橡树,这象征自由与爱情的橡树在月半弯的时刻更让人想到世间的姻缘;比如木家苑客栈,是主人的房子结构比别处用了更多的木料,他在木壁上写下"23:00—8:00,上楼请走猫步或轻功";比如激沙沙一流居,主人是纳西族人,还玩惯了放鹰的,名字也很有个性,一如其人。其他名字有趣的客栈还有很多,我用好奇的眼睛觅到了很多个富有特色的名字;比如观景阁客栈,是楼上可以远眺到古城天尽头的玉龙雪山;阳光地带客栈,院子里的阳光在古城是最充足的;三眼井客栈是刚巧布置在古城最有特色的景致——三个眼睛的井边上;还有本人住的万子桥客栈是在万子桥边的;李家大院客栈的主人姓李,此类型的还有秦民舍客栈、杨氏客栈等。在古城,你是什么性格的人,你就可以找到与你的性格相匹配的客栈。不过你要去古城,不妨先来做个咨询:因为我可是在古城住了十来天,应该能算半个古城通。

丽江的小吃很多。云南的特色小吃是过桥米线,什么品种的米线都有。"蒙自"应该是古城最有名的米线品牌了,里面可以加入很多佐料,比如苦菜、凉粉,还有你怎么也想不到的芋芳。价格有的适中,有的高得惊人,加了杂七杂八的东西就一跃成为身价不菲的"风味之物",甚至可以超过一百元。十八怪小吃,什么水果味的都有,像开了一个水果饼铺。还有农家自制的米糕、芋芳串、玉米帘粉、萝卜丝饼等,你沿着古城绕一圈就可以品尝各类小吃。

丽江的服饰很多。建议女人们一定要到丽江去逛逛,各类服饰搞得你头晕目眩,目不暇接。纳西族的服饰有地方特色,你如果在古城小住几日,是一定要穿上一套的。衣服和裤管都肥硕无比,腰部与臀部却窄小收缩,最显身材,配一双不高的尖头鞋,如此结合,走在青石板上,美艳无比,可以吸引不少人的眼球。无奈本人体瘦,不能有如此妖娆之势。来古城的女人们,肩上都会多一份服饰——披肩。在古城,披肩是最方便的,古城四季如春,雨后微凉,披肩既可防凉又可增加美感,一巾两用,很合算。那里的女子叫摩梭女子,她们自织的披肩价高,一百五十元左右不等。披肩上身,如丽江的风景那样迷人而温柔了你的心情。

此外,诸如女人头上的发簪头巾、耳朵上的坠子、脖子上的珠链、手上的镯子、身上的腰环,应有尽有,你想怎么搭配就可怎么搭配。丽江无私地敞开着她的怀抱,让你陶醉其间,流连忘返。

丽江的人种更多。不知说人种恰当不恰当,我相信没有一个城市的人种比得过丽江。坐在路边的小铺子里,各式语种都有,国内的自不必说,有我听着有几分像是广东人的,身边的朋友是来自重庆和西安的。我们客栈的老板娘就是典型的广西人,有广西人的美艳,有广西人的柔和。还碰到了个老外,问他:"Where are you come from?(你来自哪里?)"他答:"门卡拉过。"友人解释:"孟加拉国。"于是狂笑不止。

走在青石板上,你和同样微笑的他们友好打招呼,让你感觉到丽江是我们的丽江,我们是丽江的主人,因为丽江的母亲是自己的母亲——中国。

还有很多酒吧。来丽江你是一定要去酒吧的,丽江的另外一个名字就是艳遇之城。很多来这里的人都会有一段不大不小、不长不短的艳遇。有很多古城小店的老板或老板娘,他们一对对的,有些就是艳遇而得。无论怎样,丽江都热情地接纳了远方的人们。

我和几个友人去的酒吧名字都很大气,在电视上都见过它们的身影。比如"千里走单骑",又比如"一米阳光"。我喜欢坐的位置在二楼中央,可以斜对着当中那个不大的舞台,观看台上的纳西族小伙和胖金妹使劲招徕客人。音乐很刺激,让我坐着发颤。我是属于感性的女子,听着这撩心的乐声,会按捺不住,和着节拍和热情的他们狂欢!激动的汗水和着震撼的音乐,让你懂得一切尘世的纷争都是多余的东西,真实的是你自己的感觉,而快乐是生活的真谛。

走在丽江的青石板上,我觉得所有的一切可以从头开始,甚至是理想与爱情,甚至是事业与生命。在这个城市里,我洗尽了铅华,看开了人生,懂得了智勇双全原来可以在内敛中绽放,懂得光彩可以在死亡中烂漫。古城不同程度地被人遗忘着又记忆着,那活着的古文化——东巴文书写着它曾有过的辉煌与灿烂。让人更加懂得有失去才有未来,人生不可祈求过多,平淡中自然会溢出光彩。

每当我踏上青石板,每当古城的灯光柔和起来的时候,我都会有一种恍如隔世的感觉。淡漠在自己的世界里,我内心无比幸福,因为在这样一个诗意的地方,没有理由不微醉在通达里,让我忘记很多现实的烦恼,也会让我今后更加懂得在生活中合理安排自己的心事与梦想。

漓江

　　旅游远足已经成为我生命中不可或缺的部分。人随景走，景随心移，我会看到大好河山美丽风光的无限内容。

　　2008年暑假这一站，我来到了心仪已久的桂林。童年时的文章里读过：桂林山水甲天下，阳朔山水甲桂林。而立之年后，我终于来到了向往已久的美丽桂林。

　　知道桂林之美有三：一是山，二是江，三是湖。城中有两江四湖，分别是漓江、桃花江，桂湖、杉湖、榕湖、木龙湖，湖湖相通，水道与江相连。

　　我和友人相约晚间游览美丽的江湖夜景。游船在湖边走走停停，湖边翠柳婆娑，老树依稀，楼阁掩映，将整个漓江演绎得如诗如画，如绢如绸。比之西湖，虽婉约不足，却秀丽有余。沿江两岸无处不诗，无处不画。我不由得想起了诗人贺敬之脍炙人口的《桂林山水歌》："心是醉呵，还是醒？水迎山接入画屏！画中画——漓江照我身千影，歌中歌——山山应我响回声……"还有唐朝诗人韩愈写下歌颂桂林的千古名句："江作青罗带，山如碧玉簪。"如果不是身临其境，光看书上的，听别人告诉的,绝不可能想象出这无比美妙的意境。

微风拂面,虽处酷暑却清凉宜人。放眼望去,矍铄老人漫步的背影,树丛中惊飞的鸟雀,天空中闲游的浮云。红尘俗世,这一切让人踏实。

累了,寻个清静的小吃吧坐下,就在湖边,待晚风拂面,喝着凉爽的漓江啤酒,吮着漓江中的剑骨鱼,与知己不须多语,眼触碧绿的江水清澈见底,起伏不断的江面开阔平坦。默默分享这温馨与快乐,此生又有何求,又有何憾!

漓江是桂林的主要河流。桂林至阳朔沿江一带,绿水迂回,青山倒影,景色清幽,构成长达百里的动人画卷,上有黄布倒影、杨堤翠竹、浪石烟雨、九马画山、冠岩幽洞、高田风光……望着清纯淡雅、淡而有味、淡而有致的漓江,我心里一阵阵激动:大自然的美景总能让凡人看到自己的渺小。

桂林无山不洞,无洞不奇,洞中有洞,洞洞相连;桂林石头巧夺天工,绚丽多彩,美不胜收;桂林的江河清澈如练,如流动的玉液琼浆,令人陶醉不已。桂林"群峰倒影山浮水,无水无山不入神"。这些来自这个美丽城市的厚礼,着实装满了我的行装,让我孤独的心备觉充实。这种远离尘世的幽乐,让人更加觉察安定自若是多么难能可贵。

有时候,人总会始终变着法子来原谅自己去享受不为人知的"独乐乐"。适当的孤独是生命的享受,一如我这个凡世间的女人,自己的生命在匆匆惜别的时光中不知不觉地蜕变成长,时光的无声无息会拔走很多,也会留下很多。它,如火焰;它,如这幽静的江水,缓缓讲述四季的故事,诉说美丽的相遇。

　　闲暇时,逛逛桂林的街市也是一种享受,比如在阳朔的小巷里,总见得着温和友善的笑脸。三步两步,就会转到湖边,这个城市没有太多沧桑,恬淡安详得叫人生妒。穿走在这个看似偏僻的小城,它给了渴求宁静的人们以无限的淡泊。虽然身畔就是人群,他们穿着各式休闲的服饰,说着各类语言,但这样的徜徉让我们更加容易忘记时间。

　　很喜欢那些如古井一样的城市,井口总有着百年千年沧桑的过往,抚摸它们,仿佛可以触到那些凋谢的朝代和故事。可在桂林,我更愿意伸手在空中抚触那些天穹中奔跑的*丝丝缕缕*的清风,因为它们更容易吹皱我的心事。

　　这样的日子,心绪稳定,仿佛可以和时光一起歌唱,直到地老天荒。曾经很想知道,究竟会是谁,会和我一起在某年某月某日的漓江泛舟而下。

　　而今天在我岁月的河流里,有一条江,默默流淌,是西行?是东行?我不问南来北往的雁,我也不询寒来暑往的客。因为桂林这幽幽的漓江水,永远留下了我们似水流年的影!

鲁镇

　　记忆中的鲁镇,街巷的路面是青石板铺砌的,虽已被岁月啄得坑坑洼洼,却依然泛着莹莹青光。如果车技尚可,骑一辆自行车,磕磕颠颠就可直驱城外。

　　城边某条街道的宽敞的一角,20世纪30年代马帮拴马的石桩,还稳当地戳在那儿,它把当年马锅头围着火堆喝酥油茶、吃罗锅饭、跳弦子舞的记忆钉得牢牢实实。"山间铃响马帮来",多少药材、布匹、茶叶和锅底盐曾在叮当声中经小城往返。

　　那些珠串在街巷的"三坊一照壁、四合五天井"的明清宅院里;纹饰精致的瓦当,在翘角的房檐奏出低调的奢华;雕镂细巧的格子门窗,向生活释放古典的情怀。顺着照壁,一溜儿盆栽的兰花,以悠远淡香倾诉着孤傲的典雅。一蓬翠竹或者一株石榴,摇曳在条石镶砌的花坛,几度绿肥红瘦,又几度黄叶凋零。小院的温润永在,人心的平和不变。

　　小镇的居民很多都是农人,院落台阶的一角,或许会放着一只背柴火、稻黍的箩筐,几把被泥土擦得锃亮的锄头。柱子门框,少不了一副自家老人写的楹联,一撇一捺,耕读传家。

每次踏上鲁镇,总会涌起一种久别重逢的味道。我可以闻得见岁月沧桑的味道,也会忆及起许多年轻时的往事。

在鲁镇碰到最多的是文化,它们古旧、质朴,冷冷地依傍在鲁镇的怀中。我与它们相识,或在曾经读过的小说中,或在曾经给学生教习的课堂中。

阿Q,他的流传不单只是一种辛酸与沉重,从阿Q眼睛中折射出来的是一种对生活的热爱与对女人的渴望。

女人,永远会打扮得花枝招展。在鲁镇的石板路上,女人们肆无忌惮地大口咬着臭豆腐,这让我想到了"芬芳"这个词语。她们拖着长长的丝巾,走在鲁镇的街上,就如同一个晚到的冬日里蓦然升起一抹抹好看的晚霞。

孩子们会很友好地与你搭讪,他们会从古镇任何一个小小的街巷的角落奔跑出来。他们在这样一个年末的冬日跑着的样子,让我觉得他们是在急切地寻找小说中先生的影子。

坐在鲁镇的茶室里,闻着远处飘过的臭豆腐的香气,看着鉴湖上悠悠荡荡的乌篷船。你会闻得到自己自由的心情,仿佛就是一朵绽放的花,在阳光下,享受而陶醉。

茴香豆,蘸着孔乙己的愁苦,会渗进你的灵感里。孔乙己的塑像就在门口:衣衫褴褛,瘦骨嶙峋,一碗酒,一碟茴香豆,柜台上的账牌还写着"欠十九文钱,孔乙己"。旁边还有永远打着文豪旗帜的乌毡帽与女儿红。

那条小巷,走来的是鲁四爷、假洋鬼子、家丁……和你。

你会发现,其实生活与小说一样。鲁迅的笔下,其实也有一个人会是你自己的影子。与孩子们一起朗诵《祝福》中祥林嫂与柳妈的对话,引来周围游人的赞叹与羡慕。鲁镇的灵感在这时瞬间迸发,你与孩子们旁若无人地沉浸在自己的世界里。这样的画面很容易沉淀出一个主旨,便是"鲁镇的风情万种"。

有个老人在社戏台拉起响亮的二胡,听不出曲目但能感受到流逝的影子。他在台上,摇头晃脑与自己的音乐同醉,忧伤却真实。其实看到这一幕,我最想说的词是"长存"。古越常常让我想起"长存",很多时候,我是很容易沉湎与迷失在往事中的,更何况这隽永无比的古越历史与思想深邃的先生融合相连。儿时看社戏,父亲演绍剧中花脸的样子,自己立在戏台中间当小兵的样子,随同这古镇上的老戏台一起向我奔涌而来。我呆呆地立在鲁镇的还算明媚的冬日暖阳中,不愿离开……

孩子们举着雪糕和着暖阳笑容可掬地站在我的面前。他们的热情让我很自卑,我才发现原来其实我一直羞涩于表达这样的热情。

坐在古镇码头的时候,就是与鲁镇静静地对话的最好时刻。听,风急剧地从你的耳畔呼呼而过;看,鸟伶俐地在你的头上轻掠便逝。

你与古镇久违地亲近、相伴、促膝而交融。四十年未改的乡音,证明我是小镇的孩子。我在华灯闹市万丈红尘里回望小城,是为了前瞻。我们曾经怎样生活,又该怎样更合理地生活在明天？小城的记忆唤醒我心中一份淡泊的甜蜜,谁能说记忆不是流逝的时光遗赠给我们的最温婉的慈悲？

花殇

听说五泄景区的彼岸花开了。

五泄是绍兴诸暨的一个4A国家级风景区,有水有林有景。初秋的九月,一个雨后的清闲时刻,那条布满水杉的林荫路上,阳光有点害羞,鸟雀隐了声响,只有一大片猩红无比的彼岸花兀自肆意地在那里跳舞。

秋雨飘洒,水杉林荫路游人甚少,雨雾中的彼岸花便这样隔着层秋雨与我们认真而热情地对视。我似乎听得到它们在热闹地串门、呢喃、谈话、歌唱。你看看,它们颀长的身影,如花的笑靥,如同少年一般绚烂而热烈。它们互相依着身、牵着手,向着你殷切闪烁的眼睛奔过来。

听说,这样艳丽而美妙的你是一味毒药,你迷恋着我们的眼,让我们长时间地注视与惊赞。我伸手抚摸你如蝴蝶一般婀娜多姿的花瓣,我的手轻柔而温存,有些害怕打扰你的"惊魂一梦"。

你有另一个诗意且内涵丰富的名字:曼珠沙华。听说,你是自愿投入地狱的花朵,被视为"恶魔的温柔",有着对痛苦与悔恨的彷徨与徘徊。原来,你猩红的外表下,有这样痛苦与难言的故事。

潇潇雨声送秋声,江上秋风动客情。我依着你,与你合影。白裙长袂何其衬你。一大片猩红的美丽,似遗世独立,多少显得有些凄婉。午后时光如尘埃一样飘浮,世界如你一样安静。你变成一条静默游走的鱼,在一大片静谧的水杉林间,欢畅无比。

逐渐地,来了一大批孩子与游客。他们惊喜地呼喊着你的名字,即刻拥入你的怀抱。他们的热情有点粗暴,你用最美的样子,留在他们作为观赏者而不是对话者的相机里。诚然,你在世人的眼里,是一抹难能可贵的风景,一枝一叶都是自然生命的演绎。哪怕你只适合开在地狱之路,哪怕你有令人惧怕的故事传说,但你以及与你相连的一山一水都属于生活给世间最好的馈赠。

我想,你或许如一个正当妙龄的女子,有着鲜为人知的浪漫凄美的故事,你应该有一段悲剧爱情。如同沈园里沉睡的陆游与唐婉的爱情净言,那一声声"错错错"与"莫莫莫",在这初秋的彼岸花影里,更让人感到落寞与惆怅。你落在一大群静默的游人的眼睛里,有他们感动的泪水,有他们怜惜的唏嘘。

你在某个大雨后的秋天午后,淡然谢幕。褪了你的猩红,淡了你的美艳,冷了你的秋声,消逝了你曾经跳跃的身影。

告别,本身就是一瞬间的事情,你的谢幕与告别,那样自然与不卑不亢。我踏上林荫路回头看你的时候,雨霁天晴,有阳光从叶间泄下,透着朦胧的光。天地苍茫,溪水流淌,此时此刻,是什么人帮你掌着灯,照亮你走向黄泉的路?

印象

读完边诗人的新诗集，刚好是在一个有阳光的周日午后。我靠着落地窗的一角，思考：我心中无比热爱的诸暨到底曾有过多少个繁华世间呢？我从没思考过这样一个有分量的问题，我想凭我肤浅的心灵是无法承载与回答这些的。

越国后人勤勉的影子无时无刻不坚守着这座小城，她叫诸暨。她面目平和，心思却桀骜不驯，思想掠过纵横千年万里，意气磅礴。人们或许在某一个夜晚的梦里战栗地醒来，因为蓦地发现了一座城的奥秘，这座古越国脚下的小城，正是我们的故乡。

"浦阳江里的神灵，都是惧怕美丽的。"因为诸暨有个绝世美女——西施，于是"鱼儿惊艳"，浦阳江便泛滥成灾，"小小波澜汇聚成为恶波巨澜"……那是一个怎样遥远的时代啊，虽然距今好几千年，但仿佛还在昨日。你突然想到《诗经》里的《君子于役》："君子于役，不知其期。曷至哉？"同样的苍凉，同样的令人思绪万千。那是怎样的嫉妒而萌生出的滔天巨浪？那是怎样无尽的思念而溢出的满纸哀怨？我认为它们是相通的，诗意凄恻而想象悠远。仿佛它们就住在隔壁，隔窗相望，你看到我的影子,我看出你的忧伤。你站在这样的诗意面前,能够清晰地听到它们的吟唱与无尽的叹息。

你以为的"木柁"是什么样子的?诸暨木柁就像绍兴师爷、江西老表,它只是诠释着一种地域性格。你会不会以为"木柁"只是傻乎乎的贱称。

"木柁,木柁。"叫出口的时候很顺溜。其实,它的本义太过朴实,朴实到每家每户都会用木柁来撑梁支柱。原来,"木柁"是顶天立地的。于是,你自称为的"木柁",你含笑送给他人的"木柁",力量如此强大,强大到诸暨"木柁"的拳头重重地落在对方的脸上、身上,殷红的鲜血染红洁白的短褂。侠义诸暨汉子那片火热的胸膛,用最烈的同山烧,与你一起醉倒在火红的夕阳里。

这是我理解的"木柁"的最激烈的行为。我再问你,你说"木柁"到底是"傻子"还是"栋梁"?

小小的诸暨,到底有多少令乡人激动的名人。

你知道的勾践,一直从会稽山麓隐驻到暨阳小城,越国是不是因你而闻名?呵,范蠡,你原来是勾践的影子。呵,西施,你给这个小城留下这一抹凄婉的笑容,你静静地离去,仿佛一朵洁白的百合在北方的天空下陨落……

王冕,牛背上的画家,你激励过多少诸暨的后生小子。俯在牛背脊上的放牛娃,梳着两只弯角辫,吹着箫,牛的眼睛与嘴角同时上扬,因为,这首曲子是童年的最妙音。这出现在夏日雨后清亮的池塘边的团团水墨写意的画卷,不单照亮了牛背上的小牧童,也照亮了古越大地多少家长期盼的眼神。

哦，才子陈洪绶，你活着需要忍耐，一不解释，二不抱怨。你似乎与世隔绝地修行，修行的路却总是孤独的，因为智慧必然来自孤独。于是，你从五百年前活到五百年后以至更长的未来里。

痴情的金岳霖，我不知道你的硬气是否就是诸暨人的“木柁”精神。我也不知道有多少诸暨的“木柁”，站在你的世界里，站在你的文字跟前，是如何自惭形秽？因为你说这一生，只爱你……爱一个人，是一个男人一生的功课。这个承诺，你却用了一生来诠释与履行。读了你，我们才知道：爱，或许只是用来保护对方的。

人生其实就在不停地尝试，失败、成功、苦痛、甜蜜，直至恬淡。

人生是一种怎样的旅行呢？是观察还是体悟，是懂得还是拥有？鸡蛋，从外打破是食物，从内打破是生命；人生，从外打破是压力，从内打破是成长。人的情感常常会拘泥于一件物上，思维与角度得不到发展，本质就不能从现象直渗进里面而被我们发现。我们缺的是一种怎样的眼光呢？有诗人说，这需要历练，更需要时间。

讲一个爬斗岩的经历。我拾级而上，气喘吁吁，休憩于山阶上，喝水、掏手机，发现只有一格的手机信号。于是我想，这也许是佛意。因为斗岩山上有尊巨大的佛，他安静地面山，慈眉善目。他安排了一次关于信仰的遇见，没有世俗相扰，而是与自己对话。龙王殿的钟声回荡在山间涧溪，我兀自收敛：收敛了嬉笑，收敛了随意，收敛了脾气。我觉得自然的力量可以感召我,我忽然虔诚无比。我蹬上石阶的时候,脚步格外轻巧,怕惊扰了微笑着的大佛的禅修。我想选择一个平等的角度与他对视,我发现,无论站得多高,也抵不过佛的那双盈盈笑眼。

一个人且行且做,且思且想,重要的不是身在何处,而是心在何方。我愿意以这样的话来作结。我带着回忆读完的诗集,它的诗句简短朴素,却在前空后隙中让我生发出诸多的想象来。我突然觉得,人之过去,就像听过的一首歌,看过的一场电影,无凭无据地结束、离开,甚至消而无踪。而这本诗集可以拼凑我的过往:我走过的五泄,我坐过船的白塔湖,我摩挲过的香榧王树,我在千柱屋最寂寥的午后的独自行走,我在灵山坞的山路上捡拾的一枚小石粒,我在枫桥大庙的石阶上静静地发呆,我在西施滩与爱人亲昵地说话……往事一幕连一幕,它们或轻快或沉重,或炽热或平淡,或温柔或粗暴,满纸诉说,氤氲妖娆了一生。

霞浦

很多时候生活可以很自在,我们的快乐和享受,往往也是来自生活中那些微小的事物。我上下班经常路过一个小村庄,我竟然从来也没问过它的名字。这一年来,我选择驱车走这条相对僻静的村庄小路,在春夏秋冬的轮回里,竟然收获了很多大自然的美好馈赠。

"试挑野菜炊香饭,便是江南二月天。"又是一年春日至,村路旁边花儿竞相开放。樱花率先绽蕾,淡粉色一大片,争先恐后地点缀在枝丫间。戴草帽的老农正在田间劳作,他们热情地招呼我下车去林间拍照观赏。他们细心地告诉我,这里最适合樱桃生长,土壤松软肥沃,水源充足,阳光热烈。看,村路有半树高,可挡风雨。樱花花期不长,但是连成一片,引来不少路人驻足赞叹。老伯邀约我一个月后去他的樱桃园里摘果赏景。

"樱桃一雨半雕零,更与黄鹂翠羽争。"可见种植樱桃的辛苦。"心源一种闲如水,同醉樱桃林下春。"樱桃农人的愉悦又是另一番情致。

车驶过一座小石桥,满目的油菜花如浪汹涌澎湃,在春风的摇曳中分外妖娆与亢奋。沁人的菜花香扑鼻而来,嗅得我有些迷离。我再也按捺不住欢喜,便一脚跳进菜地的田埂,享受着这片土地的馈赠。"三月春风送暖阳,蓝天白云映花黄。远山近景入眼帘,陇上游人穿梭忙。"是啊,东风送暖,油菜花金黄,蝶飞蜂绕,村野泛起金光,远处,头发花白的老翁正独自扶犁,自得其乐,何其美妙!

起身与几亩花海告辞,车子在村道上绕过大小几个弯。左手边靠近浦阳江畔,杨柳依依,黄白菜花相映。举目远眺,另一片粉红隐约其间。"桃之夭夭,灼灼其华",我被它们吸引,它们却含苞待放,婉约而含蓄,不及前面那些樱花的热烈喷涌。都说桃花善于争春,殊不知它们也知道花期有先后,羡了樱桃又如何,只待"满树和娇烂漫红",再"万枝丹彩灼春融"。我禁不住抚摸起那些萌发的花骨朵,想象着它们正铆足劲打算给春日留下一份璀璨。它们的内心也一定想着,只消几日,便能"燃尽小村坞,秀靥枝头临"了吧。

这一年我从城里调至乡村工作,那种突至的落差和阴郁总会扰得自己心神不宁,丝毫未曾去关注过身边的人和事。而这个春日,无意中走进眼里的这些风景,给了我莫大的慰藉。这些风物无声无语,它们静守着四季的每个日落,无论馨香盈袖或寒霜飘扬,喧闹或静默,它们都能直面岁月里的暖和凉。你看看,它们每一枝每一叶,都像一行的诗,在大自然的书页上书写着只属于它们的精美华章。

我在朋友圈写下一列字的时候,特意显示了位置。这个村庄的名字诗意无比——霞浦。"落霞与孤鹜齐飞,秋水共长天一色。""白云一片去悠悠,青枫浦上不胜愁。"我想,原来,它和美景一样,都是需要遇见的。"相逢何必曾相识",本来相遇就是一种缘分,而我与它、它们,不也一样?

待到春风起,我扛花与你来相见。我会见到你,哪怕历经数年,终有一日,你会用尽平生的美丽打开了我略显狭窄的心扉,以欢笑和盛放相迎。

邂逅你,霞浦,真好!

老街

　　初冬寒雨的傍晚,我拐进这条叫直埠的老街。高跟鞋叩响老街斑驳不平的街面石板,一下两下,发出孤寂的声响,和着冷雨的淅沥,烘托出回忆的气氛。

　　想来,一别已经二十八年了。

　　想不到再次走进老街,我竟然会回到这个镇上当了一名小学教师。而二十八年前第一次来老街的时光那样清晰而明朗地从记忆里跳跃了出来。

　　二十八年前,第一次来到直埠的时候,十七岁的我还在距离老街二十多里路的湄池镇上读高二。那个时候的高中班级里,姚湄地区的学生大多来自邻近的七乡八村,而文科班级里,直埠来的同学不在少数。比如如今依然在保持联系的孙陈超、黄权勇、胡建娣、郭秀琴,还有和我做过一年同桌的郦方,后来还有一个白门转来的方鸳飞……那时候,我们的高中是一周回家一趟,周六去周日回,基本的交通工具便是一辆脚踏自行车。我骑着女式的永久牌二手自行车每个周六骄傲地驰骋在学校和家之间的浦阳江的泥泞路上。一路上,同行的几个同学用最大的力气飞快地踏着车,屁股扭得很剧烈,放假的心情随着飞起的衣角以及自行车好看的转弯弧度,在青春年少的光阴里快乐地飞翔。

也有几次周末放假,我们约好去了直埠的同学家,非直埠籍的学生跟随着他们挨家挨户去做客。往往是在一个同学家吃了中饭又去另一个同学家吃点心,然后转到第三个同学家去吃晚饭,最后留宿在第四个同学家里。这种走马观花式的做客方式让我们备感新鲜,短暂的停留也能感受到同学家长的盛情。我们的眼前闪过一张张直埠同学的父母慈祥而亲切的脸,满是怜爱的关怀声里,充满了真诚。一晚,我和另一个女生方同学住在黄权勇家里,我到现在还记得矮小的黄妈妈,从楼上房间的大柜子里吃力地搬下一床花棉被给我俩铺床的情景。那也是个初冬日,天气晴好,黄妈妈摊开花缎被面的棉被,招呼我们上床睡觉的情形。那个夜晚,我与方同学同枕而卧,细嗅着棉花被里暖阳的气息,这是多年以后忆起时甚是甜蜜而舒适的往事。

黄同学的家就在直埠老街边上,还记得他家黄砖砌成的三层楼前面有一大块菜地,初冬的菜地里,萝卜长得生动而精神,排排挺立着,露出或白皙或鲜红的身子。那菜地尽头,浙赣铁路横穿而过,将直埠老街分成了东西两片。隆隆的火车呼啸而过,没有近距离见过火车的我和方同学,留恋而好奇地看着轰隆隆疾驰而过的绿皮火车,心驰神往。我俩站在黄同学家的门口,忍不住欢呼雀跃,又禁不住疑惑着,它们是要到怎么样遥远的地方去呢?

第二天,黄同学和其他直埠的同学一起在街上集合,带我们几个参观了一些有点名气的地方。比如说桥头的一家小吃店，经常会油炸一些香喷喷的团子；街面上有家供销社的玻璃柜子里，有一些花花绿绿的糖果啊皮筋啊，以及琳琅满目的生活用品；还有街面上会出售一些当地的特产比如说直埠的棉鞋——牛筋底、灯芯绒、鞋口缀着毛，手一摸，酥软酥软的，仿佛整个冬天的寒冷都可以被它隔绝。

那条街热闹拥堵，独轮车、双轮车、三卡、支起来的小摊位、熙熙攘攘的人群，吆喝声此起彼伏。我和方同学最喜欢逛的是服装摊位，那是个流行踏脚裤的年代，各种颜色的踏脚裤，挂在最显眼的摊位正中，像一个个巨大而充满诱惑力的感叹号，让我们目不暇接。一条裤子二十元左右，对那时一周零花钱只有五到十元的我们而言略显奢侈。还有白色平底球鞋，鞋面上有一条白色宽边的松紧带，鞋头会用红、绿、蓝色来点缀，好看又时髦，也是那个年代青年人的时尚流行服饰了。

我们绕过一个加工厂和一间站立着绿色信筒的邮局，来到了小小的馄饨店，一碗馄饨十只，老板见我们几个学生娃，便收我们八角一碗。我们呼哧呼哧地把十只薄皮馄饨吃完，汤喝尽，醋畅淋漓，只留下白瓷碗和几颗寂寞的葱花。

陪我们逛街的同学里有个郭姓男生并不来自文科班。那时候，我的体育成绩好得很，运动会上跑一千五百米的时候，跑道两边会筑两堵人墙，有个男孩拼命为我加油。后来我才知道他是我隔壁理科班的男生，长得有点像那个年代里中学生的偶像郭富城。我冲过终点得到冠军的时候，那个男生还在远处朝我抿嘴微笑……后来的后来，才知道他也来自直埠。

我去食堂的路上常常可以看见他奔跑的身影,他阳光帅气,笑容灿烂。他托同班的直埠同学转交给我纸条,告诉我,他每次回家如何从湄池跳上火车,如何扛着大小行李奔上绿皮火车的经历。他指着老街对面的那块地对我们说,这是他家的田、他收的稻、他扎的草。我们嘻嘻哈哈地走过,老街一定落满了我们年轻而有朝气的脚印。

眨眼便高三毕业,我们几个顺利考上了大学,我也顺利进入师范大学的中文系学习。大一时,和高中的直埠同学保持热切的书信来往。写信是那个时候相对呆板的大学生活的一种慰藉。有一次,在浙江工业大学读书的百埠同学郭秀琴写信告诉我:某某某死了……谁?谁?谁死了……

就是那个给我写过纸条、在我跑步时给我加油过的男生,就是我去食堂吃饭的时候碰见的笑容阳光灿烂的男生啊。他没考上大学,便回直埠务了农。在一次农田干活的时候,不慎身亡了……

这样一个朝气蓬勃的他,这样年轻而有活力的生命,只能在些许记忆的青春岁月里去找寻了。

今日,重新踏上这条街,看街旁的植物依然不紧不慢地开着花吐着蕊,看随着老铁路消逝而异常冷清的破旧老街,想起很多年前初次来到老街时叽叽喳喳的青春往事,想起黄同学家那床花缎被面的有温暖阳光气息的棉被,想起那个已经远离我们很久了的去了另一个世界的温暖男生……我悄悄转过身,擦拭着夺眶而出的泪。

我曾来过,而今,我又来了。

悼记

岁月蹉跎,繁华过隙。韶光似水无从忆,音容昨日笔难书,浮华一梦青山寂。

2022年6月24日下午1点,知悉你在杭州宣布不治要返回老家的惊天噩耗。此消息如惊涛骇浪般,没过我的脑海,同时惊悸了一大批你昔日的同窗亲友。我们无法想象热情开朗、洒脱爽直、酷爱运动的你,竟会这样溘然离世!

好友们从四面八方赶到你的老家,一路上脑海里闪现的都是那个穿着天蓝色运动短装驰骋在运动场上的身形。我们曾一起在大学校园里意气风发,在那片火热的田径场上展现挥汗如雨的坚毅,而此刻,我无法将这样的场景与你的猝然离开画上等号。眼泪早已从脸上汹涌滚下,视线一次次被模糊,车子在你老家风景秀丽的马路上狂奔着。

近乡情更怯,这是你的故土,但是为什么我们一行人却如此惧怕踏进它来与你相见?这个秀美的小山村,碧野绿树,蓝天溪流。那村前的老槐树,正在夏日的溪流边,无力地张开着枝叶,颓然地迎接我们这些四处奔来的亲友同窗。

远处飘来撕心裂肺的哭泣声,村里人露出落寞惋惜的神情。师兄,我竟不知道,我们的再次相见竟然这般痛心。

你就那样木然地平躺在角落的木板床上,一动不动,脸色发青。那个失去了往日鲜活的木头人,怎么会是你?师兄,我们都不相信那是你!你永远是跳跃奔忙的模样:校运会上,你是骄傲的领跑者;篮球场上,你是那匹灵活敏捷的骏马。可是,周遭你的亲人们都红肿着眼睛,泣不成声。他们无力地轻呼着你的名字,悲怆而歇斯底里。师兄,那一刻,我不信你已与我们天人永隔。可是,所有人红肿的眼眶里蓄满不舍的泪,他们伤心欲绝的神色,明晃晃地告诉我,这——上面躺着的一动不动的木然不应的人,就是你,师兄。

唢呐声四起,亲人的头上扎起白色头巾。

在我们接过那刺目的白色的一刻,无人不泪如雨下。

师兄,你真的就这样一声不吭地离开了这个你热爱的人间了吗?你可曾看见,你的老父母哀恸晕厥,你的亲友们呼天抢地,可是你竟然就这样无情地要和我们告别。

老屋厅堂前,你穿着藏青色西装、戴着红领带的大相框被摆放在灵堂正中央,你还一如既往地带着暖意迎着所有前来与你告别的亲友。桌上的三缕青烟袅袅升起,夹杂着你的盈盈笑意,与周围笼罩着的巨大悲痛。它们正穿过你故乡老旧的木屋子上的黑瓦,悠然飘向那无边无际的天空。

你就这样离开了满是哀伤的故乡,无影无踪。

而与你曾有过的那些奋斗的过往,却潮水般一个浪接一个浪地掀过来……

1994的10月,初踏入大学校园的我们迎来了第一次大规模的运动会。来自中文系的我,一马当先,在顺畅地跑完七圈多后,毫无悬念地获得了女子三千米的冠军,这让我这个长相气质都一般的瘦小女孩在大学校园里一战成名。之后无数院系的媒体与杂志都摘录了那几天运动会精彩的夺金瞬间,上面除了我的名字,还有来自物理系的你和其他院系的冠军伙伴。之后不久,我们都无一例外地被学校体训队录取。我与你,还有英语系的师弟都进入了学校组建的长跑队。为了备战两年后的浙江省大学生运动会,教练楼老师为我们制订了严苛的训练计划,从准备工作、拉练、集训到竞技比赛,都有详细的时间、内容等。从那个深秋起,所有曾向往过的在夕阳下捧着小说悠然自得的场景便与我无关了。在教练的指导与陪伴下,我们披荆斩棘,训练风雨无阻。在煤渣碎石的跑道上挥汗如雨,无论夏天的炽热骄阳,还是冬日的凛冽北风,我们都单调地重复起跑、迈腿、挥臂的动作。青春岁月那单纯的目光里盛满了为校争光的坚毅和责任,滴落的汗水里绽放出拼搏不屈的努力与坚守。我们三人互相慰藉鼓励,一起度过了那些枯燥无比的训练时光。

师兄你总以大哥的身份鼓励着我和师弟。身为长跑队队长,你总是第一个到达器材室,为我们整理好起跑器、绑带、腰封、钉鞋;也总是最后一个离开训练场,和教练一起收拾器具器材,护理、清点、归位。那些年里,囊中羞涩、物质贫乏,但结束艰苦训练后的我们,骑着破旧的二手自行车,心情无比开朗。破自行车吱嘎吱嘎地拐进学校附近一个个窄小的巷子弄堂,我们在烟火味十足的小摊前,嗅着烤串散发的香气,甚是满足与愉快。然后钻进古旧书店的昏暗门厅,淘来一些欢喜的泛黄的文史书册。那窄小的青石板路面上,我们滴落的笑声与那破旧自行车的吱嘎声,酿成了一曲最纯真美好的青春之歌……

那样的日子,辛苦而充实,转眼间便到了浙江省大学生运动会。比赛场上热火朝天,拼搏、呐喊、冲刺,让那段难忘的训练,比赛时光成为永恒。

毫无悬念,金灿灿的奖牌都挂在我们朝气蓬勃的胸前。

那是 1992 年的 5 月 21 日,天气很好,你们是,我也是。

载誉而归,我们都胸挂奖牌,手捧鲜花,受到学校领导的接见与慰问。那张至今都珍藏着的集体照里,青春纯真的我们笑靥如花。你站在我们的身后,高高地举着一面横幅,四个黄金楷体字依然熠熠发亮着。

在汗水交加的日子里,在训练精疲力竭的时候,那四个鼓舞士气的大字总会让我们从心底升腾起一种力量,让我们明白身上肩负的责任与光荣使命。

师兄,你走后的第一个冬天里,我们重回了大学校园,那个当年驰骋过的田径场在凛冽的寒风里沉睡,那条我们曾穿梭过的窄小弄堂已改成开阔风情街,水沟营模样大换,大云桥也面目全非……只有风则江畔的那些老柳树在寒风里依然摇曳飞舞,耳畔忽然响起那首你喜欢的屠洪刚的《霸王别姬》:"我站在烈烈风中,恨不能荡尽绵绵心痛……"它依然厚重悲怆,依然那般绵延悠长……

肆 / 途说

天下传闻难见道，世间来往易知津。
持醪野路江梅底，后会相逢意转真。

明日

幸福感充盈,哪怕每天只是单调地重复,也应该是生活最好的状态。

但,晓慧的这种安静且平凡的日子,从儿子班主任来电话的那一刻便戛然而止了。

那是3月的某一天上午,10点左右,她还在办公室里对着一大摞公司账本反复核验,全神清理着这一季度的有关账务出入情况。

电话在焦头烂额中响起,《感恩的心》在空荡荡的办公室来来回回响了好长一段时间,晓慧终于接起了它。

"王峰妈妈吗?你能赶快来一趟学校吗?王峰刚刚在课堂上流着鼻血突然晕倒了……"下面的话,晓慧没有听清楚,晓慧的耳朵里充斥着放大的嗡嗡声。在这个空荡的房间里,她一屁股跌坐在椅子上。儿子王峰这三个月以来一直感冒小咳,从正月挨到2月,而今已经3月了,也丝毫不见好转。不断地拍了各种片,医生最后定论是肺部发炎,于是不间歇地挂水、吃药,症状终于有所缓解。晓慧与丈夫王伟也没当回事,想着感冒嘛,等春暖花开了,自然就会好起来的。年后,晓慧单位异常忙碌,她在公司是会计,公司大大小小的账务需要仔细与静心才能确保无误。晓慧做事一向谨慎细致,深得公司老板的赏识。丈夫王伟的绣花机厂刚刚在年前扩大了规模,厂里的各种琐事都需要王伟拍板。夫妻俩在各自的工作里为明日的生活勤奋而努力地奔忙着。

晓慧回过神来,迅速抓起包,便匆匆向楼下车库跑去。她的鞋跟敲打着三月楼道里冷峻的花岗石地面,寒冷、急促。晓慧立即和公司老板请了几小时短假,又迅速拨通丈夫的电话:"你在哪里?儿子在学校晕倒了……"王伟却说厂里很忙,有两个客户正在厂里看材料,让她先去学校看看儿子情况再联系。

晓慧一路风驰电掣,学校保安不让她进去,晓慧有点嘶哑地吼叫:"我是七年级2班王峰的母亲,我儿子刚刚晕倒了……"冲进了校门。

儿子已经醒过来了,晓慧舒了一口气。"儿子啊,你真吓死妈妈了。"老师把王峰从教室背下来,一直背到校门口晓慧停着的车上,建议晓慧一定要给王峰做个全面检查。晓慧又打王伟的电话,没接。晓慧不迟疑,决定带儿子去省儿保做全面检查。

辗转一个多小时后,晓慧和儿子已经坐在内科医生办公室了。医生按脉、听心跳,又让儿子平躺按了腹部、背部、腰。这时王伟的电话打来了,晓慧便出门去接。

再进办公室的时候,儿子正坐着和医生聊天。医生仔细询问着有关情况,儿子一一回答。医生的脸色有些凝重,抬起头和晓慧说:"赶紧先做个磁共振吧。"

晓慧的头又"嗡"地痛起来,她不知所措,眼泪刷刷地落下来,唉,我可怜的儿子啊……

儿子王峰是晓慧很不容易才怀上的。晓慧的体质不易受孕,和王伟结婚三年半,就是怀不上,急得晓慧与王伟的父母四处寻医问药、求神祈福。终于,晓慧在结婚后的第四年有了王峰。可是怀胎十月,晓慧都是在呕吐与乏力中度过的,甚至在第四个月的时候,出现了流血的现象,医生建议卧床平躺一直到生产……王峰出生后,夫妻俩对这个好不容易生下来的孩子是百般呵护,他们一直牢记医生的叮嘱——孩子在母体的时候有些虚弱,需要仔细养育。

王峰在几个大人的精心看护下,度过了一段宠溺而无忧的童年。上完小学,上了初中。王峰也很争气,从小体弱,但喜欢爬山、游泳、打篮球。夫妻俩尤其是王伟真是由衷地感到欣慰,他想着儿子终于养出槽了,应没啥事情了,王峰是这么正常又健康、爱好运动又阳光的孩子啊。

初一第一学期的12月,王峰所在的初中按照惯例让新生体验为期一周的乡下生活。活动基地在离城区三十里的乡下学校,学生们需要独立生活一周,离开父母的怀抱,自主学习、生活。其间,规定父母不得去探望。王峰开心极了,这是他十三年来的第一次:他可以远离母亲的絮絮叨叨,以及爷爷、奶奶、外公、外婆几乎把他当巨婴来照料的生活了。

准备工作在晓慧的督促下,进行得一丝不苟。从被褥、衣物、零食到洗发水、毛巾等,足足装满了两只旅行箱。爷爷奶奶在王峰下乡的前一天晚上,还走进他房间反复叮嘱着种种细节。

乡下学校的体验生活,让这一群孩子像钻进了林子的鸟雀。少年们从上大巴车的那会儿起,就对这样独立而不受管束的生活无比憧憬。

一周后,王峰回来了。他在家里不停地和父母诉说着体验生活的种种趣事,包括晚上睡觉的时候有蟑螂来光顾,实践课时去稻田里捉蚱蜢,等等。最后,王峰说,12月的乡村夜晚异常湿冷,他有点感冒了,问同学要了三粒感冒药吃了……

生活依旧,上班的上班,上学的上学。

只是王峰的感冒断断续续,伴有咳嗽与头晕。上课的时候,王峰有时会突然趴在桌上睡着;有时候,他连走上三楼食堂的力气都没有。毕竟是少年郎,一觉睡醒后便元气恢复。王峰没和父母吐露自己的情况,也觉得生活中的感冒就和鞋子进沙粒一样寻常。他看见同桌偶尔感冒都是去学校对面的药店买盒药来吃,三两天就无事了的。

期末考试来临,学习的紧张感激增。晚上,晓慧在客厅听到儿子房间里传出三两声的小咳声,赶紧送了水进去询问。王峰总把晓慧撵出来,责怪晓慧小惊大怪,不就是点小感冒、小咳嗽吗?天冷了很正常!

晓慧想想也是,寻常感冒不用小题大做。

期末考试结束,寒假开始。王峰常常在下午的时候约同学去附近的体育馆或篮球场打球。晓慧总在临下班的时候打电话给王峰,王峰的手机时不时地处于无人接听状态。晓慧暗自抱怨这个浑小子准是打球打得天昏地暗,连母亲的电话都没空回。晓慧生气地拨通王伟的电话:"你不要成天只知道厂里的事情,儿子一天到晚不在家你也不管管?"丈夫的回答让她窝心:"儿子大了,你不要像个宝一样整天挂嘴上,他总需要活动空间的。"随即王伟挂断了晓慧的电话。王伟也想着,女人就是瞎操心,打个球运动一下多好的事,可惜我自己成天被厂里的各种杂事缠绕,都没空陪儿子去打球。打球,王伟也喜欢。小时候的王峰体弱,是王伟时常鼓励儿子拍球、运球、投球。王伟的嘴角扬起了半弧,他想象着儿子在篮球场上投球的利落与果断。王伟点起一根烟,深深地沉浸在这样的美好里。

要过年了,下了一场大雪,把2016年的年味烘托得更加浓厚。王伟终于在除夕前一天料理完了厂子里的事情,他认真查看完厂里的仓库、安装间、机器房、工作区,再三叮嘱着过年留在厂里的老员工,便舒心地开车回家准备陪家人过个顺畅的年。

晓慧也在这一天放假了,正在家里搞卫生洗东西。王伟进门的时候,晓慧让他把儿子房间里小时候的玩具都搬到楼下的车库里。她边干活边埋怨着:"都初中生了,每天对着这些小儿科的东西,学习容易分心的。"

王伟一趟趟地从三楼搬了几次。他自言着:"这小子的玩具可真多,唉,我可真没少给这小子花钱。"他想起屋里王峰似乎不在。"你在哪里?回家来,自己房间整理一下。半个寒假就知道打球,赶紧回家来。"王伟恼怒地给儿子打了电话。

王伟正在车库大汗淋漓清理杂物的时候,儿子的自行车停了进来。这小子真是长高了,大冬天脑门上都是汗,刚刚打球后的痕迹都在身上展露无遗。"爸,我上楼洗澡去了。"王伟都还来不及细细打量这浑小子,王峰便哼着曲儿奔楼上去了。

王伟回楼上的时候,晓慧正在唠叨着王峰。王峰擦拭着头发回房间,身上只裹了一条白浴巾。晓慧见状,大声呵斥:"你快点穿衣服,你这孩子,要冻坏的啊,你感冒都没好全呢。"

儿子的房门"嘭"的一下,把晓慧的声音隔在了外面,房间里传来一两声干咳。

晓慧的心不由得紧了一下。

过年,走亲访友,从早到晚,觥筹交错,日日奔忙。

正月初八晓慧公司正常上班,王伟工厂开门,夫妻俩又开始新一年的新工作。王峰初八早上醒来的时候,锅里的早餐还是温热的。微信上母亲的语音一如往常,提醒他不要忘记及时吃饭,穿暖一点,等等。

王峰大大地伸了个懒腰,同学微信上约他老地方打球去。他们互相调侃着,过了年,身上的膘都可以煎出一锅油了。他们约定中午不见不散。

王峰一骨碌起床,为醒神,他冲进浴室准备洗个冷水澡。母亲的万般叮咛,让他觉得有些可笑,他想起老师上《沁园春·雪》的时候,说起过毛主席晚年冬天畅游长江的壮举。冷水从喷头上飘下来,王峰不禁打了寒战。他强忍着寒冷,哆哆嗦嗦地擦完身子时,他胃里一阵难受。他赶紧套上棉衣,去厨房喝下一大杯热水,难受才稍稍有所缓解。

吃完早餐,同学的电话如约而至,王峰赶忙背了包带了自行车钥匙便出了门。

酣畅淋漓的运动之后,王峰体力似有不支,同伴取笑他过了年果然懒散多了。他们互相打趣着,在旁边的奶茶店度过了一下午的时光。

晓慧下班回家的时候,王峰和王伟都还没进门。厨房里开始交响乐般的合奏,油气夹杂着食物的香从三楼飘落下来。王伟的车子驶进车库的时候,王峰的自行车也刚巧到了门口。父子俩一前一后上了楼。吃饭、看电视,夫妻俩一句句地问着对方的工作情况。王峰扔下一句:"爸爸妈妈我累了,睡了。"便进了房间。

第二天清早,晓慧在厨房忙碌,王伟进来说:"我发现儿子有点发烧呢。"晓慧立马走进王峰房间,小心地把手按在儿子的额头,热,火热,像炭火一样热。

晓慧喊醒儿子,去了附近的医疗卫生站,常规的检查后便挂了退烧药。一大瓶下去,烧渐退,晓慧揪着的心于是安落了。嘱咐完王峰在家好好休息,晓慧急急地赶往公司——今天她的工作有点繁杂,需要审核完一系列的报批单子。

那天晓慧一直忙到下班点后。她从案头抬头的时候,脖子出奇的酸涨,窗外早已暮色浓重。晓慧记起儿子,急忙整理干净桌上的有关材料,将其放进保险柜,锁上门,向车库小步跑去。

上楼推门，儿子在房间里玩电脑，晓慧紧张的心放宽了不少。

照例吃饭看电视闲聊，王峰时不时地小咳，王伟关切地询问。

正月过去一半，王峰也正常上课。

学习、工作、生活，有条不紊，按部就班。虽然王峰总是有咳不尽的肺气，但也没有大的不妥，既没发烧也没其他症状。晓慧与王伟想着等着3月来了，天气暖和了，王峰一定会在春天阳光的滋润下，晒尽冬天留在体内的湿气寒毒。

3月终于来临，阳光和煦。晓慧在自己的办公室奋发而仔细地工作，四十五岁的她，和普通职员一样工作踏实、生活规律，夫妻和乐、家人和睦。如果没有那个电话，如果王峰一如既往地放学、上学，晓慧想着，她应该和大多数初中孩子的家长一样，整天忙着工作，也为孩子的学习、升学、叛逆而纠结、犯愁。

晓慧心疼地握着儿子的手，和他并肩坐在医院内科诊室外面的长椅上。她万分担忧，看着诊断书上那些陌生的名词不知所措，呆呆地等着丈夫王伟赶过来。

她紧盯着王峰发白的嘴唇与没有精神的脸，心疼不已。医院隔壁的小餐馆里，娘俩各自吃着一碗肉丝面。儿子孱弱又小心翼翼地问晓慧："妈，我到底得了什么病？"晓慧说，等检查结果出来再说。

检查结果显示：感染性心肌炎，重度，有溃烂。

　　他们当时都不知道,直到儿子王峰被推进省儿保的ICU的时候,这漫长而苦痛的日子还只是个开始。

　　王峰需要消毒抗菌,晓慧不知道这意味着什么。她一直以为这个过程就像平常挂水,消消炎杀杀毒一样。可这个过程似乎有些偏长,住院后的儿子每天吊着瓶输着液,医生耐心嘱咐他们要过几天再进行会诊与观察。想着单位的事情还没有完,晓慧和老板讲明了自己的窘境,并请了一周的长假,她要留下来陪护。王伟处理妥当医院的事情后,就急急赶回厂里。晓慧和妹妹通了电话,嘱咐妹妹将家里换洗的衣物与日用品带来医院。

　　王峰又开始咳嗽,还伴有发烧,晓慧摸着儿子发热的掌心,心里千万次地祈祷。王峰忧愁地和晓慧说:"我的作业该咋办啊? 这几天的课落下了该咋补啊?"晓慧只能安慰着儿子。其实晓慧心里也没准备,想着一周应该差不多了。大不了她这个月的全勤奖扣完,大不了给王峰找个一对一的补课教师。这样一想,心里镇定不少。

　　检查夹杂着各种消炎的医治一连过了三天,到第四天午饭后,医生拿着新出的检查单来病房找晓慧。病房外面,晓慧只听见医生说着这个病症的凶险,最后医生强烈建议做手术,否则细菌大面积蔓延,后果更是不堪设想。晓慧颤抖着声音问医生手术何时进行?"越快越好!"医生带着晓慧进入办公室,拿出手术单子,要晓慧看清手术过程中存在的风险与突发状况。终于,她在监护人一栏小心而缓缓地写下——母亲:张晓慧。

随后，儿子被几个护士围拢并嘱咐着。晓慧急忙在病房门口的长廊上打通了王伟的手机，王峰已经坐在轮椅上被推走去做术前的准备工作了。晓慧在那写着猩红的"手术室"的门口焦灼不安地踱着步。她不安、茫然、焦急、手足无措，这惨白医院的长廊啊，白得有些瘆人。晓慧内心被巨大的哀伤笼罩着，不停地向手术室、楼梯口张望。

王伟大汗淋漓地赶到。一见他，晓慧的眼泪夺眶而出，她迎着丈夫同样急切的眼光，终于开始抽泣，断续着把医生告知她的检查诊断结果说给丈夫听。

夫妻俩相互安慰着，依偎着坐在手术室旁的长椅上，两双焦灼的眼睛盯着那扇门。紧张的空气，夹杂着急促的电话，一个又一个。亲戚们相继来打听孩子的情况，这让夫妻俩更为急躁与忐忑。

四个多小时过去了，手术室门打开，浓烈的消毒水的味道冲出来。两人顿时抬头，跑过去。出来一位医生，神色严肃地告诉他俩："炎症相当厉害，而且感染时间很长了，感染面积很大，我们正在进行大面积清理工作。"似乎刻不容缓，空气瞬间凝固。

晓慧跌坐在地上。好端端的一个儿子，心脏重度感染？这是什么啊？她觉得医生肯定是误诊了。她想起有个表姐在省城大医院当医生，拨通电话后，眼泪夺眶而出，泣不成声。王伟接过电话汇报了种种情况。

王峰手术结束留在ICU内继续观察，夫妻俩只允许一人先进去探望。晓慧换上无菌消毒服，戴着口罩，隔着玻璃看见躺在病床上插满管子、麻醉还未醒的儿子。晓慧的眼睛一次次模糊，她轻声地呼喊着"儿子啊，我的儿子啊"。可是王峰的眼睛始终紧闭着。他的病床被几台机器包围着，机器发出的嘀嗒声，在静寂的病房里显得孤独、无助，又清脆、惊人。

晓慧恼怒起来，对自己平常的疏忽，对学校组织的校外活动，甚至对上天的不公。她走出 ICU，双腿一软，便瘫在 ICU 门前冰凉而惨白的地上。她晕厥过去，模糊中仿佛有一双大手拉起了她，带着她离开那片冰凉的地面……

晓慧睡在棉花一样柔软且温暖的大床上，她不知道有多长时间没有这样酣畅淋漓地睡过了。她真不想醒来，贪恋着这种睡眠状态。她深吸着周围带着药水味的空气，她感觉丈夫与儿子分别躺在她的身体两侧。她紧紧地抓着儿子温热的手，手心是潮湿有力的，她感到一种强烈的生命的力量正从那双温热的手中传递过来。晓慧用力地握住那双手，耳畔有个熟悉的声音："你醒了？你终于醒了！"

是丈夫的声音。

丈夫的眼神满是关切的，布满猩红的憔悴。晓慧发现自己也躺在病床上，丈夫说："这几天你是硬撑着过来的，睡一觉也好。不要多想，我们儿子还在里面等着我们照顾他……"

哦，对了，我们的儿子还躺在 ICU 里面呢。夫妻俩安慰着彼此，表姐推门进来了，手上拿着一只保温杯。表姐安慰着病床上的晓慧，一再地强调不要急，她正联系专家会诊。

粥入了肚，精神也好多了，晓慧小心地坐起来，穿上鞋，披上外套。她掏出手机给单位领导打了电话，向领导提出了辞职申请。电话那头的老板有些意外与诧异,极力挽留,但晓慧语气非常坚决。

长时间的沉默后,晓慧挂了电话。

她凝望着医院的窗外,三月的窗外还像是冬天,万物萧条。远处屋舍、树木、道路,一切都显得灰蒙蒙的。晓慧的心不禁又紧了紧,突然升腾起一种漂浮在汪洋大海中的孤单。她的儿子还在里面,她的内心是多么的脆弱无助。哪怕丈夫一直在身边嘘寒问暖,但那是她怀胎十月出来的儿子啊,她用乳汁、辛苦、青春、精力养育了十三年的儿子啊。大滴大滴的眼泪落下来,病房空气中的清冷更让晓慧内心凄凉。

夜幕降临。

晓慧躺上了床,整理着纷杂的思绪。她是一个母亲,她忽然有了一种力量,她应该面对这种突发的颠沛与无望。她想着儿子用童真的十三年陪伴她与丈夫走过那么多欢乐的日子,晨光与夕照,忙碌与平常,嘈杂与安静。而现在,她的儿子正独自躺在那个没有她照顾的病房里,插着鼻饲管、呼吸机,各种机器围绕着他,他那样的花样年华不应该就此结束。

晓慧突然打了一个寒战,怎么能让儿子从自己的生命中消失呢?晓慧一骨碌从床上爬起来。她急速的脚步,消失在医院的走廊里。

晓慧每天穿着消过毒的淡蓝色的防护服,限时进出ICU。她暗自憧憬着儿子能够慢慢醒来离开ICU的那天,奢望拔掉呼吸机的那天。晓慧仔细擦拭着儿子的身体,轻轻用软毛巾蘸着温水擦洗着儿子苍白而年轻的手,一指指地擦拭,一丝不苟。她不断在心里给儿子打气,也给自己加油,她相信自己的坚持与期盼肯定会换来儿子的健康。

两个月后,儿子终于从ICU回到了普通病房。但是依然插着鼻饲管和呼吸机。晓慧开心极了,她满足于自己的坚持。她也坚信有一天,讨厌的呼吸机与鼻饲管也能远离儿子。

病房里有一个因车祸而成为植物人的和王峰同龄的孩子。他被送进医院抢救的时候,晓慧目睹孩子的母亲在ICU前撕心裂肺地号哭。晓慧顿时觉得自己不是这个世界上最不幸的母亲,她过去扶过那个声嘶力竭,几近晕厥的母亲,轻轻地拍着那个母亲的后背,细声安慰着。两个母亲便在那个寒凛的手术室门口,互相拥抱着。

从此后,两个来自不同地区的却表现勇敢的母亲便时常在病房门讨论着陪护的心得与收获。她们坚信她们的孩子总有一天会从混沌的状态回转过来,然后和以前一般,从学校回来,打开门,大声地喊一声:"妈妈,我回来了……"她们坚信着,孩子绝不可能如此残酷地丢下失魂落魄的母亲,他们绝不是那般不孝顺的孩子。她们还相信新时代的医疗技术也绝对会让孩子逢凶化吉。

于是,晓慧更加热切地不断按摩着儿子的全身。

孩子因为心脏痉挛,手脚有些变形。晓慧忍着巨大的心痛,不断把儿子的手指扳正扳直。她用靠枕固定着儿子的四肢,与王伟不停地按摩着儿子的双手,不让它们弯曲。

王伟也每天穿梭在工厂与医院之间。他每天总是下午离开,第二天上午再回到医院。他们请了一个强壮的护工,帮助儿子翻身与擦洗,而辞职后的晓慧则负责儿子的饮食。她努力把各类蔬菜与肉搅拌炖烂成糊状,再配合温热的牛奶、果汁,然后,通过吸管推进儿子的鼻饲管。她欣喜而满足地看着病床上醒来的眼神木讷、依然不能言语的儿子,用最温柔的语言鼓励着儿子:"王峰啊,你看,妈妈今天给你做什么好吃的?你看爸爸在手机上给你下载了你喜欢的动画片。你看看,我们从老家带来了你的作业,还有你同学送给你的礼物。"晓慧想象着儿子听清楚了后发出咯咯咯的笑声,或者突然开口说上一句话。可是,儿子依然傻傻地看着天花板。

晓慧轻轻地抚摸着儿子的额头,表扬着他,夸奖着这个几次从鬼门关闯回来的孩子。她轻声地和儿子说:"不要急,妈妈每天都会陪着你,哪怕你永远开不了口说话,哪怕你永远只能在床上躺着,妈妈也会陪着你,我的儿子。"

王峰似乎听懂了一般,咧着嘴笑了,嘴角边流出一串口水。

日子一天天过去。冬去春来,又一年。

王峰在这一年里终于离开了呼吸机,那一天依然是三月的某一天,晓慧发了儿子生病住院以来的第一条朋友圈,她写着:"生命的动人之处,在于勇气,以及对未来的无限期待。加油,生活!"留言与点赞无数,都是朋友鼓励与助力的语言。当然,也有好友与亲戚劝她考虑再受孕。

她在内心战栗不已,再受孕?人工授精?试管?

　　晓慧从来没有这样的念头，王峰活生生地在她身边，虽然依然生活不能自理，吃喝需要鼻饲管，翻身需要靠别人。但面对十几年前千难万难生下的儿子，她舍不得啊。

　　这天晚上，晓慧和丈夫在病房的躺椅上一句一句地说着话。说到儿子是否能坚持下去的话题，夫妻俩便沉默了。王伟起身去医院的走廊尽头抽烟，一支两支，那明灭的火光在深夜的漆黑的走廊尽头显得清晰而孤独。

　　"要不我们离婚吧？我带着儿子生活，你再娶个女人为你们家生个后代。"晓慧字字坚定而有力。王伟吼了一声："你想都不用想！儿子是她下的！"王伟转过头，拉过棉毯倒头再也没理。

　　这次谈话虽不欢而散，但对儿子的陪护与耐心，夫妻俩似乎更用心与坚定。

　　晓慧每天笑容灿烂地忙碌在医院里头，从食堂到开水房再到检查消毒室，她友好地和医院里的工作人员、病友家属打着招呼。对亲朋好友的提议表现出了巨大反感，她断然拒绝了那样的建议，她回复着："儿子用天真烂漫的十三年时光陪着我们一起成长，让我们学会为人父母应有的责任，而今我们再如陪婴儿般陪他十年又何妨？"

　　在晓慧与丈夫心里，对儿子的爱，已经不是一时的热情，也不是短暂的冲动，而是一种信任和回报，这应该是父母与子女最朴素的情感，也应该是最纯洁而坚定的。哪怕明日前路渺茫，哪怕明日天寒地冻，甚至让人哀伤与失望。上天安排的这样一条崎岖的人生路，或许也是赋予人另外一种特别的意义。

　　晓慧与王伟坐在儿子的床前,他们打开墙上的电视,看着儿子目不转睛地紧盯着电视,相视一笑。床前的阳光晒过来,一直晒到王峰白胖的身上,也照在夫妻俩为了明日而努力的坚毅的脸上……

十里红妆

　　诸暨城南大道边的山坞里，一个风景秀丽的村落依山傍水。那个叫郭家坞的村子里，走出了很多青年才俊，而年轻英俊的郭清木就是其中一个。

　　20世纪20年代，知识渊博、见多识广的郭清木成为当地位有点名气的私塾先生。他辗转于诸暨的穷乡僻壤，在那艰苦的岁月里，他的脚步曾经丈量过有着"耕读传家"之风的诸暨的七里八乡。

　　一个春天，满腹才华的郭清木应邀来到距离郭家坞几十里远的祝家村。在祝家村的祠堂大厅前，他支起案板，把包裹里的四书五经以及其他书籍有序摆放在上面。穿着淡青色长衫的郭先生在村人的注视下，不紧不慢、不卑不亢地撩起长衫下襟，端坐在案板后。炯炯有神的眼睛，泼墨浓情的双眉，冷峻的面庞，清透的神情，在祝家村民的打量中，显得那样熠熠生辉。

　　祠堂前拥挤的人群里，除了祝家村里的老人还有爱看热闹的女人。听说来了个眉清目秀的私塾先生，僻静的祝家村欢腾起来，连适龄女子都很想一睹郭先生的风采。她们瞧见祠堂大厅前端坐的郭清木,儒雅随和、挺拔俊秀,都暗生情愫。她们默默地回转身去,心里的浪花却朵朵翻滚。这样的男子,肯定比村里那些说话大声、言辞粗俗的男人好千万倍;这样的男子,肯定是《红楼梦》里对女子怜惜的贾宝玉,肯定是《牡丹亭》里对莺莺含盼有情的美张生……

可初来祝家村的私塾先生郭清木对这一切却浑然不知,他每天准时出现在祠堂的大厅里,每天穿着那袭淡青色长衫穿梭其间。祠堂里响起的琅琅读书声,在那些日子里,成为年轻女子最爱驻足倾听的乐声。年轻的姑娘们拎起菜篮子去祠堂边的田地里拔菜摘豆,或者捧着衣桶来到祠堂对岸的溪埠头敲衣捣裳……她们的脚步轻柔,目光却直勾勾地循着读书声紧盯着祠堂的方向。

郭清木在祝家村的日子恬静平和。他总会在午后走过祝家村那座月牙形的石拱桥。在桥上,郭清木对着潺潺流淌的溪水,以及远处连绵起伏的青山,露出灿烂的笑容。祝家村,山清水秀,民风淳朴,对于一个沾染着些许风骚词意的文人而言,这地方,真的极好。

"菀菀黄柳丝,濛濛杂花垂",是郭清木眼里的万千美景;"渭北春天树,江东日暮云",亦是郭清木的无限深情;"一畦春韭绿,十里稻花香",更是郭清木未曾见过的自然馈赠。郭清木站在石桥上,满目苍翠,忍不住吟咏着古人佳句,情至深处,不能自已。

忽然,桥下"扑哧"一声清脆的笑,打断了沉浸在诗词歌赋里的郭先生。郭清木提衫移步,身子探出石栏,果然,桥底下的溪水边,一个穿着碎花衣裳的姑娘,正抬眼和他对视。双眸明亮,顾盼神飞;胸前那束漆黑发辫,随意垂下。好一位娟秀清丽的姑娘！郭清木急忙回神,脸上闪过红晕,他赶紧朝桥头的祠堂疾步而去……

桥下的姑娘对着桥上那个远去的背影,娇羞微笑。这一次无意的对视,竟然将两个素不相识的年轻人的心,拉近了……

这以后,教习结束后的郭清木总会有意无意地经过那座月牙形的石桥,然后朝着溪水边埠头的美丽身影远望。那个黑长麻花辫的姑娘,总也会在此时准时出现,她一边抡着棒槌,一边暗送秋波。那时候年轻人的感情,淳朴、干净。就这样,郭清木对这个美丽勤劳的女孩产生了强烈的爱意。

于是,无数个温柔的春天黄昏,村头的树上绽出新叶,而太阳正渐渐没入西边的山峦,红枣色的晚霞在月牙石桥的尽头出现,透过祠堂的花格窗,风也温柔,目光也温柔。

日子却飞快,转眼三年过,郭清木在祝家村的私塾工作结束,他即将回到郭家坞去。

临走前,郭清木特意在姑娘来溪畔的时候,出现在桥上。郭清木已经对这个美丽的姑娘有了更多的了解:她芳龄十九,家在祝家村东,父母俱在,家有兄弟姐妹五人,姑娘排行第三……

郭清木暗地里讨要了姑娘的生辰八字,把一块写了诗词的绢布手帕端放在姑娘的衣桶上,然后温柔离开。

回到郭家坞后,郭清木郑重向父母禀明了这桩两情相悦的恋情。父母便也应允儿子择良日上祝家村去提亲。郭清木大喜过望，急忙摊开纸笺，写信给那个美丽的姑娘，告知了这个喜讯。

痴痴恋恋的爱情，始于一见钟情，盛于两情相悦。良辰美景有情人，郭家人差出媒人，上那个山清水秀、民风淳朴的祝家村提了亲。俊眸含笑相对，姻缘一线牵成。

这个十九岁的年轻女子想象着在来年开满繁花的春天里，坐在红轿子里出嫁的场景。姑娘的心里开出了无数朵美丽的白莲花——那是这个纯洁少女最喜欢的花朵，它像极了她和他的爱情：纤尘不染、纯白无瑕。

郭清木依然勤奋地辗转在私塾工作中。和之前的状态不一样的是，他脚步有力生风，眼神坚定含情。他总会在闲暇的时间里，想起美丽的春日午后，月牙形的石桥下，那抹俏丽迷人的身影，那束漆黑长辫，那娇羞笑容，那过目不忘的盈盈眼波。每每想起，郭清木的心底便涌出来一股暖流，浸润全身。郭清木想着，不久的将来，这个美好的女子，即将走进他单调、乏味无趣的生活，和他开启缱绻缠绵的日子。郭清木嘴角边露出无比的温柔和浪漫。

一封信，翩然而至。

郭清木和往常一样，欣喜地撕开、抽出。纸笺依然沾有芳香，这是心爱的女子，对她的爱人最真挚的爱意表达。

信却是心爱姑娘的大姐代写的，姐姐告知妹妹的心上人，三妹得了一种怪病，神思倦怠、饭食不香、彻夜失眠……

郭清木急得捧着信踱步，稍后，他坐定，心里有了答案——心爱的姑娘也一定和他一般相思成疾了吧？想及此，他即刻摊开纸笔，修书一封，信里极尽安慰和鼓励，他引用了唐寅的词："雨打梨花深闭门，孤负青春，虚负青春，赏心乐事共谁论？花下销魂，月下销魂。　　愁聚眉峰尽日颦，千点啼痕，万点啼痕。晓看天色暮看云，行也思君，坐也思君。"郭清木合上信封，心里踏实了很多。

一个午后，郭家坞村里来了一个面生的男子，他向村民打听郭清木的家宅，脚步匆匆。

此刻，郭家人正准备吃饭，陌生男子一脚跨进堂屋，和郭家父母行礼作揖后自报家门，原来他是祝家村郭清木恋人的二哥。郭家父母在年轻人断断续续的叙述中，大概知道了内情：郭清木爱恋的姑娘危在旦夕，睡梦里呼唤着郭先生……祝家人无奈之下，冒失前来请郭清木前去见一面。

心急如焚的郭清木顾不得和父母招呼，他失去了往常的温文尔雅，撩起长衫，冲出门堂，跌跌撞撞地向姑娘所在的祝家村奔去。

姑娘正静静地躺在里屋昏暗的角落里，如漆长发散开，铺满了半张床，姑娘的脸苍白如纸，失去了往日红润的光泽。

"三妹，郭先生来了……"大姐俯身在姑娘耳畔相告。

爱人来了，可是伊人憔悴。姑娘不忍以如今憔悴面目示郎君，使劲侧身而卧，又在脸上蒙上一层薄薄的红纱巾。

郭清木急急奔到，他扶着姑娘房门的木框，那只脚却生了铅般抬不起来。"三妹，我来了……"他蹲在姑娘床头，再次轻声呼唤："三妹、三妹……你转过头，看看我，我来看你了……"

姑娘不肯转身亦不肯回首："如今我面容憔悴,我不愿郭郎看到我如今这番不堪模样,郭郎别再相求,我们……有情人恐难成眷属了,是我福薄,不能陪郭郎……"

话未完,咳泣泪流。

郭清木呆坐在未婚妻床边,紧紧握着爱人白皙的手,那双手细腻、柔软,他感知着姑娘如同坠入冰河的体温,那凉意丝丝缕缕缠绕在郭清木焦灼不安的内心深处。离开前,他再次安慰着未婚妻,一定要好好养病。他承诺来年春天,他一定用十里红妆迎娶心爱的女子。

郭清木郑重的承诺让姑娘的内心无比安心与愉悦,她的脸上泛起了多日未见的红晕,她甚至能支撑着病体起身对着床边的菱花镜梳头扎辫。"郭郎是最喜看我扎麻花辫的。"姑娘对着镜子露出痴痴的笑容。她似乎看到凤冠霞帔的自己,跟着十里红妆的迎亲队伍,朝心爱的郭郎走去……

自古佳人多命薄,闭门春尽杨花落。

还未等到来年的春天,心爱的姑娘便含泪殒命。去世的那天,她枯槁惨白的手心里,紧紧握着郭清木留下的绢布手帕。手帕沾染无数清泪,这象征着两人爱情的信物,曾在多少个寂寞的日子里,温暖过缠绵病榻的姑娘痴恋人间的心。

手帕上赫然写着一首词："羞答答,娇媚样,来来去去,牵牵扯扯,赧涩俏得花枝僵,却看得才子夜夜苦想。 憨傻傻,痴情郎,犹犹豫豫,昏昏沉沉,情浓忘笔落墨香,怎知道佳人细细思量。"落款郭清木,1928年暮春。

当绢布手帕夹着恋人离去的消息传到郭家坞，郭清木呆若木鸡，他傻愣着一言不发，忽然两眼一黑，倒地晕厥。

郭清木也大病一场。

他紧握住这尚留着心爱之人气息的手帕，默然不语，黯然神伤。透过词句，眼前那个扎着漆黑发辫的姑娘笑吟吟站在他前面："郭郎，郭郎，别忘了我们的约定。明年三月三，阳雀花满枝，你来迎娶我。"

郭清木猛然惊醒，佳人已逝，佳期如梦。郭清木做了一个惊人的决定，他迅速起床，奔下楼，告知父母，三月三，迎娶照旧。

郭家父母顿时傻了眼，但看儿子意决，又怕儿子积郁成疾，只得含泪答应下来。

郭清木随即央媒人送信至祝家村，三月三按期八抬大轿载着鸳鸯花被来祝家村迎娶爱人。

阴阳人相隔，良日待完婚。这在僻静山村引起了轰动，村民们奔走相告，心有疑惑却也为郭清木这个书呆子的痴情而感动。"有女当嫁郭清木，生死离别永相伴。"

三月三，清晨，祝家村路口，出嫁队伍排得老长，大红轿子、大红婚被、红漆家具一路排开，唢呐声凄婉。

姑娘的闺房里，大姐捧出三妹的牌位，姑娘的父亲老泪纵横，为女儿的牌位盖上猩红的新娘头巾。二哥捧起牌位，高声呼喊："三妹，下楼了，请抬脚过门槛，请移步下楼梯……"唢呐声起，一家人带着盖着新娘头巾的牌位在厅堂门口迎接郭清木迎亲队伍的到来。

旷世绝恋,凄美爱情。山川含泪,草木忍悲。

这日的郭清木异常俊朗,他穿着大红色新郎官福字大开对襟衫,胸前戴着硕大艳红的新郎花,笑盈盈地从二哥手里接过爱人的牌位,郑重地捧在胸前,单膝下跪,对着岳父母长磕三头。然后起身,小心地抚摸着爱人的牌位,仿佛抚摸着爱人的如花美颜。他小心翼翼地把牌位放在大红花轿正中央的椅子上,柔声细语呢喃着:"三妹,我来迎娶你了。"

唢呐声激越昂扬,喜气盈盈。

十里红妆十里长,如花美眷如花零。一往而情深,怎奈何,终不敌,似水流年。就这样,完成诺言的郭清木将姑娘迎娶到了郭家坞。新婚房里,他和她的牌位,依偎而卧。在郭清木眼里,那块冷冰冰的木头,却有爱人暖融融的灵魂。

日子看似绵长,又是两年溜走。

郭家父母育有两子,长子郭清木在爱情上如此倔强固执,让郭家父母长吁短叹,整日闷闷不乐。传宗接代绵延子嗣,在旧日农村十分重要。

郭清木在父母乞怨的目光中,终于答应续弦。

时间到了1932年初,周家村里有个大户人家,大女周粉雅嫁给了军官,二女周粉爱年过二十尚待字闺中,未有婚配。周家父母因为二女已过最佳婚配年龄很是着急,而周粉爱却早就听闻郭清木这位私塾先生重情重义,于是在郭家父母几经托媒,婚事竟成,择选良辰两人便完了婚。

新婚夜,夫妻同榻。

郭清木掀开新娘殷红的头巾，新娘低头不语，郭清木端过合卺酒，递到周粉爱的眼前，一字一句地说着："我这是第二次婚配，我第一位妻子染疾病亡，我虽爱她，但未能为郭家绵延子嗣，故托媒迎娶你。此番结为夫妻，请谅解我郭清木的心底一直有亡妻的位置……"说完，一饮而尽。

朴实善良的周粉爱心想着，她一个大活人，何必和一个去世已久的亡人计较这些？于是点头微笑，也接过酒一饮而尽。

婚后日子寻常过，夫妻两人相敬如宾。周粉爱贤惠温柔，有着大家闺秀的温婉，也有着小家碧玉的细腻，一家人也其乐融融。

三年后，儿子女儿相继出生。

而周粉爱心里明白，丈夫的内心世界里，有一个角落是任何人都无法进入的。那个角落隐蔽、柔和，只属于另一个她未曾谋面的女人。

（本文根据周家后人口传写成，事件真实存在，郭清木的重情重义在当地也被传为佳话。）

跋

2023年于我是挺重要的,因为我将酝酿了五六年之久的文字编成了集,最后定下名字——《墨迹》。

时光流转,岁月如常。十几年或几十年的光阴都会在墨汁流淌的文字中留下痕迹。比如十三岁之前,我一直生活在农村。那时候,乡村贫苦,房屋低矮,但涧水潺潺,鸟声啁啁。山野间寻常可见的草木瓜果,溪坑里孩童嬉戏捕耍的鱼虾鳝蛙,抬头可望的蓝天白云,低眼相见的鸡鸭鹅狗,这是我的故乡墨城坞最美的自然风景,给了我无穷尽的最原始的精神滋养。这片土地上生发出的丰富想象便是从那时候的某个瞬间进入我的脑海的,这以后陪伴着我的童年、少年、青年,一直到中年依然驰骋不止……以上这些都是我这本《墨迹》的由来。

我的《墨迹》由乡土、人情、碎片、途说四部分组成,里面有故土的人事——我生命中最爱的亲人、老宅的故人,寻常的场景——至今颓废着的杨神殿、面貌不存的高畈祠堂、山坳里的龙王庙、物是境非的打鸟冈,远逝的印迹——乡村道地的古戏台、气势恢宏的迎龙灯,熟悉的风俗——丧葬嫁娶、起基上梁,甚至老一辈的悲欢离合,同龄人的酸甜苦辣。《墨迹》里的"乡土"与"人情"会唤起你对许多年前尘封往事的回忆。那平淡生活里的点点滴滴,繁忙工作后的轻松谈资,村人口中经久相传的逸事传闻,以及落魄的管山佬、孤居的老鳏夫、离奇的痴情汉,《墨迹》的"碎片"与"途说"会再次引你走近这沃土上的凡人故事。在掩卷凝神的刹那间,或许也会勾起你的万千思绪。

我们总在生命的旅程中,因为身上肩负的责任,因为急需完成的项目,因为努力追求的梦想,而步履匆忙,以至于无暇顾及生命本身存在的重要意义。看似走了万里路,但却总是把自己弄得非常局促与狭窄。

有个朋友说,生活在城里,看到楼是越盖越密、越起越高,路也越修越多、越建越宽,而人群熙攘车流不息,便是人与人之间也越来越拥挤。他说,想在深秋或初冬的早晨,用心去见一场雪白的霜,却十分困难。

是的,太阳升高,温度上来,霜即刻化为乌有。你要遇见,便要不失时机,比如要下决心早起,要远离密集的高楼去空旷的远郊,去见一场你心中雪白的霜。

对待生命里的每一次遇见,都要如用心去遇见一场白霜般真诚。所以,尽管《墨迹》里的文字十分平庸,但我对于它的出版,就如同友人想遇见一场白霜般无比渴望与期盼。

如果说这短暂的人生底稿是用黑白线条来构筑与勾勒的,那么《墨迹》里描述的这些普遍寻常的人、事、物,便能为这段人生上色增彩。驻足回首遥望,用心用情去寻觅远遁的光阴,那些曾出现过的或正出现在生命里的一幕幕,无论旧的、新的、隐藏的、显露的、离去的、拥有的，总能给予自己最踏实的慰藉。

一个人的人生故事，总需要有某样东西来承载与证明。如同刘亮程先生所言的，"我走的时候还不知道向那些熟悉的东西去告别"，"我走的时候，我还不知道曾经的生活有一天，会需要证明"。而文字，就能把这些统统留下。时光流转里的细微变化，很多时候，就像一盏初冬雨夜里的街灯，会将你引导到不曾想过前往的方向。而在这些变化中，我们曾经遇见过的人、拥有着的物，便会变得更有意义。

这就是我写《墨迹》的缘由。这不是炫耀，而只是一种存在，一种时光见证。如同连七湖田里的那条赤链蛇，如同破旧街弄口的小面馆，如同青春岁月里已发黄的相片，如同老宅抽屉里逐渐脱落的毕业册，在你的脚步踏上虚无之途的时候，这些都会成为生命里一个个的里程碑。